ふつつかな新妻ですが。

～記憶喪失でも溺愛されてます!?～

1

——すごくすごく悲しくて、つらくて、胸が痛い。

いまここにいることがたまらなく恥《は》ずかしくなって、私は反射的に駆《か》けだした。

どこへいくのかという問いかけと同時に、うしろから誰かの手が伸びてきて腕を掴《つか》まれる。

力まかせにその手を振り払う。とにかく、この場から逃げたかった。

さっき私がさらした醜態《しゅうたい》と、見透《みす》かされた浅ましい想い、それらをなかったことにしてしまいたい……！

やみくもに走りだしたせいで、足がフローリングの上を滑《すべ》る。

バランスを崩したことに驚き、声を上げるよりも早く、左のこめかみに衝撃を感じてなにもかもが暗転した。


ふわふわした微睡《まどろ》みのなかで、ふと頭がひんやりしていることに気づいた。それだけじゃなくて、頭に鈍い痛みも感じる。

無視できない不快感に顔をしかめた。

これは風邪《かぜ》をひいたかな？　起きて薬を飲んだほうがいいかもしれない……

そこまで考えて瞼《まぶた》を開けると、見覚えのない白い天井が目に映った。

ゆっくりと二度まばたきをして、まわりを確認しようとしたところで、右側にひとの気配を感じた。

そっと視線を右へ向ける。私が寝ているベッドの傍《かたわ》らに簡易的な丸椅子があり、そこに男性が座っていた。

……誰？

無地の白いワイシャツに、黒っぽいスラックスを身に着けている。背中を丸めて深くうなだれているから、顔は見えない。まっすぐな黒髪が額《ひたい》にかかっていた。

無遠慮な私の視線に気づいたのか、男性がパッと顔を上げる。

うわ、すっごく格好いい……！

綺麗なアーモンド形の目を思いきり見開いたそのひとは、続けて、いまにも泣きだしそうに眉根《まゆね》を寄せた。

「ああ、気がついてよかった。きみにもしものことがあったら、どうしようかと……っ」

男性は言葉を詰まらせ、私の右手を強く握《にぎ》り締めてくる。

「ひゃあっ……！」

思わず声を上げてしまったけど、その手を振りほどくことができない。彼の手は、蒼《あお》い顔と同じく血の気が引いていて、ひどく冷たかった。

年齢は二十代後半くらいだろうか。整った顔に浮かぶ苦しげな表情が痛々しい。まばたきをして何度か確認したものの、見覚えのないひとだった。

こんな素敵なひと、一度見たら忘れない気がするんだけど……

彼は私の手を、さも大事そうに握《にぎ》り続けている。その状況が急激に恥《は》ずかしくなり、ドキドキしているのを悟《さと》られないように、こっそりともう一度彼を見た。

まったく状況がわからないけど、彼は私のことを心配してくれているらしい。ありがたく思いながら、事情を聞くために身体を起こそうとすると、優しく肩を押さえられた。

「まだ安静にしていなければだめだよ。いま看護師さんを呼んでくるからね」

男性は柔《やわ》らかく微笑《ほほえ》んで立ち上がる。

看護師さん⁉　ということは、ここは……

突然飛び出した予想外の言葉にぎょっとして、離れかけた彼の手を、私のほうから掴《つか》んで引き留めた。

「あの、ここ病院なんですか？　私、どうして……」

混乱したまま問いかける。彼は少し困ったように眉尻を下げて、浅くうなずいた。

「きみは家で転んで頭を打ったんだ。それで意識を失ってね。俺が救急車を呼んで、この病院に連れてきてもらったんだよ」

「救急車⁉」

かなり大事《おおごと》になっていると知って目を剝《む》く。

転んで救急車で運ばれるほどの怪我《けが》をするなんてよっぽどだ。それに、彼はどうして家にいた私を助けてくれたのだろう。面識はないはずだけど……

全然身に覚えがない。まるで他人事《ひとごと》みたいだ。

無意識に空《あ》いているほうの手で自分の頭を触ろうとすると、指先がぶよぶよした冷たいものに当たった。驚いて手を引っ込めたのに合わせて、男性がすばやく首を横に振る。

「あ、触らないで。ぶつけたところを氷嚢《ひょうのう》で冷やしているから。こぶができているんだ」

「そうなんですか」

かなり強く頭を打ちつけたようだ。さっきから続く鈍い痛みはそのせいらしい。

男性が「それじゃあ、ちょっと待っていて」と声をかけてくる。

私はそっとうなずいて、ぎこちないながら笑みを浮かべた。

「すみません、ありがとうございます。……あっ、でも、先にあなたのお名前を聞いてもいいですか？」

いまさら男性の素性《すじょう》を知らないことに気づいて、慌てて呼び止める。

すると男性は、信じられないものを見たようにスッと表情を消す。そして、かすれた声で「え？」と呟《つぶや》いた。

あれ、私なにかまずいことを言っちゃったのかな？

彼の顔が、みるみるこわばっていく。

「俺のことがわからないの？」

「え、えーと、はい。ちょっとぼーっとしてて、思い出せないというか……」

男性の態度からすると、彼は私と近しい間柄なんだろう。でもまったく覚えていない。

私の返事を聞いた彼はさらに顔色を悪くして、自分の額《ひたい》を手のひらで覆《おお》った。

「……そんな、まさか。他は？　他にわからないことはある？」

「他にって……、あれ？　私は……」

男性に促《うなが》され、自分の記憶をたどろうとする。けど、頭のなかが真っ白でなにもわからない。

彼の素性《すじょう》どころか、自分の名前も、家族のことも、住んでいる場所も、勤め先もすべて思い出せないことに気づいて、ゾッとした。

「嘘……私、どうしよう……なにも……」

無意識に身体がガタガタと震えだす。視線をさまよわせ、必死に自分のことを思い出そうとするけど、記憶の欠片《かけら》さえ浮かんでこなかった。

「なんで……⁉　なにも、思い出せない……私の、名前は？」

冷や汗が流れて、呼吸が浅くなる。

怖い。不安でたまらない。誰か助けて――！

居ても立ってもいられずに上半身を起こすと、こめかみがズキッと痛んだ。

「いっ‼」

思いきり顔をしかめ、頭を手で押さえる。

ぐらりと身体がかしいだのに合わせて、男性が「危ないっ」と声を上げた。

すかさず温かいものに抱き留められる。寄りかかったそれが男性の腕だと気づいて、私は必死で彼にすがりついた。

その瞬間、たとえようがないくらいの安心感に包まれて驚く。よくわからないけれど、懐《なつ》かしいような、波立った心が落ち着くような不思議な感覚だった。


私の名前は梶浦花奈《かじうらはな》……というらしい。

年齢は二十一歳で、派遣会社に所属して事務系の仕事をしながら主婦をしていたそうだ。

自分のことだと思えない情報を反芻《はんすう》しながら、私は隣に座る男性をそっと盗み見た。

彼は梶浦光琉《みつる》さん。聞いたところによると、三十三歳で半導体メーカーの企画部システム技術開発課課長を務める会社員。

自宅で転倒した私を病院へ連れていき、ずっと付き添って看病《かんびょう》してくれたひと。つまりいっしょに暮らしている家族で、同じ苗字からわかるとおり、二ヶ月前に結婚した私の旦那さんだという。

結婚……旦那さん………

最初にその話を聞いた時は、驚きすぎて、ベッドから転げ落ちそうになったほどだ。光琉さんが支えてくれたから、二つ目のたんこぶを作ることはなかったけれど。

本当に私たちは結婚しているのかと、何度も光琉さんに確認してしまった。彼がいない時に看護師さんにも聞いてみたけど、みんな口を揃《そろ》えて事実だと言う。だからようやく納得したものの、如何《いかん》せんまったく実感がない。

光琉さんはとても格好いい。性格だってすごく優しいと、かかりきりで看病《かんびょう》してもらったこの三日間でわかっている。本当に旦那さんだとしたら、私にはもったいないくらいのひとだと思う。でも、やっぱり現実味がなくて……全部、私の妄想《もうそう》だったらどうしよう⁉

病院から自宅へ戻るタクシーのなかで、私は気づかれないように小さく溜息《ためいき》を吐いた。

この状況自体が夢なんじゃないかと思ってしまうぐらい、自分自身のことがまったくわからない。それだけじゃなく、いままで私に関わったひとのこと、私との関係も思い出せない。

芸能人の顔や名前、ものの呼び名、日々の生活の仕方などはわかるのに、自分とまわりのひとの情報だけが記憶のなかから、すっぽり消えていた。

私の混乱がひどかったのもあって、念のために三日間入院していろいろな検査をしたけど、脳に大きな損傷はないらしい。

お医者さんは『転んだ時に頭を打ったショックで記憶が混濁《こんだく》しているのか、なにか別の心理的なストレスで健忘《けんぼう》が引き起こされているのか、またはその両方かもしれない』と言っていた。

なんにせよ特効薬などはなく、自然に記憶が戻るのを待つしかないそうで、退院して自宅へ戻るように言われてしまった。

自宅と言われたって、なにも覚えていない。光琉さんとふたりで、マンションに住んでいるそうだけど……

いま頼れるひとは光琉さんしかいないから、面倒はかけたくないと思いつつも、お世話になる他に道はなかった。

ああ、記憶を取り戻したい。こんな私にも優しくしてくれる光琉さんのことを、早く思い出したいのに。

「もうすぐ着くから。あの左側の角が俺たちの部屋だよ」

耳元でささやかれ、思わずビクッとする。

いま、『俺たちの』って言った……！

光琉さんからしたら、いつもと同じように私に接しているだけなんだろう。それなのにいちいち過剰反応してしまう。

きっと彼はそんな私に違和感があるに違いない。けれど、さも当然のように夫婦として振る舞われるとドキドキして仕方なかった。

胸の鼓動をなんとか鎮《しず》めて、前方へ目を向ける。少し先にある交差点の左に、グレーの外壁に覆《おお》われたマンションが見えた。

減速していくタクシーのなかから、建物を見上げる。

高さは十階くらいで、一階につき三部屋ずつあるようだ。ほとんど装飾のない外観が逆に洗練されているように見える。入り口の横の小さな花壇《かだん》には真っ白な、凛《りん》とした雰囲気の花が植えられていて、暗い外壁とのコントラストが綺麗だった。

私としてはもっと甘い感じの花が好きだけど、このスタイリッシュな建物には合わないだろう。

ふいに横から、かすかな笑い声が聞こえてくる。振り向くと、光琉さんが目を細めていた。

「花、好きなの？」

「あ、はい。色が綺麗だから……」

「うん。でも白よりピンク色の花のほうが好きなんだよね」

「えっ」

答えを先まわりされ、目を見開く。驚く私を見た光琉さんは、いたずらっぽい笑みを浮かべた。

「少し前に、ここで同じ話をしたから。きみはあそこの花壇《かだん》を見て、自分の好きな花はピンクだけど、ここには合わないかもって言っていたよ」

いま自分が感じたことを言い当てられ、思わず口をつぐむ。まるで心のなかを覗《のぞ》かれたようで、なんだか恥《は》ずかしくなった。記憶がなくなっても、好きなものや、感じ方は変わらないらしい。

それに、こうした会話を過去にしていたということは、ここで光琉さんと暮らしていたのも事実なんだろう。

騙《だま》されているかもしれないと疑っていたわけじゃないけど、あらためて私と彼が夫婦なのだと突きつけられ、ますます緊張してしまった。

交差点を少し過ぎたところで、タクシーから降りる。

もう一度、自宅だというマンションを眺《なが》めてみたけど、やっぱりなにも思い出せない。光琉さんの案内で建物のなかへ入っても、私の記憶はひとつも戻ってこなかった。

シンプルでおしゃれなエントランスを抜けて、エレベーターで上階へ向かう。

たぶんデザイナーズマンションと呼ばれる建物なんだろうけど、外観同様になかも素敵で、少し気後《きおく》れしてしまった。

私と光琉さんの家は、七階の西側の部屋だという。南側のリビングと、続き間になっている四畳半の畳スペース。それと広めの寝室があるそうだ。

光琉さんが独身の頃から住んでいたところで、そこへ結婚を機に私がやってきた——なんて話を聞きながら、部屋のなかに通される。

玄関に立った瞬間、いやな胸騒《さわ》ぎを覚えて、ぞわりと肌が粟立《あわだ》った。

「あ……なんか、ちょっと……」

とっさに背中を丸めて、服の上から胸元を手で強く押さえつける。理由はさっぱりわからないけど、ただ「怖い」と感じた。

先に上がっていた光琉さんが振り返り、心配そうな表情で見つめてくる。

「もしかして、転んだ時のことを思い出した？　ちょうどここで滑《すべ》って、壁に頭をぶつけたんだよ」

この場所で怪我《けが》をしたと言われても、やっぱりその時のことは思い出せない。私は不快感を払いたくて、ゆっくりと首を横に振った。

「わかりません。けど、怖いような感じがして」

「うん。思い出せないだけで、あの時の記憶がどこかに残っているんだろうね」

光琉さんの言葉に、浅くうなずく。頭の傷はたいしたことがなかったけど、記憶を失《な》くすくらいだから、相当恐ろしかったはずだ。

大きく息を吸って吐き出す。なんとかして胸の奥のざわつきを鎮《しず》めようとしていると、サッと目の前に影が差した。

不思議に思って顔を上げるのと同時に、強く抱き締められる。

「えっ。み、光琉さん……⁉」

光琉さんのぬくもりと、鼻をかすめる彼の香りに包まれる。突然の触れ合いに心臓が跳ね上がった。

「大丈夫。そんなに怯《おび》えなくていい。きみは俺が守るから、なにも心配いらないよ」

大丈夫、と言われても……！

身体が、ガチガチに固まる。けれど、不思議と嫌な感じはまったくなかった。

高鳴る心臓の鼓動が伝わってしまいそうで、恥《は》ずかしくてなにも言えなくなる。

光琉さんは何度も「大丈夫」と繰り返しながら、私の髪を撫《な》でてくれた。

無意識に感じた恐怖と、抱き締められた驚きでせわしなくなっていた鼓動が、彼の優しさに触れたことで鎮《しず》まっていく。

それればかりか、耳元で聞こえる低い声が心地よくて、いつの間にか自分から彼にすがりついてしまっていた。

しばらくすると、まるで終わりを告《つ》げるように、光琉さんが私の頭のてっぺんに口づける。

「あっ……」

記憶を失う前なら、キスなんて普通のことだったんだろうけど、すごく恥《は》ずかしくて耳が熱くなった。過去をなにも覚えていない私にとっては、いまのがファーストキスのような感覚だ。心臓が破裂《はれつ》してしまうんじゃないかと思うくらいドキドキが激しい。

「さあ、なかに入ろう。……ずっとこうしていたいけど」

光琉さんは一旦そこで言葉を区切り、私の手を取り奥へと引っ張っていく。

『ずっとこうしていたい』なんて……！

光琉さんは甘いセリフを当然のようにささやくけど、記憶を失う前の私たちの新婚生活とは、いったいどんな感じだったんだろう。こんな状況では、心臓がいくつあっても足りないと思う。以前の私は普通に生活できていたのか、不思議でならない。

「きみが帰ってきたことを報告しなければいけないからね」

光琉さんの意外な言葉に顔を上げる。

確か、私たちはここでふたり暮らしをしていると聞いたけど、今日は他に誰かいるの？

彼に手を引かれて廊下の先のドアをくぐると、そこは日当たりのいいリビングだった。左側にキッチンスペースとカウンター、正面には大きな窓がある。右側には、すりガラスで目隠しされた格子戸《こうしど》がついていた。

太陽のまぶしさに目を細くする。日向《ひなた》の匂いに混じって、かすかなお線香の香りがした。

光琉さんはリビングを素通りして、格子戸《こうしど》に手をかける。

「こっちだ。きみがいない間、お仏壇《ぶつだん》の手入れはしておいたけど、きちんとできていなかったら謝るよ」

一度振り返って苦笑した光琉さんが、格子戸《こうしど》を開けた。

ぐっとお線香の香りが強くなる。なかを見ると床に琉球畳《りゅうきゅうだたみ》が敷かれていて、部屋の隅に質素な仏壇《ぶつだん》があった。

光琉さんが仏壇《ぶつだん》の前に正座したので、私も彼の隣に座る。

飾りの少ない仏壇《ぶつだん》のなかには小さな写真立てがふたつ並べてあり、それぞれに男性と女性が写っていた。

「きみのご両親だよ。お父様はきみがまだ小さい頃に亡くなられたと聞いている。お母様は二年前にね……」

お線香に火を灯《とも》しながら、光琉さんが説明してくれた。

「そうなんですか」

立ち上《のぼ》る煙の向こうの写真を、まじまじと見つめる。父親だという男性には見覚えがないけど、女性のほうは鏡で見た自分の顔によく似ていた。私は母親似なんだろう。

光琉さんが鳴らしたりんの音に合わせて拝《おが》む。

このひとたちは私を生んで育ててくれたのに、顔も名前も思い出せない。自分がひどく薄情《はくじょう》な人間のように思えて、心のなかで深く謝った。

少ししてから目を開けると、光琉さんが足を崩して私のほうに向き直っていた。

「……病院では込み入った話ができなかったけど、きみはお母様が亡くなられた時に、通っていた大学を辞めて、そのあと派遣会社で働き始めたそうだよ。それで、俺の職場に事務員としてやってきたんだ」

光琉さんはそこで一度言葉を切って、少し照れくさそうに首のうしろを撫《な》でる。

「伊敷《いしき》さんは……ああ、きみの旧姓だけど……本当に仕事に対して一生懸命でね。面倒な業務を頼んでも、いやな顔ひとつしないで引き受けてくれたよ。朗《ほが》らかでいつもニコニコしていて……いいなあと思っていた。年甲斐《としがい》もなく、ね」

ちょっと自虐的《じぎゃくてき》なことを言いだした彼に向かって、慌てて首を横に振った。

「年甲斐《としがい》がないだなんてそんな……光琉さんは優しくて、すごく素敵ですっ」

実際、光琉さんは実年齢よりも若く見える。背が高くて細身で、いまもカジュアルな服を颯爽《さっそう》と着こなしていた。

少し長めの前髪をサイドで分けているのも清潔な感じがするし、なにより誠実そうな雰囲気がいい。

記憶が不確かな私でも、彼が格好いいことはわかる。平凡な自分にはもったいないくらいのひとだというのは、間違いなかった。

私の力説を聞いた光琉さんは驚いたように目を瞠《みは》り、次にパッと顔をそらす。彼の目元が赤く見えるのは、たぶん気のせいじゃない。

「あ、いや！　光琉さんが素敵なのは、事実なんですけど、その……」

つられたように私も恥《は》ずかしくなって、うつむいた。

彼との思い出はこの三日分しかないけれど、とても素敵なひとだということはよくわかった。お荷物でしかない私にも優しくて、時々からかうようなことを言ったりもするけど、いつも私を笑顔にしてくれる。無意識のうちに、どんどん惹《ひ》かれていく自分がいる。以前の私も、こんなふうに彼に惹《ひ》かれていたのかな、と思う。

私がそんなことを考えていると、仕切り直すと言わんばかりに、光琉さんが小さく咳払《せきばら》いをした。

「だから、まあ、そういう下心が全然なかったとは言わないけど、だんだんきみといっしょに仕事をすることが増えて、それで、その、いろいろあって二ケ月前に結婚したんだよ」

いろいろ。いろいろって、なに……？

お付き合いをしていた頃のことや、結婚を決めた経緯も聞いてみたかったけど、光琉さんはまたわざとらしく咳《せき》をして、話を打ち切ってしまった。

顔を上げて彼を見ると、目元だけじゃなく耳まで赤くなっている。彼は思ったよりシャイなひとなのかもしれない。

――正直なところ、私たちが夫婦なのだと言われても、まだ納得しきれない気持ちのほうが強い。でも、恥《は》ずかしそうな光琉さんを前にして、これ以上詮索《せんさく》するのが申しわけなくなってきた。

だいたい、彼との関係を否定する根拠もない。ただなんとなくしっくりこないというだけ。

私は違和感の原因を、記憶喪失で混乱しているせいだと決めつけて、うなずいた。

「わかりました。それで、これからどうしたらいいんでしょうか？」

お医者さんは『普通の生活をして構わないが、無理をせず、できるだけストレスがかからないように』と言うだけで、具体的な指示をくれなかった。

普通の生活と言われても、私にはその普通がわからない……

思わず、すがるような視線を光琉さんに向けると、彼は静かに微笑《ほほえ》み返してくれた。

「少し家でのんびりしたらいい。さっきも言ったけど、きみはちょっとがんばりすぎてしまうところがあったからね。仕事は退職扱いにしてもらったし、家事のことも気にしなくて大丈夫だよ」

「……でも」

確かにすぐ職場復帰をするのは無理だ。自分がどんな仕事をしていたのか思い出せないし、関わりがあったひとのことも覚えていない。

だからといって、ただ光琉さんに甘えるのは気が引ける……

なにか私にもできることはないかと考えていると、クスッと笑われた。

「もしかして、俺の家事の腕を疑っている？　結婚したあとはきみにほとんど任せていたけど、独身時代が長かったから、だいたいのことはできるんだよ。それに妻を養えるくらいの収入もあるしね。と、まあこれはちょっとした自慢だけど」

冗談めかした言い方に面食らう。

そういうことじゃないと声に出しかけたけど、伸びてきた光琉さんの手に優しく頭を撫《な》でられ、口をつぐんだ。

う、わぁ……

また心臓がせわしなく鼓動を刻みだし、痛いくらいだ。全身が熱くて、きっと耳まで真っ赤に違いない。

「きみが自立した女性だということはわかっているよ。でも、こんな時くらいは頼ってほしいな」

光琉さんの温かい気遣いを感じて、きゅうっと胸が痛む。

夫婦なら助け合うのは当然のことなのかもしれないけど、嬉しくて泣きそうになった。

もう一度、ゆっくり私の頭を撫《な》でたあと、光琉さんの手が離れていく。少し寂しく感じて彼を見つめると、なにかを思い出したように「あっ」と短く声を上げた。

「ひとつだけ、きみにしてほしいことがあったんだ」

「え。なんですか？」

こんな私でも、できることがあるらしい。思わず身を乗り出したところで、私の口元を指差された。

「その話し方をやめてくれないかな？　夫婦なのに敬語って、ちょっとよそよそしい感じがしてね」

「あ……」

とっさに両手で口を覆《おお》い隠す。

確かに、他人行儀かもしれない。

だけど、緊張する。彼は私よりうんと年上だし、そんなひとと気安く話してもいいの？

でも、でも、でも………

しばらく逡巡《しゅんじゅん》してから、ようやく覚悟を決める。正直に言うと、彼にもっと近づけることに嬉しさもあった。

「ん……うん。えと、光琉さんには、敬語をやめるね？」

変にドキドキしながら話しかける。

光琉さんは満足そうに笑ってうなずいたあと、なにかを考え込むように難しい顔をした。

「本当は名前も呼び捨てがいいんだけど」

そ、それはハードルが高いです！

両手をじたばたさせて慌てる私を見た彼は、気持ちを察してくれたようでこうつけ加えた。

「それはまあ、慣れてからでいいよ。俺もきみのことを名前で呼んでいいかな？」

「はい。あ、うん」

無意識に飛び出した丁寧な物言いを、慌てて言い直す。

いつか、彼を呼び捨てにする日は来るのだろうか。まったく想像がつかないけれど、そんな時が来たらいいなと思う。

そういえば、記憶を失う前の私はどうだったのだろう？

優しげに目を細めた光琉さんは、私の手を取り、まっすぐに見つめてきた。

「それじゃあ、あらためてよろしくね。花奈？」

自分の名前を呼ばれた途端《とたん》、心臓が大きく震えた。恥《は》ずかしいのに嬉しくて、胸が高鳴る。

ただ名前呼びをされただけで、どうしてこんなにドキドキするんだろう。記憶がなくても本能的に光琉さんのことを覚えているのか、それとも格好いい彼を前にして舞い上がっているだけ？

……どちらにしても恥《は》ずかしくて、頬が熱い。

私は赤くなっているはずの顔を見られないように、うつむいたままうなずいた。

2

病院から退院してきた時には、どうなることかと思ったけど、その後の私と光琉さんの生活は穏やかだった。

初めの一週間は私が混乱していたこともあり、家事のすべてを光琉さんがやってくれた。

彼自身が『だいたいのことはできる』と胸を張っていたとおり、掃除、洗濯、お料理も文句のつけどころがない。私は完全にお客様状態で日がな一日をぼんやりして過ごした。

彼との生活はドキドキの連続ではあるものの、そのうち記憶がない状態自体には慣れて落ち着いた。二週間が過ぎたいまは家事を分担制にしている。

平日の担当は私、休日は光琉さん。

平日は仕事へいき、週末に家のことをするのでは彼の負担が大きいように感じる。しかし、光琉さんの『休みの日くらいは、花奈にいいところを見せたい』という、よくわからない理由で押しきられてしまった。

休日の今日は光琉さんが張りきって家事をしていた。

スタイルがいい彼は、どんな姿でも様《さま》になる。いまは白いシャツにダークブルーのエプロンをつけているから、スマートさが際立って見えた。

ダイニングテーブル代わりのカウンターに頬杖《ほおづえ》をついて、光琉さんを眺《なが》める。

まぶしいくらいに格好いい。彼が私の旦那さんだなんて嘘みたい……。

ぼんやりと光琉さんに見惚《みと》れていた私は、ハッと我に返って手元のアルバムへ視線を向けた。

今日はなにもしないでのんびりするように言いつけられてしまったから、自分のアルバムを見ていたのだ。

表紙をめくったところには、産着《うぶぎ》にくるまれた赤ちゃんと、その子を抱く若い女性の写真がある。いまの私にそっくりだから、この女性が母親で写真の赤ちゃんが私に違いない。そしてその隣の写真に写っている男性は父親だ。仏壇《ぶつだん》に飾られている遺影《いえい》と同じひとだった。

アルバムのページが進むにつれ、赤ちゃんはだんだん大きくなっていく。

私の家族は、おそらく写真が好きだったんだろう。記念写真だけじゃなく、なにげない生活のワンシーンを撮ったものも多い。その写真から、私たちが慎《つつ》ましくも仲良く暮らしていたことが伝わってきた。私自身も写真が好きだったらしく、学校で友達といっしょに撮ったものもたくさんある。

記憶を失《な》くしてしまった私には、このアルバムが自分と家族の思い出だと実感できない。それでも、過去の自分が穏やかで幸せな生活を送っていたと知って、少しほっとした。

長く息を吐いて、アルバムを閉じようとする。と、裏表紙に何枚か写真が挟《はさ》まっているのを見つけた。

なにこれ……？

気になって見てみると、それは私が働いていた時の写真のようだった。

どこかのオフィスみたいなところで、スーツ姿の私と数人の女性が写っている。あとは、宴席の集合写真が二枚と、同じ会場らしきスナップ写真が四枚。そのなかに見慣れたひとを見つけて、私は声を上げた。

「あ……光琉さん」

「うん？　なに？」

「わっ！」

急に耳元で声をかけられ、慌てて振り向く。いつの間にかすぐうしろにいたらしい光琉さんが、息のかかりそうな距離で微笑んでいた。

驚いたのとドキドキしたのとで、かあっと顔が熱くなる。

「もうっ、びっくりした！」

わざと拗《す》ねてみせると、光琉さんは軽く笑い声を立てて「ごめん」と謝り、私の手元を覗《のぞ》き込んだ。

「アルバムを見ていたの？」

「うん。なにか思い出せるかと思って。……だめだったけど」

いつも私を気遣ってくれる彼の前でこんな態度を取るのはいけないと思いながら、つい声が沈んでしまう。この二週間、記憶が戻るようにと願い続けてきたけど、その望みは少しも叶《かな》わなかった。

光琉さんは微笑んだまま少しだけ眉尻を下げて、私に寄り添い背中を撫《な》でてくる。

「そんなに焦《あせ》らないで。もう何度も言っているけど、無理に思い出さなくてもいいんだよ」

彼の体温と優しい言葉に、また胸が高鳴る。私は小さくうなずいて、集合写真を指差した。

「ここに光琉さんが写っていたから、さっき名前を呼んでしまったの」

私の言葉につられて写真を見た光琉さんは、楽しそうに目を細める。

「ああ、懐《なつ》かしいな。これは花奈が入社した年の忘年会だ。ちょうどこの頃に退職する社員がいて、記念にみんなで撮ったんだよ」

「そうなんだ」

どういう状況で撮影されたものか説明されても、やっぱりピンとこない。私がこの写真をアルバムに挟んでいたのは、あとから整理して貼るつもりだったからだろうけど……

それにしても、就職してからの写真はこれだけなのかな？

写真好きだったっぽい私にしては、少ない気がする。だいたい、光琉さんと交際していた時のものが一枚もないのはおかしい。

「なんで私たちが付き合ってた時の写真はないんだろう？」

心のなかの疑問を、思わず口に出す。私の背中に触れる光琉さんの手が、ぴくりと震えた。

「ん……それは……俺がスマホで撮っていたから、かな。保存と現像をする前に、機械が故障して消えてしまったんだ。ごめん」

光琉さんは言いにくそうに、ぼそぼそと謝罪してくる。どうやら彼は、データが消えたことをひどく気に病《や》んでいるようだ。

私は平気だという意味を込めて、首を左右に振った。

「そっか。残念だけど、故障なら仕方ないよ。気にしないで」

「うん……でも、本当にごめん」

光琉さんは絞り出したような声で、何度も謝ってくる。落ち込む彼の姿を見ているうちに、こっちまでつらくなってきてしまった。

私は光琉さんの顔を覗《のぞ》き込み、にっこりと笑いかけた。

「もー、光琉さんの『ごめん』はなし！　代わりに、これからまた写真を撮ればいいでしょ？」

光琉さんは私の提案に少し目を瞠《みは》ったあと、パッと笑顔になった。

「そうだね。じゃあさっそく撮ろうか」

「えっ、嘘。いま⁉」

今日は光琉さんがどこにも出かけないと言うから、簡単なメイクしかしてないのに……髪だってきちんとセットしてないしっ。

彼は私が内心で慌てていることなんて気づかず、ぐっと肩を抱き寄せ、前方にスマホをかざす。

私たちが寄り添う姿を撮るつもりらしい。

最近の光琉さんはなにかにつけ私に近づき、触れてこようとする。彼のそばにいるのは安心するし嬉しいけど、やっぱり恥《は》ずかしくて……

「さあ、撮るよ。花奈、笑って」

そんなことを言われてもドキドキしすぎて無理だ。顔がすごく近くて、少しでも動いたら頬がくっついてしまいそう！

手のなかのスマホを動かしつつ「角度がいまいち」とか「位置がちょっと」とか言っている光琉さんの横で、私は顔をこわばらせて、ひたすらじっとしていた。


一週間後の金曜の早朝。

私は耳障《みみざわ》りな目覚ましを止めて、寝返りを一度する。伸びをしながらあくびをして、最後に小さく溜息《ためいき》を吐いた。

朝、目が覚めて最初に気づくのは、今日の私が昨日と変わっていないこと。

光琉さんからは繰り返し『焦《あせ》らなくていい』と言われている。でも、いまのままではなにかがよくないと感じていた。

それに、光琉さんと出逢ってから怪我《けが》をするまでの思い出を取り戻したい。

私たちが職場でどう過ごしていたのか、告白の状況と交際していた頃のこと、プロポーズの言葉や結婚生活……

記憶を失《な》くす前の私は両親がいないのを引け目に感じていたらしく、あえて結婚式はしていないそうだ。光琉さんは私のわだかまりがなくなるのを待つと言って、結婚指輪も式ができるようになるまで作らないことになったという。

少しの間、天井を見つめて過去の自分のことを考える。けど、やっぱりなにも出てこない。二度寝を防ぐためにかけているスマホのアラームが鳴りだしたことに気づいて、身体を起こした。

アラームを解除したあと、手早く布団を畳《たた》んで片づける。押入れの下段に入れてあるタンスから洋服を出して着替え、部屋の隅の仏壇《ぶつだん》に朝の挨拶《あいさつ》をした。

いま、私はリビングの隣の畳スペースにひとりで寝ている。光琉さんはリビングを出て廊下の先にある寝室を使っていた。

夫婦というのは同じ部屋で寝起きするものと思っていた。だけど、光琉さんに、眠れなくなるから別にしてほしいとお願いされた。

彼は隣に誰かがいると眠れないタイプなんだろうか。それとも、寝ている時まで半病人の私の面倒をみたくない、とか……？

ふと湧《わ》いてきた自虐的《じぎゃくてき》な考えを、強く頭を振って追い払った。

「よしっ。朝ごはん作ろうっと」

独り言を呟《つぶや》き、立ち上がる。

今日は金曜だから、疲れぎみの光琉さんを元気づけられるように、気合いを入れて朝食を用意するつもりだ。

リビングへ続く格子戸《こうしど》を開けると、キッチンに置いてある炊飯《すいはん》ジャーが湯気《ゆげ》を立てていた。部屋に広がるごはんの香りで、思わず頬がゆるむ。

とりあえず鮭《さけ》と卵を焼いて、あとは青菜の混ぜごはんに、味噌汁《みそしる》は根菜を入れて具だくさんにしちゃおう。

朝ごはんのメニューを考えながら、南側のカーテンを開ける。朝の日差しを身体中に浴びて、ぐんと背伸びをした。

「んー……今日もいい天気！」

独り言を呟《つぶや》きながら、太陽に向かってにっこり笑う。と、すかさずうしろから腕が伸びてきて、私のお腹のあたりに巻きついた。同時に背中がぬくもりで覆《おお》われ、耳元には吐息を感じる。

「わっ……！　あ、もう。光琉さんっ」

「おはよう、花奈」

光琉さんは笑いを含んだ声で挨拶《あいさつ》を返してくる。

彼はひとを驚かすのが好きなのか、時々こうして唐突《とうとつ》に抱きついてくることがあった。

「温かくて気持ちいい」

「だ、だめだよ。ごはんを作らなきゃいけないんだから、放して」

「うん。それで今日はなにを作るの？」

はっきり放してほしいと言ったのに、光琉さんは私の願いを無視して話を続ける。もちろん、抱きついたままで。

彼にすれば夫婦の軽いスキンシップのつもりなんだろう。でも過去の記憶を失《な》くした私には、ひたすら恥《は》ずかしくてドキドキしてしまう。

それをごまかしたくて、さっき考えていたメニューを伝える。返事を聞いた光琉さんは「うーん」と短く唸《うな》り、私の頭のてっぺんに顎《あご》を乗せてきた。

「すっかり料理上手な花奈に戻ってしまって、嬉しいけど、残念だな」

「どうして？」

さらに光琉さんの身体が密着して、胸の鼓動が加速していく。荒くなりそうな呼吸を必死で整えて聞き返すと、彼は困ったようにふうっと息を吐いた。

「だって、俺が作る料理の適当なところがバレてしまうから。家事ができるいい男だと、花奈に思わせる計画が台無しだろう？」

光琉さんの立てたおかしな計画に、思わず噴き出す。

「なにそれ」

「もちろん、花奈を惚《ほ》れさせるための作戦さ。俺はずるい大人だからね。好きな女を落とすためなら、どんなことでも平気でするんだよ」

わざと意味ありげに「ふふふ」と含み笑いをした光琉さんにつられ、私も声を立てて笑う。ひとしきりふたりで笑い合ったあと、ふいに静寂《せいじゃく》がやってきた。

私も、光琉さんも、ただ無言で窓の外の景色を眺《なが》める。

ほんの少し、気まずい沈黙。いつもは冗談を言い合い、楽しく生活しているけど、時折なんとも言えない居心地の悪さを感じることがあった。

光琉さんといっしょにいるのがいやということじゃなく、ボタンをかけ違えたような違和感を覚える。それはきっと、私の記憶がないせいなんだろう。

優しい彼は『このまま記憶が戻らなくても構わない』と言ってくれている。でも、私は過去を思い出したい。

三週間いっしょに暮らしてきたなかで光琉さんに惹《ひ》かれているのを自覚したからこそ、記憶を取り戻し、本当の意味で彼の奥さんになりたかった。

夕方、光琉さんが帰宅したのに合わせて、私は玄関へ出迎えにいく。

彼は『忙しい時や身体がつらい時は、迎えに出なくていいよ』と言ってくれるけど、私が一秒でも早く長く光琉さんといっしょにいたいから。

「光琉さん、おかえりなさいっ」

自分でも子供っぽいと思いながらも、嬉しくてついつい声が跳ねてしまう。

落ち着いた調子で「ただいま」と返してくれた彼は、穏やかに目を細めた。

普通の夫婦なら、ここでキスをするのかもしれない。けど、光琉さんはただ微笑《ほほえ》むだけ。私たちの間には、多少のスキンシップはあれど、この三週間キスはなかった。

優しい彼のことだから、なにも覚えていない私を気遣ってくれているんだろう。

……照れくさくてつい緊張しちゃうけど、私はいやじゃないのにな。抱き締めて見つめ合い、唇を触れ合わせて、もっと先のことだって……

頭のなかに浮かんだちょっとエッチな妄想《もうそう》で、かあっと頬が火照《ほて》る。

実際に光琉さんと私がどういう行為をしていたのかはわからないけど、それはとても素敵で幸せなことのように思えた。

――三週間分の思い出しかないのに、こんな大胆《だいたん》なことを考えてしまう自分が信じられない。とはいえ、それくらい強く本能的にも惹《ひ》かれたからこそ、結婚を決めたのだとも考えられる。

ここ数日ほど、私は彼との関係を先に進めたい気持ちでいっぱいになっていた。どうすればもっと私を好きになってもらえるのか、身も心も本当の奥さんになれるのか。あれこれ考えてばかりいる。

ひとりでその気になっていることが恥《は》ずかしくて、目を伏《ふ》せる。すると、なにかが擦《こす》れるような音に合わせて、視界にピンク色のものが飛び込んできた。

びっくりしながら見ると、それは可愛らしいブーケだった。スイートピーとガーベラ、それにカーネーション、バラ……パウダーピンクからルビーレッドまで様々な色調の花が可愛らしくまとめられている。

すごく綺麗。だけど、どうしていまブーケが出てきたのかわからない。

パチパチとまばたきをしたあと、ブーケを持っている光琉さんへ目を向ける。彼は驚く私を見てニッコリと笑った。

「おみやげ」

「えっ……私に？」

「そう。会社の近くのフラワーショップに飾ってあってね。花奈はこういうのが好きなんだろう？」

「あ、うん。好き、だけど……」

目の前に差し出されたブーケを、両手でおそるおそる受け取る。間近で見つめると、甘い香りがふわりと鼻をかすめた。

キュッと胸の奥が甘く痛む。嬉しすぎて、どうしたらいいのかわからない。

なにも言えずに、眉尻を下げる。私の顔を覗《のぞ》き込んだ光琉さんが、不思議そうに首をかしげた。

「どうしたの。気に入らなかった？」

「ううん、違う。すごく幸せで、泣いちゃいそう。ありがとう光琉さん」

いまさらお礼を言っていないことに気づいて、感謝の言葉を添える。

光琉さんは一瞬驚いたように目を瞠《みは》ってから「ははっ」と明るい笑い声を立てた。

「花奈は大げさだな。でも、そこまで喜んでくれて俺も嬉しいよ」

「……だって、本当に嬉しいから」

ブーケで口元を隠しながら、ぼそぼそと言いわけっぽいことを声に出す。口で感謝を伝えるだけじゃなく、抱きついてキスしたいという衝動に駆られた。

でも、それはできない。いまはブーケを持っていて手が塞《ふさ》がっているし、なにより私のほうから行動を起こす勇気がまだなかった。

抱き締めてくれないかなという期待を込めて、じっと光琉さんを見つめる。視線で訴える作戦だ。

しかし私の拙《つたな》い誘いは彼に届かなかったようで、ぽんぽんと頭を撫《な》でられた。

「さあ、なかに入ろう。今日の夕飯はなにかな？　すごくおいしそうな匂いがするけど」

「あ、えと、ハンバーグにしたの」

「それは楽しみだ」

ご機嫌な光琉さんに向かって、私も笑みを返す。幸せだけど少し物足りないと感じていることは、心の奥に隠したままで。

ごはんを食べたあと、片づけをしている間に、光琉さんにはお風呂を済ませてもらった。彼が上がる頃に合わせて片づけを終わらせ、続けて私が入る。

丁寧に身体を洗ってお風呂から出た私は、パジャマを着たあと、ギュッと自分を抱き締めた。

普段は寝る時も下着をつけているけど、いまはあえてブラをしていない。なんだか背中がスースーするし、胸の膨《ふく》らみが下に引っ張られているようで落ち着かなかった。

……今夜はこれで光琉さんに色仕掛けというのをやってみるつもりだ。

昼にスマホのサイトを見まくって男性の好みを調べたところ、だいたいのひとは「おっぱい」と「チラ見せ」に弱いらしい。本当は「彼シャツ」というのが効果的だそうだけど、お風呂上がりに光琉さんのシャツを着るのは不自然すぎるので、ノーブラでパジャマの胸元を開けておく作戦にした。

パジャマのボタンを上からふたつ外して、洗面所の鏡を覗《のぞ》く。幸い、胸は大きいほうなので、少し腕を寄せると胸元に谷間ができた。

私にはこれのなにがいいのかさっぱりわからないけど、男性はこの谷間を見てドキドキするという。首をひねりながら、もう一度鏡に目をやると、平凡な顔の女がこちらを見返していた。

特別、綺麗というわけでもない、パッとしない顔立ち。肌の色こそ白くて、胸はまあまあ大きいけど、いいところはそれだけだった。

……どうして、光琉さんは私を選んだんだろう？

もう何度も考えた疑問が、心の底から浮かんでくる。

彼は、職場で一生懸命に仕事をする私の姿を見て好きになったと説明してくれたけど、それ以外の話を教えてくれない。デートの思い出や、いっしょにいた時のエピソード、結婚までにどういういきさつがあったのか、私はなにひとつ知らされていなかった。

不安な気持ちが、朝にテレビで観たワイドショーの煽《あお》り文句を思い出させる。今日の特集は「夫婦の離婚危機」だった。

さまざまなケースが紹介されていたけど、セックスレスから関係が悪化したパターンを目《ま》の当たりにして、震え上がった。

……この三週間「ただいま」のキスさえしない光琉さんが、エッチなことなんてするはずはない。私が記憶を失《な》くしてからというもの、彼との触れ合いは、軽く撫《な》でられるか冗談めかしたハグだけだ。

記憶喪失になる前の私と光琉さんが、どのくらいの頻度《ひんど》でどんなふうに抱き合っていたのかはわからない。でも夫婦として共に暮らしていくのならこのままでいいわけがないし、私自身がもう我慢できそうになかった。

朝みたいなぎこちない空気を感じたり、彼が帰宅した時のように距離を置かれたり……そういうささいなできごとに、いちいち胸が痛む。

誰よりも近くで抱き締めて、私のなかにある不安を消してほしい。光琉さんと寄り添い、すべてをさらけ出して結ばれたい。彼が好きだから。

そこで考えたのが、湯上がり色仕掛け作戦。

きっとこのままじゃ、光琉さんは私に手を出してこないだろう。ならば夫婦円満のために、私のほうから迫ってみようと考えたのだ。

ちなみに、今朝観たワイドショーのコメンテーターが『女性からもアプローチするべき』と言っていたのを見て思いついた。

私は胸の前で両手のこぶしを握《にぎ》り、大きくうなずく。正直に言えば恥《は》ずかしくて、ちょっと怖いけど、光琉さんといっしょにいるためならなんでもできると思えた。

洗面所を出て、いざリビングへ！

揺れる胸を手で押さえつつ室内を覗《のぞ》くと、光琉さんは窓際に敷いてあるラグに座ってテレビを眺《なが》めていた。彼の左手に缶ビールが握《にぎ》られているのを確認して、心のなかでグッとガッツポーズをする。

光琉さんは金曜の夜だけ、お風呂上がりに晩酌《ばんしゃく》をするのだ。週末に一度きりなのは「仕事をがんばった自分へのご褒美《ほうび》と、実はあまりお酒に強くないから」らしい。

実際にいまもほろ酔いのようで、テレビを見つめる目がとろんとしていた。あれなら私の誘惑に引っかかってくれるかもしれない。

気だるげな光琉さんの姿に、なんとも言えない色気を感じて、鼓動が速まる。私はこくんと唾《つば》を呑み込んで、彼に近づいた。

緊張しすぎて頬がこわばる。たぶん、手汗もすごく出ているはずだ。

最初の作戦では「さりげなくそばに寄って胸を強調する」ことにしていたけど、ガチガチな私はあからさまに不自然な態度で彼の隣に座り、強引に身体を擦《す》り寄せた。

「花奈？　どうしたの？」

光琉さんが驚いた声を出す。私は彼の腕にすがりつき、むりやり胸を押しつけた。

「き、きょ、今日はくっつきたい気分なのっ！」

思いきり噛《か》んだうえ、声が裏返った。

恥《は》ずかしすぎて顔が上げられない。作戦の第二段階である「色っぽく見つめて迫る」も失敗だ。なにもかもうまくいかず、焦《あせ》りがつのる。とにかく身体を密着させようと思い、体重をかけると、光琉さんが急に慌てだした。

「ちょ、それ以上、押さないで。危な……！」

彼の声が途切れて、ガクッとバランスが崩れる。突然のことに声を上げる間もなく、私は前に向かって倒れ込んだ。

とっさに目を瞑《つむ》る。続けて、どさっという鈍い音が聞こえた。

けっこう大きな音がしたけど、どこも痛くはない。光琉さんに怪我《けが》はないかと思い、顔を上げたところで、間近に視線を感じた。

見れば、仰向《あおむ》けで寝転がった彼に、俯《うつぶ》せの私が重なっている。

慌てて退《ど》こうとしたけど、光琉さんが呆《あき》れ顔をしていることに気づいて、身体が固まってしまった。

「花奈」

窘《たしな》めるように名前を呼ばれ、ビクッと肩が震える。いくら温厚な彼でも、今回はさすがに怒っているらしい。

「う……ご、ごめ……なさい」

光琉さんを不快にさせたことが申しわけなくて、嫌われたかもしれないことが悲しくて、声がかすれる。こぼれそうな涙をこらえるために唇を噛《か》むと、そっと頭を撫《な》でられた。

「本当にどうしたの？　なんだか様子がおかしいよ。今日なにかあった？」

「怒って、ないの？」

不安な気持ちが、思わず口をついて出る。

一瞬、驚いたように目を瞠《みは》った光琉さんは、次に小さく笑い声を上げた。

「こんなことでは怒らないよ。ただ花奈を心配しているだけ」

どこまでも優しくて温かい彼を前にして、ますます涙が滲《にじ》む。私は目に浮かんだ涙を手の甲で拭《ぬぐ》い、朝に観たテレビの内容と、今回の作戦を立てた経緯を白状《はくじょう》した。

時々あいづちを打ちながら話を聞いてくれた光琉さんは、最後に苦笑しながら私の耳を軽く引っぱった。

「まったく。そんな本当の話かどうかもわからないものに影響されて。花奈はいけない子だね」

「だって……」

確かにあの番組はセンセーショナルな見出しを掲《かか》げて、大げさに不安を煽《あお》っていたかもしれない。
でも、私たちがセックスレスなのは事実だ。そしてそのせいで光琉さんの気持ちが離れてしまうこ
とも絶対にないとは言いきれなかった。
……実際、変によそよそしい時だってあるんだし……
また目に涙が溜《た》まる。光琉さんは親指で私の目元を優しく拭《ぬぐ》ってくれた。
「そりゃあ全然我慢をしていないと言ったら嘘になるんだけど、ああいうのは無理にすることでも
ないと思うな。前にも言ったとおり、俺は独り身が長かったし、もういい歳だからね。花奈が本当
に大丈夫だと思えるまで、いくらでも待てるよ」
彼の思いやりに満ちた言葉に、一瞬、流されかける。でも、それじゃなにも変わらないと気づい
て身体を起こした。
うん。やっぱり色仕掛け作戦を続行しよう。
光琉さんの身体を跨《また》ぎ、おへそのあたりに座り込む。
私はどちらかといえば華奢《きゃしゃ》なほうだけど、お腹の上に乗れば、いくら男性の彼でも思うように身
動きが取れないはずだ。
「花奈？」
訝《いぶか》しげに名前を呼ぶ声が、下から響く。目を向けると、光琉さんは困惑した様子で眉根《まゆね》を寄せて
いた。
「も、もう大丈夫だから、待たなくていい」

恥《は》ずかしくて、声が震える。首から上が一気に熱くなって、自分の激しい鼓動をうるさく感じた。

光琉さんの身体にギュッと力が篭《こ》もる。信じられないものを見たように目を見開いた彼は、あからさまに顔をそむけて私を視界から追い出した。

「なにを言っているの。全然、大丈夫じゃないよ。花奈の記憶は戻っていないんだし……」

えっ……!?

光琉さんの態度と言葉に、殴られたような衝撃を受ける。

「なんで、そんな……記憶が戻らなくても構わないって言ったのは、嘘だったの？」

私が記憶を失《な》くしてからというもの、ほんの少しでもいいから過去のことを思い出したいと願ってきた。しかし、どれだけ強く望んでも、状態は変わらない。

自分のこと、親のこと、愛したひとのことさえわからないなかでなんとかやってこられたのは、光琉さんがいつも私に『焦《あせ》らなくていい』『覚えていなくても大丈夫』と言い続け、安心させてくれたからだ。

……それが、全部、本心じゃなかった？　やっぱり記憶喪失になる前の私のほうがいいの？

抑える間もなく両目から涙が溢《あふ》れ、頬を伝い落ちていく。

彼のパジャマの胸元を強く握《にぎ》り締めた。力を入れすぎた手はブルブル震え、とめどなく流れる涙のせいで呼吸が苦しい。

必死で落ち着こうとしてもうまくいかずに、私は大きくしゃくり上げた。

その音で、光琉さんは私が泣いていることに気づいたんだろう。彼は慌てて前に向き直り、すばやく首を横に振った。

「違う。それは嘘じゃない。記憶がなくても花奈は俺の妻だよ。ただ、きみは、俺たちがもともとどんなふうに生活していたのかを知らないから――」

「だったら、教えてよ！　どうしてなにも言ってくれないの⁉　私は……私は本当にあなたの奥さんなの？」

光琉さんがすべてを言い終える前に、心にわだかまっていた疑問をぶちまける。

紳士的で優しい彼に癒《いや》され、ほっとしていたのは事実だけど、同時になんとも言えない違和感も覚えていた。

光琉さんは、記憶がない私を変わらず愛していると言ってくれる。でもそれは言葉だけで、なにも確証がない。彼の言葉を信じたいからこそ、キスして抱き締めてほしかった。

私の下で苦しげに顔をゆがめた光琉さんは、片腕で目元を覆《おお》い隠し、はあっと溜息《ためいき》を吐いた。

「花奈は、間違いなく俺と結婚しているよ。寝室の書類棚に住民票の写しがあるから、それを見ればわかる。……ただ、実際にはまだ夫婦とは言えなかったんだ」

「え？」

「職場で花奈を見て惚《ほ》れたのは本当。でも、きみは若くて、人気があってね。年齢差に引け目を感じていた俺はかなり焦《あせ》っていた。だから、恋愛に不慣れだというきみを強引に言いくるめて結婚したんだよ。朝に言っただろう？　好きな女を落とすためなら、どんなことでも平気でするって」

光琉さんの本音を聞き、胸の鼓動が激しくなる。

もしかしたら彼に対して腹を立てるところなのかもしれない。でも、光琉さんが本気で私を求めてくれたのだとわかり、嬉しくてたまらなかった。

「そうだったの」

「うん。だけど籍を入れて我に返った時に、いくらなんでも強引すぎたと後悔した。花奈はそれまで恋愛をしたことがなかったらしくて、本当に初心《うぶ》で純粋だったからね。それで、きみに手を出すことをためらっていたんだ」

さっき光琉さんが口にした『実際には夫婦と言えない』という言葉が思い出される。

「じゃあ、私たちは、もしかして……」

私の心のなかを読んだように、光琉さんが小さく「ああ」と呟《つぶや》いた。

「そうだ。きみを抱いたことはない。はっきり聞いたことはないけど、おそらくそういう経験がないんだと思う。だから、無理はしなくていい。花奈の心の準備ができてからでいいんだよ」

目元を隠したまま、光琉さんは静かな声で私を諭《さと》す。それはきっと彼なりの思いやりと愛情に違いない。

光琉さんが私を大事にしてくれていることは本当に嬉しい。でも彼は大きな勘違いをしていた。

私が過去に他の男性と付き合ったことがないのは、たぶん事実だろう。エッチの経験がないのも本当だと思う。だけど、初心《うぶ》で純粋だったというのは思い込みだ。

私は記憶を失《な》くしてしまったけど、一般的な知識は残っている。そこには性の知識も含まれていた。

つまり、いまエッチについて多少の知識があるということは、以前の私だって知っていたはずで、光琉さんの言うような『本当に初心《うぶ》で純粋』な女じゃないのは明らかだった。

光琉さんのなかの私のイメージが、どうしてそんな乙女チックなものになったのかはわからない。ただ、このままじゃいつまで経っても本当の夫婦になれないということは確実だった。

私はできるだけ音を立てないようにしながら、そっとパジャマの上着を脱ぎ捨てる。相変わらず顔を隠したままの彼に近づいて、鼻の頭に口づけた。

本当は唇にキスしたいところだけど、そこはさすがに恥《は》ずかしいし、したことがないから失敗しそうで怖い。もう一度、今度は彼の手首に口づけると、光琉さんがかすれた声で私の名を呼んだ。

「花奈……？」

「光琉さんが好き」

緊張で震える心を奮《ふる》い立たせて、想いを口にした。

私の告白を聞いた光琉さんは、おそるおそるという感じで目元を覆《おお》っていた腕をずらす。続けて目を開けた瞬間、ヒュッと息を呑んだ。

パジャマを脱いでしまったから、いま私は上半身になにも纏《まと》っていない。胸元どころか、膨《ふく》らみの先までさらしていた。

心臓がドキドキしすぎて、身体中どこもかしこも震えている気がする。こわばる乳房と尖《とが》った先端もプルプルと揺れていた。

「……本当に好きだから、ちゃんと光琉さんの奥さんにして？」

重ねて想いを伝える。

どうしても私の気持ちをわかってほしくて、さらに身を乗り出したところで、光琉さんの両腕に抱き締められた。

「なんでだよ。記憶が戻ったら、後悔するかもしれないのに……！」

光琉さんはまるで独り言のように、つらそうな声を出す。私は内心で『ごめんなさい』と『ありがとう』と囁《ささや》いて、首を横に振った。

「絶対に後悔なんてしない。私が光琉さんを好きな気持ちは本当だもの。それにね、いくら強引に迫られたからって、好きでもないひとと結婚はできないと思う。きっとうまく伝えられなかっただけで、記憶を失《な》くす前の私もこうしたかったはずだよ」

なにも確証はないけど、不思議とそれが正解だと思えた。

光琉さんは私をきつく抱き締め直し、少し乱暴に「もうどうなっても知らないからな」と吐き捨てる。腕のなかに閉じ込められ、息苦しさに喘《あえ》いだ私の口を、彼の唇が塞《ふさ》いだ。

私が無理を言ったせいで機嫌を悪くしたのか、光琉さんは普段の優しい態度からは想像がつかないくらい荒っぽく唇を重ねてくる。

驚いてとっさに逃れようとしたけど、いつの間にか彼の手で頭のうしろを押さえられていた。

すぐに息が続かなくなり、頭がクラクラしてくる。耐えきれずに口を開けると、待ち構えていたように光琉さんの舌がなかに入ってきた。

「ん、んっ、ふぁ……！」

一瞬、冷たく感じたけど、すぐにふたりの体温が混じり合いわからなくなった。

柔《やわ》らかく芯《しん》のある彼の舌が、私の口内でぬるりと蠢《うごめ》く。妙な寒気を覚えて震え上がった。

うなじがゾクゾクしてたまらない。まるで、私の状態を見通しているように、光琉さんの手がそこを撫《な》で下ろした。

反射的にビクッと身体が跳ねる。光琉さんは最後に音を立てて私の唇を吸うと、ふっと笑って顔を離した。

「気持ちよかった？」

「え……あ、わから……ない。ただ、ドキドキ、して……」

口を塞《ふさ》がれていたせいか、呼吸が苦しい。瞳が潤《うる》み、顔も火照《ほて》ってジンジンしている。

知らないうちに顎《あご》のほうまで唾液《だえき》が垂れていたらしく、光琉さんが指で拭《ぬぐ》い取ってくれた。

彼は濡れた自分の指をわざとらしく舐《な》めて、ニッと口の端を引く。

「そんないやらしい顔で息を切らしていたら、聞かなくてもわかるけどね」

初めて見た、いじわるそうな笑みに、また鼓動が速くなる。いつもと違う彼を少し怖いと思うのに、色っぽくて魅惑的な姿から目が離せない。

光琉さんは私をかかえたまま、身体を反転させた。いままでとは逆で、私がラグに組み敷かれてしまう。

ギラギラしたまなざしが胸に注《そそ》がれているのを感じて、急に恥《は》ずかしさが込み上げてくる。慌てて手で隠そうとしたけど、光琉さんに手首を押さえつけられた。

「自分から見せつけてきたのに、いまさら隠すの？」

「う、だって……」

言い逃れできない状況だということはわかっていても、認めるのは居たたまれない。

思わず目をそらすと、光琉さんは私の両手首を頭の上にまとめて、左手で掴み直した。そして空《あ》いた右手で私の鎖骨《さこつ》をなぞる。

「ちゃんと見て。花奈はこうされたかったんだろう？」

光琉さんの声につられて、目線を胸元へ向けてしまう。私の見ている前で、胸の膨《ふく》らみが彼の右手に覆《おお》われた。

「あっ」

自分で触るのとはまるで違う感触と彼の体温に驚いて、声を上げる。自然に、お腹の奥がキュッとすくみ上がった。

光琉さんは膨《ふく》らみの形を確認するように、手のひらで全体を丸く撫《な》で、柔《やわ》らかく握《にぎ》る。指先に少し力を入れては抜くのを繰り返して、優しく揉《も》み始めた。

「綺麗で、柔《やわ》らかくて、最高だ」

「ん……ぁ、光琉さんは、おっぱい、好き？」

どんどん荒くなる呼吸の合間に尋ねる。

ちょっとびっくりしたように眉を上げた光琉さんは、続けてクスッと笑った。

「そうだね。嫌いだって男はあんまりいないんじゃないかな」

内心でほっと息を吐く。男性がおっぱい好きだという情報は本当らしい。

笑いながらも、光琉さんは私の胸をやわやわと揉《も》み続ける。乳房がじんわりと熱を持ち、先端が彼の手に擦《こす》れてむず痒《がゆ》く感じた。

「はあ、あ……あぁん」

恥《は》ずかしくていやなのに、漏《も》れ出る声が抑えられない。

光琉さんは私の手首を放して、いままで触れていなかったほうの乳首を摘《つ》まみ上げる。途端《とたん》にピリッとした痺《しび》れが走り、背中を反らした。

「やぁっ！」

「気持ちいい？　ここ、ピンピンに尖《とが》っているけど」

とにかくむずむずして苦しい。でも、やめてほしくない。きっとこれが光琉さんの言う『気持ちいい』ってことなんだろう。

興奮で潤《うる》む目を彼に向けてうなずく。光琉さんはわずかに顔をしかめて、天井を仰いだ。

「あー……やばいな……」

「え？」

低い声でぼそぼそと言われたから、はっきり聞き取れなかった。反射的に聞き返したけど「なんでもないよ」と返される。

彼はそれ以上なにも言わずに、摘《つ》まんだ乳首を刺激し始めた。

指先で軽く押し込むようにしながら、くりくりと転がされる。てっぺんを擦《こす》られるたびに、いままで感じたことのない強く甘い痺《しび》れが湧《わ》き上がった。

「ひっ、んん、んー……っ」

喉の奥からせり上がってきた声を噛《か》み殺し、手で口を覆《おお》い隠す。

光琉さんは必死で声を抑える私を見て、また悪そうな笑みを浮かべた。

「声、我慢しなくていいのに。俺としては花奈が可愛く啼《な》くところを見たいんだけどな」

そう言われても、素直には応じられない。自分がこんないやらしい声を出すなんて信じられないし、恥《は》ずかしすぎる。

口元を隠したまま首を横に振ると、光琉さんはどこか嬉しそうに笑みを深くした。

「そう。じゃあ我慢しきれなくなるくらい、もっともっと感じさせてあげないといけないね」

え、なに……？

すごくいやな予感がして身を縮める。

光琉さんは、私の両方の乳首を、それぞれ三本の指で同時に捏《こ》ねだした。

左右の膨《ふく》らみからピリピリした感覚が広がっていく。片側だけでも苦しいと思ったけど、両方をいっぺんに刺激されるのは、じっとしていられないくらい強い快感だ。

ぐっと体温が上がり、ますます呼吸が激しくなる。軽い酸欠に陥《おちい》った私は苦しさに耐えきれず、手を除《よ》けて大きく息を吸い込んだ。

無防備になった口から、切れ切れに喘《あえ》ぎが溢《あふ》れ出す。

「んっ、はあ、あぁ……あんっ……光琉さ、いっしょに、したら、だめぇ……！」

左右に大きく頭を振って、つらいと訴える。けど、光琉さんは楽しそうに目を細めただけで、手の動きを止めてはくれなかった。

「花奈は感じやすいんだな。ちょっと触っただけでこんなになって」

「や、だ……そんな、こと……」

まるで「いやらしい」と非難されたように思えて悲しくなる。必要以上に清純と決めつけられるのは困るけど、逆にエッチなことが大好きだと思われるのもいやだ。

思わず感情を顔に出してしまう。目を合わせた光琉さんは、左手をラグに移して身体を支え、私の額《ひたい》に口づけた。

「感じやすいのはいいことなんだよ。花奈が気持ちよくなってくれると俺も嬉しい。だから、いっぱい感じて、乱れてみせて」

「あ、んぅ……」

私が次の言葉を紡《つむ》ぐより早く、キスで唇を塞《ふさ》がれる。

初めのキスと同じようにしつこく口の中を舐《な》められ、光琉さんが離れる頃にはぐったりとしてしまった。

光琉さんは右手で私の胸を弄《もてあそ》びながら、顎《あご》の下、首筋、鎖骨《さこつ》へと唇を落としていく。ただ触れるだけのキスなのに、ひどくゾクゾクする。

くすぐったいはずの感覚が気持ちよくて、私ははしたない声をこぼしながら身体を震わせた。

やがてたどり着いた胸元に軽く歯を立てられる。

「やっ、あ、光琉さん……！」

そんなにきつく噛《か》まれたわけじゃないんだけど、熱に浮かされているなかで異質な痛みを与えられ、驚いてしまった。

私の意識が噛《か》まれた場所に集中する。光琉さんはまるでそれを狙っていたように、私の乳首に吸いついた。

「ひあぁっ！」

指でいじられるより何倍も強い快感が噴き出る。彼はそこを一度強く吸ったあと、舌を巻きつけるように舐《な》め上げ、次に唇で挟んで強めに扱《しご》いた。

ふわふわした甘さと、痛みに近い痺《しび》れを交互に感じて、私は身をこわばらせる。もう一方の乳首も同じように指で刺激されていた。

胸の先から溢《あふ》れた痺《しび》れは全身をめぐり、足の付け根を熱くする。

そこは光琉さんを受け入れるための場所。まだ胸をいじられただけなのに、身体は早くも先を期待して震えていた。

膨《ふく》らみへの愛撫《あいぶ》が激しくなるに従い、下腹部の熱も上がっていく。ちょっとしつこいくらいに胸を苛《さいな》まれ、私はいつの間にかラグに足を突っ張り、腰をくねらせていた。

恥《は》ずかしいし、いやらしいと思うのに、動きが止められない。なぶられ続ける胸と同じに、秘部がジンジンしてたまらなかった。

熱を放ち、ひくつくそこを擦《こす》って、疼《うず》きを鎮《しず》めてほしい。

「あ、も、もう、やだぁ。胸だけじゃ、いや……」

我慢しきれなくなった私は半泣きで首を左右に振る。

光琉さんは私の胸元から顔を上げ、スッと口の端を上げた。

「……他に、どこをいじってほしい？」

「そ、れは……」

とっさに口籠《くちご》もる。いくらなんでも、その場所を口にすることはできない。

普段と違って、いまの光琉さんはいじわるだ。私が望んでいることなんて最初からお見通しのはずなのに、彼はわざとらしく首をひねるだけだった。

「ちゃんと言わないとわからないよ。それとも、指で差して教えてくれる？」

どうしても、いじってほしいところを私から伝えなければいけないらしい。

私はきつく目を瞑《つむ》って恥《は》ずかしさを振り切り、ラグに投げ出していた手をそろりそろりと秘部へ向けた。

「ここ、を、触って……」

「こう？」

身体を起こした光琉さんは軽い調子で返事をして、私の足の付け根にぺたりと手のひらを載せた。

パジャマごしに、ほんのりと彼の体温を感じる。けど、望んだような刺激は与えられなかった。

「ち、違うの。もっと強くして……服の上からじゃなくて、胸をいじった時みたいに」

体内でくすぶる熱に突き動かされ、次々といやらしい願いを口にしていく。閉じた瞼《まぶた》の向こうに視線を感じて目を開けると、光琉さんの熱いまなざしが注《そそ》がれていた。

「直接触ってほしいなら、自分で脱いで」

ギラギラした光琉さんの目がパジャマのズボンに向けられる。

私はまるで操《あやつ》られているみたいに、ウエストへ手を伸ばし、ズボンをゆっくりと下ろしていった。

「あ、ぁ」

ただ服を脱いでいるだけなのに、息が切れ、私の口から喘《あえ》ぎが漏《も》れる。

ズボンとショーツをまとめて太腿《ふともも》まで下ろしたところで、足の付け根に冷たい空気を感じて身震いした。

軽く首をかしげた光琉さんが、私の秘部を覗《のぞ》き込む。

「濡れているね」

「えっ、あ……み、見ないで」

思わずギュッと足を閉じる。この状況で隠すのはおかしいと自分でも思うけど、恥《は》ずかしい。

光琉さんも同じように感じたらしく、クスッと笑い声を立てた。

「そんな無茶を言われてもね。そこをいじってほしいなら、足を開いて全部見せなさい」

「う……」

きっぱりと命令されて、また身体の熱がぐっと上がる。光琉さんは私を急かすように手早くズボンとショーツを抜き取り、ぽいっと放り投げてしまった。

一糸纏《いっしまと》わぬ姿になった私は、のろのろと足を開いていく。やっと肩幅くらいまで開いて溜息《ためいき》を吐くと「もっと」と指示された。

「膝《ひざ》を立てて。奥まで見えるように」

「やあ……恥《は》ずかしい……」

立て続けに与えられる命令に泣き言が漏《も》れる。

光琉さんは口元に笑みを浮かべたまま、スッと目をすがめた。

「その恥《は》ずかしいことがしたいって最初に迫ったのは花奈のほうだよ。それに、いやがるどころか気持ちよくなっているよね？」

鋭《するど》い指摘にピクッと肩が震える。彼の言うとおり、私の疼《うず》きはひどくなる一方だった。

光琉さんに言われるまま、左右に大きく足を広げた。

開ききった秘部は、見られていることを意識してひくつき、新たな蜜をこぼす。伝い落ちていくその雫《しずく》を、光琉さんの長い指がすくい取った。

わずかに触れられただけでも、大げさに反応してしまう。息を呑み震える私の目の前で、光琉さんは蜜にまみれた指先を咥《くわ》えた。

「あ、やだ。そんなの、舐《な》めるなんて……！」

思わず目を見開いて、制止の声を上げる。まさか口に入れるとは思っていなかった。

驚く私を見た光琉さんは、口から指を離して、おかしそうにふっと笑う。

「どうして？　花奈を味わいたいのに」

「なに、言って……だ、だめだよ、汚いから」

さっきお風呂で綺麗にはしたけど、秘部から溢《あふ》れたものを口にされるのは、やっぱり抵抗がある。

頑《かたく》なに拒否すると、光琉さんは手の甲で口元を乱暴に拭《ぬぐ》い、はあっと息を吐いた。

「だめと言われると余計にしたくなるんだけどな。それとも俺を煽《あお》っているの？」

「え？」

なにを言われているのかわからずに、目をまたたかせる。

一生懸命どういうことか考えようとしたけど、答えが出るより先に、光琉さんの左手で右足をぐいっと持ち上げられてしまった。

「あっ！」

膝《ひざ》の裏を掴《つか》まれて押し上げられたから、足が自由に動かせない。

なにごとかと慄《おのの》く私に構わず、光琉さんは秘部に顔を近づけた。

「やっ、だめだめっ！　あ——……っ!!」

慌てて手で防ごうとしたけど間に合わず、割れ目をべろりと舐《な》め上げられる。寒気のような震えが全身に広がり、私は背中を反らせて声を上げた。

光琉さんはそのまま強引に割れ目をこじ開けて、中の襞《ひだ》にまで舌を這《は》わせる。そんなところを舐《な》められると思っていなかった私は、驚きと快感にさらされ、震え続けることしかできない。

「ひ……あ、あぁぁ」

秘部に口づけるなんて汚くていけないことなのに、ひどく気持ちよくてぼーっとしてくる。

いじられることで鎮《しず》まると思っていた疼《うず》きはさらに激しくなり、全身が痙攣《けいれん》し始めた。

「あ、あ、なんか、変なの、やだぁ……っ」

お腹の奥が、かあっと熱くなる。初めての感覚にどうしたらいいのかわからない。

光琉さんは混乱する私を無視して、秘部への愛撫《あいぶ》を続けた。

まんべんなく全体を舐《な》めて、時折、太腿《ふともも》の内側に口づける。私の息が上がり、ぐったりするのを待っていたように、弛緩《しかん》した割れ目の奥へと指先を進めてきた。

そこがすっかり濡れてぬるぬるしているのは、見なくてもわかる。一瞬ピリッと痛んだけど、私の身体は彼の指を抵抗なく受け入れた。

「あぁ……なか、に……」

「うん。痛くない？」

光琉さんは顔を上げないままで聞いてくる。彼の声と吐息で秘部が震え、淡く甘い感覚が響いた。

カクカクと首を縦に振って、痛みがないことを伝える。ただ異物感が強くて、とても気持ちがいいとは言えなかった。

少しの間じっとしていた彼の指が、静かに内側を探りだす。

一度、ぐるりと指をまわして内壁をなぞり、ゆっくり引き抜いたあとまた戻ってきた。

「ううー……」

反射的に呻《うめ》き声が出てしまう。指を抜き挿しされるたびに、ゾワゾワした不快感に襲われ、肌が粟立《あわだ》った。

たぶん光琉さんには、いまの私の状態がわかっているんだろう。彼は小さく「ごめんね、少しだけ我慢して」と呟《つぶや》いて、また秘部を舐《な》め始めた。

「ん、あぁ、んんっ」

外の快感と、内側の違和感が混じり合い、わけがわからなくなる。

混乱のなかで喘《あえ》いでいると、光琉さんの舌先が割れ目の手前にある突起《とっき》をかすめた。

「ひっ‼」

電流のように鋭《するど》い感覚が走り、声が裏返る。ひくひくと下腹部がわななないて、なかにある光琉さんの指をギュッと締めつけた。

じわじわとお腹の奥のこわばりが解けていくのに合わせて、未知への恐怖がせり上がってくる。

「や、待って。そこ、怖い……」

いままでだって苦しいくらい気持ちよかった。これ以上の快感にさらされたら、自分がどうなってしまうかわからない。

力なく首を左右に振って、やめてほしいとお願いする。けど、光琉さんは「大丈夫」と軽く答えて、敏感《びんかん》な突起《とっき》に吸いついた。

「んあっ、あぁぁ――」

途端《とたん》に秘部全体がビリビリと痺《しび》れだす。熱くて痛くて……おかしくなりそうなほど甘い感覚。きつく瞑《つむ》った目から、自然に涙がこぼれ落ちた。

首を反らして震えているうちに、瞼《まぶた》の裏が輝き始めた。目を閉じているはずなのに、まぶしさがどんどん増していく。

やがて意識が光に呑み込まれた瞬間、身体のなかに渦巻《うずま》いていた感覚のすべてが弾け飛んだ。

「あ――……っ!!」

細く高い叫びが私の口から上がる。声が途切れるのと同時に、全身の力がガクッと抜けた。

自分で自分がどうなったのかわからない。とにかく息苦しくてだるくて、私は全身を投げ出し、必死で呼吸を繰り返した。

ふと我に返ると、持ち上げられていたはずの右足が下ろされている。

のろのろと瞼《まぶた》を開けて、光琉さんを見ようとしたけど、先に彼の大きな手で目尻を拭《ぬぐ》われた。

「上手にイケたね」

「……え……？」

朦朧《もうろう》としたままの私には、光琉さんの言う意味が理解できない。

彼は私の頬を撫《な》でながら、ふふっと小さく笑った。

「気持ちよくなりすぎるとそうなるんだよ。イクって聞いたことない？」

「あ、さっきの、が……？」

「そう。花奈の色っぽい声が聞けて俺も嬉しいよ」

光琉さんの指摘で、一気に頬が熱くなる。エッチなことをしているんだから、いやらしい声が出るのは当たり前なんだろうけど、やっぱり平気ではいられない。

まともに彼の顔が見られなくて目をそらすと、かすかに溜息《ためいき》を吐く音が聞こえた。

「……本当に最後までするの？」

ためらいが含まれた光琉さんの問いかけに、パッと目線を戻した。

「これで終わりなんてやだ！　どうしてそんなこと言うの⁉」

感情に任せて彼を睨《にら》む。

光琉さんは少し気まずそうに自分の髪を掻《か》き上げた。

「いや、まあ、ここでやめるって言われたら俺もつらいんだけど……花奈は初めてだから、たぶん痛いと思う」

「そ、そんなの、最初から覚悟してるもの」

初体験に痛みや出血が伴《ともな》うということは知っていた。全然怖くないとは言えないけど、きっと光琉さんとなら我慢できるはずだ。

私のまなざしを受け止めた光琉さんは、まっすぐに目を合わせてくる。

「きみのなかに出すよ？」

「あ……」

なにを？　なんて聞かなくても、光琉さんの言っていることはわかる。妊娠するかもしれないと考えた途端《とたん》に、お腹の奥がどくりとうねった。

治まりかけた鼓動が、また激しさを増す。

私は一度目を瞑《つむ》ったあと、光琉さんを見つめ直し、両手を彼へと伸ばした。

「光琉さん、好き」

「花奈……」

わずかに目を瞠《みは》った光琉さんは、続けて困り顔で微笑《ほほえ》んだ。

「まったく。きみには敵《かな》わないな」

彼がなにを言いたいのかはよくわからないけど、とりあえず私の想いは伝わったらしい。

光琉さんは私の手を取って甲に口づけると、サッと自分のパジャマを脱ぎ捨てた。

程よく筋肉のついた身体に目を奪われる。首から肩、二の腕、胸板……女の私とは違うシャープなラインにドキドキしてしまう。

彼の裸に見惚《みと》れているうちに、私の両足はまた大きく開かれていた。

覆《おお》いかぶさってきた光琉さんが、頬に口づける。同時に秘部の割れ目をなにかで軽く押された。

太くて、なめらかで、ひどく硬い。驚いてそれに目を向けようとしたけど、光琉さんがぴったりと身体を合わせているから見えなかった。

「なに？　この硬いもの」

「またそういうことを言って、俺を煽《あお》るんだから。本当に花奈はいけない子だ」

呆《あき》れたような光琉さんの呟《つぶや》きに、首をひねる。なにか勘違いをされている気がするけど、訂正する前に謎の硬いもので、ぐぐっと割れ目を開かれた。

それは襞《ひだ》を掻《か》き分けて、さらに奥へ入ってこようとする。狭い入り口を強引に押し開かれて、鋭《するど》い痛みが走った。

「あ、いっ！」

痛みに声を上げたところで、秘部に当てられたものの正体に気づく。予想もしていなかった硬さと太さに軽くパニックを起こした。

「やぁ、嘘。おっきい、よ……！」

ギュッと顔をしかめて、感じたままを声に出す。すぐそばで光琉さんが盛大に溜息《ためいき》を吐いた。

「ああ、もう……少し黙ってて」

そう言われた途端《とたん》に、キスで口を塞《ふさ》がれる。投げ出していた右手に彼の左手が重ねられ、きつく握《にぎ》り締められた。

「んーっ、ん、んぅ！」

言葉は出なくても、呻《うめ》き声が漏《も》れてしまう。

光琉さんによって暴《あば》かれていく内側は、痛いというより、ひどく熱く感じる。まるで火傷《やけど》をした時のような痺《しび》れと、強い圧迫感を覚えて、私はボロボロと涙をこぼした。

ゆっくりゆっくりと進んできた光琉さんが、最後にぐっと深く腰を沈めて止まる。彼は顔を離して、苦しげに息を吐いた。

「全部、入った……。ごめんね、花奈。……痛いよな、ごめん」

光琉さんは浅い呼吸の合間に、しつこく謝罪を繰り返す。でも、謝られるようなことじゃないから、首を横に振った。

「お腹いっぱいで、苦し、けど、いいの……」

もっと平気なふりができればいいのに、涙交じりの声しか出せない。

私のなかを隙間なく埋めた彼のものは、信じられないほど熱くて硬くて、触れ合う部分がビリビリと痺《しび》れている。とても「大丈夫」とは言えなかった。

光琉さんは労《いたわ》るように私の髪を撫《な》で、額《ひたい》や瞼《まぶた》にそっとキスを落とす。優しい仕草に誘われて見つめ合うと、ふっと苦しさがやわらいだ。

いつもの穏やかな光琉さんからは想像できないほどの色気を感じる。欲望にまみれて輝く彼の瞳を見ているうちに、下腹部がむずむずしてきた。

繋がっただけでは足りない、と身体が訴える。

……もっと光琉さんに気持ちよくなってもらいたい。どんなふうにされても、そのせいで身体がつらくなっても平気……

きっと、彼への愛情と本能がそう思わせているんだろう。

私は空《あ》いているほうの手で光琉さんの頬に触れて、微笑《ほほえ》みを浮かべる。それに合わせて、立てた膝《ひざ》で彼の下半身をキュッと挟んだ。

「光琉さん、もっと、して?」

「え、だって、まだ痛むだろう?」

光琉さんはあからさまに驚いて、目を見開く。けど、ためらう言葉とは裏腹に、私と繋がっている部分は先を期待しているように震えていた。

私は彼を安心させるために、ゆるゆると頭を横に振る。

「もう、平気だから。ちゃんと最後までしてほしいの。……光琉さんの、本当の奥さんになりたい」

重ねたままの右手を握《にぎ》り直すと、光琉さんはせつなそうに目を細めて小さくうなずいた。

「わかった。ゆっくり、少しずつ、ね」

彼はまるで自分に言い聞かせるみたいに呟《つぶや》いて、上半身を起こす。そして、握《にぎ》っていた私の手を離し、自分の肩へと導いた。

「ここか、首か腕でもいいから、掴《つか》まっていて。つらい時は引っ掻《か》いたり、叩いたりしていいよ」

「え……あっ」

そんな乱暴なことはしないと言いかけたけど、胸の膨《ふく》らみから甘い感覚が湧《わ》き上がったのに驚いて、言葉にできなかった。

見るとそこに光琉さんの手が触れている。どうしていまさら胸をいじるのか理解できず、彼に目を向けると、笑みを返された。

「花奈に負担をかけて、俺だけよくなるのはいやなんだ。痛みを取ってあげるのは無理だけど、できるだけ忘れていられるようにね」

「光琉さん」

心が温かくなる。本当に大切に想われていることがわかって、また泣いてしまいそうになった。

光琉さんは手のひらで私の乳房を柔《やわ》らかく捏《こ》ねながら、先端を摘《つ》まむように刺激してくる。胸への愛撫《あいぶ》につられて秘部がヒクヒクとわななき、埋められた彼のものに吸いついた。

続く快感に浮かされ、だんだんと痛みが遠のいていく。いつの間にか光琉さんが腰を揺らしていたけど、ヒリヒリするだけで苦痛には感じなかった。

「あ、あっ、光琉、さん……好き」

彼が奥まで入ってくるたびに、私の口から喘《あえ》ぎが漏《も》れる。

始め、もどかしいほどゆっくりだった抽送《ちゅうそう》は、しだいに速さを増して、気づけば全身が揺さぶられるほど激しいものになっていた。

光琉さんの肩をきつく掴《つか》んで、突き立てられる楔《くさび》を受け止める。たぶん爪が食い込んでいるだろうけど、彼にすがっていなければ耐えられない。

なかを擦《こす》られることで起きる痺《しび》れと熱さ……そして無視できないゾクゾクした感覚に翻弄《ほんろう》される。もうなにも考えられずに、私はただ震えながら声を上げ続けた。

「あぁ、あー、んぁ、あ、あああぁ……」

私のはしたない声と、抽送《ちゅうそう》に合わせた水音が重なる。全力疾走《しっそう》した時のように心臓がドキドキして、息が切れ、朦朧《もうろう》としてきた。

一度、両手を離した光琉さんが、私の太腿《ふともも》をかかえ上げる。彼はかすれた声で「ごめん」とささやいてから、ガツガツと腰を打ちつけ始めた。

いままでよりもっと奥に彼のものが入り込み、目の前に星が飛ぶ。

「あ、あっ――……!!」

痛いのか、気持ちいいのかもわからない。混乱する頭のどこかで『もうだめ』と悟《さと》ったのと同時に、光琉さんが低く呻《うめ》いた。

「ん、くっ、花奈……！」

彼の身体がギュッとこわばり、私のお腹の奥に新たな熱が広がっていく。

突然放たれた熱さに驚く間もなく、光琉さんに思いきり強く抱き締められた。

「……はー……花奈のなか、気持ちよすぎる」

「え？　光琉、さん？」

「もう少し我慢できると思っていたんだけどなあ……」

独り言のような呟《つぶや》きを聞き、彼が達したのだとわかった。お腹のなかに広がった熱の正体にも気づいて、かあっと顔が火照《ほて》る。

先に『なかに出すよ』と宣言されていたから驚くことではないのだけど、嬉しくて、それでいて少し怖いような、不思議な胸の高鳴りを覚えた。

光琉さんの首に腕をまわして、抱き締め返す。

「嬉しい。ありがとう、光琉さん」

胸の奥から湧《わ》いてきた想いを口にすると、彼は驚いたように「えっ」と声を上げた。

「お礼を言うのは俺のほうだよ。きみの初めてをもらったんだから。……まあ、花奈の積極的なところにはちょっと驚いたけど」

「う……」

茶化すようにクスクスと笑われ、言葉に詰まる。

光琉さんとエッチをして身も心も彼の妻になれたことは本当に嬉しいし、少しも後悔していない。

けど、裸になったうえ彼を押し倒して迫るなんて、いくらなんでもやりすぎだ。

いまさら我に返った私は、恥《は》ずかしさで身をすくませた。

穴があったら入りたいというか、逃げて隠れてしまいたいけど、光琉さんと抱き合った状態では難しい。なにより、私のなかにまだ彼がいた。

「あの、もう、離れたほうがいい、よね……？」

はっきり『抜いて』とは言いづらくて、つい問いかけてしまう。

パッと顔を上げた光琉さんは、心配そうに私を見つめてきた。

「苦しい？」

「え、ううん。大丈夫だけど……」

相変わらず異物感はあるものの、それを不快だとは思わない。光琉さんの一部だと思えば、愛おしく感じる。

しかし、身体を開かれたままというのは、どうにも落ち着かなかった。

私の返事を聞いた光琉さんは、ほっとしたように息を吐いた。

「よかった。ちょっと自重《じちょう》できなくて、花奈に無理をさせてしまったね。いまさら謝っても済むことじゃないけど……ごめん」

「あ、いいの。確かにその、いろいろとびっくりしたけど、嬉しかったし。光琉さんのこと、大好きだから」

申しわけなさそうにしょげる光琉さんに向かって、私は平気だと言葉を重ねる。

本当に大丈夫だと証明するために微笑《ほほえ》んでみせると、繋がったままの彼のものがピクッと跳ねた。

「んっ、光琉さん……？」

敏感《びんかん》な内壁は彼のわずかな動きも察知してしまう。思わず彼の名を呼んで身じろげば、秘部から卑猥《ひわい》な水音が上がった。

そこは私のなかから溢《あふ》れた蜜と、光琉さんが放ったもので、ビショビショになっているんだろう。当然のなりゆきだけど居たたまれない。ギュッと目を瞑《つむ》り、身を縮めて恥《は》ずかしさをやりすごそうとしたところで、お腹の奥の異物感がさっきより大きくなっていることに気づいた。

「あっ、なに、これ」

なんだか妙にゴツゴツしているような？

慌てて目を見開いた私の前で、光琉さんが困ったように眉尻を下げていた。

「……んー、あのさ……もし、花奈が大丈夫ならだけど……もう一回、いける？」

「え、嘘。えっ？」

あまりにも予想外な提案にギョッとする。

驚きで固まっているうちに、光琉さんがゆるりと腰をまわした。

「これ、痛くない？」

「あぁんっ」

私の喘《あえ》ぎと、粘ついた水音が重なり、じんわりと甘苦しい感覚が広がる。

光琉さんは「痛むならやめる」と言って気遣ってくれるけど、私が痛がっていないのは身体の反応でバレバレだった。

「やぁ、だめぇ。もう無理だから……あぁぁっ……！」

痛みがなくても、気持ちよすぎて苦しい。

施《ほど》される愛撫《あいぶ》に翻弄《ほんろう》されながら、何度か「無理だ」と伝える。でも、いやらしい声が交じっていては説得力がないのか、光琉さんは止まってくれなかった。

結局、彼がもう一度満足するまで行為は続き、体力の限界を超えた私は、なかば気を失うようにして眠りに落ちた。

＊　＊　＊

俺――梶浦光琉はラグの上で寝入ってしまった妻の花奈を抱き上げ、そっと寝室へと運ぶ。起こさないよう気をつけながらベッドに寝かせて、彼女の身体を清めることにした。

少し熱めのお湯にタオルを浸《ひた》して、汗や他の汚れを拭《ぬぐ》い取っていく。

初めてのセックスで疲れきっているらしい花奈は、目を覚ます気配さえない。ここまで無理をさせてしまったことを申しわけなく思う反面、彼女の身体を手に入れたという喜びを覚えた。

「可愛いな……」

ひとりごちてから少し足を開かせて、付け根に優しくタオルを押し当てる。

敏感《びんかん》な場所だから、さすがになにかを感じ取ったらしく、花奈がわずかに眉根《まゆね》を寄せて身じろぎした。

自然と肌を粟立《あわだ》たせ、ピクピクと震えるのがなまめかしい。さっきまでの彼女の痴態《ちたい》を思い出しそうになり、俺は静かに頭を振った。

「まずいな。年甲斐《としがい》もなく二度もしたのに」

秘部に当てたタオルをそのまま少し置き、汚れを吸い取らせる。外して視線を向けると、白い生地に薄く色がついていた。

きっと純潔の証《あかし》だ。処女性にこだわりなんてものはないが、やはり彼女に触れたのが自分ただひとりだと知るのは嬉しい。

浅ましい独占欲だと気づいていても、心が沸《わ》き立つのを止められない。

俺は、花奈には絶対に見せられない悪い笑みを浮かべたあと、替えのパジャマを出して彼女に着せた。

ベッドの枕元に寄り添い、眠る花奈の顔を覗《のぞ》き込む。

なんて愛らしいんだろう。ずっと欲しいと思っていた彼女が、いま俺の隣にいるなんて信じられない。心の底から幸せだと感じた。

時間の感覚が危うくなるほどかなり長い間、夢心地で花奈を見つめ続ける。が、やがて唐突《とうとつ》な不安感に襲われた。

いまの彼女は俺の説明を鵜呑《うの》みにして、自分が普通の妻だと信じきっている。俺たちが結婚した本当の理由も、俺との関係も、すべて忘れたままで……

いつか花奈が記憶を取り戻した時、おそらく俺は嘘つきだとなじられ、一生恨《うら》まれるのだろう。

それでも、俺は彼女に真実を伝えることができない。

「花奈、愛してる。心から」

花奈を騙《だま》し続ければ、いつかそのしっぺ返しを食う。そのことに気づいていてなお、この期間限定の幸福にすがり続けていたかった。

3

私が怪我《けが》をしたという日から、あっという間に二ケ月が過ぎた。

自然に思い出すのを待つしかないと言われている記憶喪失は、一向によくなる気配がなく、私は相変わらず家に引き篭《こ》もっていた。

と言っても、光琉さんが私を大事にしてくれるから、なにも不自由はない。

平日は仕事へ向かう光琉さんを見送ったあと、ひととおりの家事をして過ごす。彼が帰宅したら、その日にあったことをお互いに語り合い、寝室のベッドで寄り添って眠るのだ。

以前、光琉さんに、眠れなくなるから寝室を別にしてほしいと言われていたけど、あれは嘘だったらしい。恋愛初心者な私にうっかり手を出してしまわないよう、適当な理由をつけてわざと寝る場所を分けたそうだ。

週末はふたりでいろいろなことをする。買い物を兼ねて映画を観に出かけたり、流行《はや》りのレストランへ行ったり、家でゆったりとくつろいだり……もちろん、エッチな触れ合いも。

光琉さんは『頻繁《ひんぱん》にそういうことをするのは、花奈の負担になる』と言って、平日はなにもしてこないけど、そのぶん休日にはぐったりしてしまうほど苛《さいな》まれる。

最初は驚くことばかりで、彼と繋がる時にも痛みや違和感があった。でも回数を重ねるたびにいやな感覚は消えていき、代わりにおかしくなりそうなほど強い快感を覚えるようになっていた。

聡《さと》い光琉さんは、私がエッチに慣れてきたと気づいているようで、この頃は夜だけじゃなく朝や昼にも不埒《ふらち》ないたずらをしかけてくる。

土曜日を迎えた今朝も目が覚める前から愛撫《あいぶ》を施《ほどこ》され、気づいた時にはもうほとんど裸で、彼を受け入れる準備まで整っていた。

覚えたばかりの情欲に流されて光琉さんと愛し合い、我に返ったのは昼の少し前。

私たちはちょっと照れくさく思いながら朝食と兼用の昼食を済ませて、午後はなにもせず家でゆっくりすることにした。

リビングのラグに胡坐《あぐら》をかいた光琉さんは、朝に読めなかった新聞を眺《なが》めている。私は彼の膝《ひざ》に頭を載せて寝転び、うとうとしていた。

午後の暖かい日差しがレースカーテン越しに降り注《そそ》ぎ、私たちを包んでいる。部屋のなかに響くのは光琉さんが新聞をめくる音だけ。

すごく、幸せ……

心躍《こころおど》るようなことがなくても、ただ愛するひとのそばにいるだけで満たされる。

こんなに幸福でいいのかと少し怖くなった瞬間、ふと首のうしろに寒気を感じた。

頭の奥から『本当にこれでいいの？』とささやく声がする。反射的に血の気が引いて、サッと肌が粟立《あわだ》った。

湧《わ》き上がってきた問いかけがなにを意味するのか、そして、なぜそんなに怯《おび》える必要があるのか、自分でもわからない。

でも怖い。

やまない悪寒《おかん》に小さく震える。その時、カウンターの上に置いてある光琉さんのスマホが鳴りだした。

すぐに止まったからメールの着信だろう。それにしても、普段は聞いたことがない低い音程の曲だった。

まるで私の心のなかを表したような、不安を感じさせるメロディ……

おそるおそる光琉さんを見上げると、彼は困った表情でスマホを見つめていた。

「光琉さん？」

「……ごめん、花奈。ちょっと、やっかいなことになるかもしれない」

「えっ!?」

驚いて飛び起きる。

光琉さんはゆっくりと新聞を畳《たた》んだあと、カウンターへと向かった。

立ったままスマホに届いたメッセージを確認した彼は、長い溜息《ためいき》を吐く。

蒼褪《あおざ》めた顔で光琉さんを見つめると、小さく手招きをされる。

「おいで。花奈にも関係があることだから、先に説明しておくよ」

ギクッと身体がこわばった。

はっきり言って聞きたくない。けど、いやだと言うわけにもいかず、私は立ち上がってのろのろと彼に近づいた。

光琉さんに促《うなが》され、カウンターのスツールに座る。彼は少しの間なにかを考え込むようなそぶりをしてから、おもむろに口を開いた。

「……あまり時間がないから簡単に話すけど、きみの叔母さんがいまからここへくるんだ」

「叔母さん？　私の？」

意外な話にパチパチとまばたきをする。

私の両親がもういないことは最初に聞いたけど、他に親戚がいるという話は初耳だった。

光琉さんはカウンターに頬杖《ほおづえ》をついて、小さくうなずく。

「ああ。亡くなられたお父様の妹だそうだよ。会えばわかるけど、ちょっと個性が強いひとでね。記憶を失《な》くす前のきみは、彼女に押されっぱなしだった」

「へえ、そうなんだ。でも、なんでここにくるの？」

私の疑問に、光琉さんは小さく肩をすくめた。

「しばらく花奈と会っていないから、心配になったってメールには書いてあるね。世話焼きで、花奈のことを大好きなひとだから……。きみが怪我《けが》をしたあと、俺のほうから定期的に連絡を入れていたけど、たぶんそれだけじゃあ納得できなかったんだな」

「その叔母さんには、私が記憶喪失だってことを話してあるの？」

「いや、言ってない。いまのきみの状態を知ったら、自分の家に連れ帰るって騒《さわ》がれそうで……。花奈の親代わりを自任しているからね」

……どうしよう。

「直接会って話したら、私の記憶がないってバレちゃうよね？」

「うん……居留守を使う手もあるけど、そんなことをしたら毎日きそうだしなあ……」

光琉さんと顔を突き合わせて、ふたりで同時に考え込む。

なんとか穏便《おんびん》に済ます方法はないかと首をひねったところで、カウンターの上の救急箱が目についた。急に視界が開けたような感じがして、パッとアイデアが浮かんでくる。

「いいこと思いついた！　光琉さん、これだよっ」

「え？」

救急箱を指差す私を見て、光琉さんがきょとんとする。

まるでタイミングを合わせたように響くチャイムの音で、私は慌てて救急箱を引き寄せた。

迎えに出た光琉さんと共に入ってきたのは、四十過ぎくらいの小柄な女性だった。

ふっくらした体型に、人目を引く色合いの服を着ている。服装に合わせているのか、メイクも派手だ。

彼女はリビングに入ってくるなり「んまあ！」と声を上げて私のほうへ駆《か》け寄ってくる。その視線は、私の口元に注《そそ》がれていた。

いまの私は大きめのマスクをつけている。喉風邪《のどかぜ》をひいてしまって声が出せない……という設定で。

記憶喪失の私には、当然だけど叔母さんのことがわからない。下手に話を合わせようとして失敗するくらいなら、黙っているほうがいいと判断したのだ。

叔母さんは大げさに眉尻を下げて、私を見つめてくる。

「ああ、なんてことかしらっ。花奈ちゃん、可哀想《かわいそう》に……風邪《かぜ》だと聞いたけれど、病院へは行ったの⁉」

ちょっと芝居《しばい》がかっている気がするけど、彼女なりに本気で心配してくれているんだろう。

仮病《けびょう》を使って騙《だま》していることを少し申しわけなく思いながら、私は微笑《ほほえ》んでうなずいた。

続けてすぐ、光琉さんに目配《めくば》せをする。細かい流れまで打ち合わせをする時間がなかったから、その場しのぎでやり過ごすしかない。

光琉さんは私が言いたいことを理解してくれたらしく、叔母さんに気づかれないようにゆっくり一度まばたきをした。

「午前中に病院へ行ってきたんですけど、喉が腫《は》れているらしくて。一週間くらいは無理に声を出さないようにとのことでした」

光琉さんの説明を聞いた叔母さんは、もっともだと言うように繰り返し深くうなずいた。

「ええ、ええ。そうね。あなたは兄さんの大切な忘れ形見だもの。大事にしなくちゃいけないわ。……それにしても、光琉さんがついていながら、花奈ちゃんに風邪《かぜ》をひかせるなんて！」

叔母さんは思いきり不愉快そうに顔をしかめ、光琉さんへ目を向ける。

彼は非難の視線を受け止め、静かに頭を下げた。

「本当にそのとおりです。申しわけありません」

「まったくだわ。まあ、あなたたちが幸せなのはわかっていますけどね。それでも、もっと花奈ちゃんに気を配ってもらわなきゃ困りますよ？」

「はい。本当にすみません」

ツンと顎《あご》を上げる叔母さんと、殊勝《しゅしょう》な態度で謝罪する光琉さんを見て、唖然《あぜん》としてしまう。

今回のは仮病《けびょう》だけど、もし実際に風邪《かぜ》をひいたのだとしても、光琉さんが叔母さんに謝るようなことじゃない。

私は成人した大人なのだから、風邪《かぜ》をひくのも体調を崩すのも、すべて自分の責任だ。いっしょに暮らしているからといって、光琉さんのせいにされるのは納得がいかなかった。

彼には関係ないという意味を込めて、首を左右に振る。声を出せないのがもどかしい。

なんとか私の思いをわかってもらいたくて、叔母さんの腕に手をかけようとしたところで、目の端に小さく頭を振る光琉さんの姿が見えた。

たぶん「逆らうな」ということなんだろう。

なんで……⁉

思わず上げそうになった疑問の声を、必死で抑える。

苛立ちを隠さずに光琉さんを見返したけど、彼は困ったように微笑《ほほえ》むだけだった。

「叔母様。せっかくいらしてくださったんですから、お茶でもいかがですか？　花奈も温かいものを飲むといいよ。喉のためにも、蜂蜜《はちみつ》入りの紅茶はどうかな」

場を和《なご》ませるような光琉さんの言葉で、とげとげしい気持ちが鎮《しず》まっていく。私と叔母さんはラグの上に並んで座り、光琉さんはキッチンで、お茶の用意をしてくれた。

叔母さんはかなりのおしゃべり好きらしく、次々と新しい話題を繰り出しては、ひとりで延々と話し続けている。

まず私と光琉さんの結婚生活について根掘り葉掘り尋ね、それに絡めて、最近騒《さわ》がれている芸能人の不倫騒動をたとえに挙げて眉をひそめた。

幸せに暮らしている姪《めい》夫婦の家へ押しかけたうえ、不倫の話を持ち出すのは……ちょっといかがなものかと思う。

そのうえ叔母さんは、苦笑いをする私に「もし彼が浮気したら、すぐに離婚しなさいね」と耳打ちしてきた。

ぎょっとして叔母さんを見つめたけど、彼女はなにごともなかったようにころりと話題を変える。

政治への不満を口にして、加齢からくる体調不良を嘆《なげ》く。叔母さんは少し離れた街で、知り合いといっしょに軽食喫茶のお店をやっているそうで、そのお客さんから聞いたという面白いネタを披《ひ》露《ろう》したあと、また私と光琉さんの話に戻った。

内容があちこちへ飛ぶマシンガントークに、あいづちを打つのがせいいっぱい。声を出せない私が、ひたすらうなずき続けていると、叔母さんは「あっ」と声を上げた。

「そういえばね、最近うちのお店にきてくれるようになったひとが、少し変わった会社を経営されていてね……ラブグッズを作っているそうなのよ」

……ラブグッズってなんだろう？

私が首をひねるのと同時に、私たちにお茶を出したあと、うしろのカウンターのスツールに座っていた光琉さんがごほっとむせる。急に咳き込みだしたことに驚いて振り返ったけど、彼は口元を手で覆《おお》って「なんでもない」と言うように頭を振った。

叔母さんは光琉さんのことを、まるでここにいないかのように無視して話を続ける。

「んふふ。カップルが愛を確かめるのに役立つわよね。結婚したばかりの姪《めい》がいると話したら、今度、新商品をいろいろと持ってきてあげると言ってくださってねえ。若い子向けのものを厳選してくれるそうだから、花奈ちゃんにプレゼントするわ」

正直、そんな得体の知れないものをくれると言われても、ちょっと困ってしまう。でも断れるわけがないから、素直に微笑《ほほえ》んでうなずいた。

それよりも光琉さんのことが心配でたまらない。叔母さんの話が一瞬途切れるのを見計らい、もう一度うしろへ目を向けると、彼は口を隠したまま難しい顔をしていた。

変に目元が赤いし、瞳も潤《うる》んでいる気がする。急に熱でも出たのだろうか。

ますます不安になって、眉根《まゆね》を寄せる。光琉さんはいまさら私の視線に気づいたのか、ビクッと大きく震えたあと、取り繕《つくろ》うように笑みを浮かべた。

無理をしているふうには見えないけど、様子がおかしいことには変わりない……

また叔母さんの話が始まり、しぶしぶ前に向き直る。でも私は、うしろの光琉さんばかりが気になっていた。

叔母さんは二時間ほどしゃべり倒したあと、何度も「心配だわ」と口にしながら帰っていった。本当ならうちに泊まり込んで私の看病《かんびょう》をしたいそうだけど、夕方から仕事があるらしい。

叔母さんが帰ってくれて、正直なところほっとした。

もちろん私のことを心配してくれるのはありがたいと思う。けれど、これ以上そばにいたら仮病《けびょう》がバレそうだし、叔母さんに気を遣いすぎて本気で体調が悪くなりそうだった。

マスクを外してカウンターテーブルに突《つ》っ伏《ぷ》した私の頭を、光琉さんが撫《な》でてくれる。

「大丈夫？」

「……うん」

優しい仕草と声に促《うなが》され、私はゆるゆると顔を上げた。

げんなりしたまま光琉さんを見つめると、よほどひどい表情をしていたのか、彼が心配そうに眉尻を下げた。

「ごめんね。俺があんまりフォローできなくて……」

申しわけなさそうにしている光琉さんに、頭を振ってみせる。叔母さんに関して、彼が気に病むことはなにもなかった。

「謝るのは私のほうだよ。私が記憶を失《な》くしたせいで、光琉さんにも大変な思いをさせちゃって」

はあっと息を吐いて、肩を落とす。

隣に座った光琉さんが、労《いたわ》るようにそっと私の肩を抱いてくれた。

「もともときみから聞いた話だけど、近い親族と言えるひとが他にはもういないらしいよ。叔母さんには子供がいないし、何年か前にご主人と離婚されたようでね。そういう寂しさもあって、花奈を構いたいのかもしれない」

「……そうだとしても、心配しすぎだよぉ」

力なく言う私に、光琉さんは柔《やわ》らかく微笑《ほほえ》んだ。

「俺は平気だよ。叔母さんの機嫌を損ねて、花奈と引き離されるほうがいやだ」

「そんなの、なにを言われても無視したらいいじゃないっ。相手が叔母さんだからって、言うことを聞く必要なんてないもの」

私はもう子供じゃないし、いままで叔母さんに育ててもらったわけでもない。もし光琉さんと別れるように言われても、従わなければいいだけだ。

感情にまかせて言い返すと、光琉さんは首をかたむけて低く唸《うな》った。

「んー。これも前に花奈が言っていたんだけど……以前、叔母さんに反抗したら、血を分けた姪《めい》に蔑《ないがし》ろにされているって喚《わめ》いて、興奮しすぎで倒れたことがあるとかなんとか」

「えーっ！」

思わず顔をしかめ、声を上げてしまう。

呆《あき》れる私の額《ひたい》に、光琉さんが軽くキスをしてきた。

「花奈は『どれだけ叔母さんに困らされても、縁を切ることまではできない』と言っていたよ。俺はそういうきみを好きになって、できるだけ力になりたいと思ったんだ。だからさっきのことはもう気にしないで」

「……光琉さん」

優しい彼の気持ちに触れて、胸の奥がふわりと温かくなる。私の方から顔を寄せて口づけを交わし、微笑《ほほえ》み合った。

嬉しくてほっとする。光琉さんのそばにいれば、きっとすべて大丈夫だ。

温かい安心感に包まれ、幸せに浸《ひた》る。でも、その時ふいに、さっき光琉さんの様子がおかしかったことを思い出した。

叔母さんがしゃべり続けている最中、彼は急にむせて涙目になり、顔色も妙だった。いまは普通に戻ったけど……

「光琉さんの体調は大丈夫？」

「え？」

「叔母さんと話をしていた時に咳き込んでいたでしょ？　えーと、ほら、叔母さんの店のお客さんが、ラブグッズとかいうのをくれるって言って――」

こめかみに指を当てて、叔母さんが話していた内容を思い出す。

ハッとした光琉さんは、あからさまに肩を震わせ、視線をそらした。なにかやましいことでもあるみたいに。

「あ、あれは、ちょっと驚いただけだよ」

「なんで？　ラブグッズってなに？　そんなに危ないものなの？」

「……いや。危なくはない、と思う。たぶん」

どうやら彼はラブグッズがどんなものか知っているらしい。しかし『危なくはない』と言いながら、変に歯切れの悪いところが引っかかる。

「そんなふうに言われたら気になるよ。いったいなんなの？」

「花奈にはまだ早い。というか、そういうのはずっと知らなくていいし、もう忘れて」

「えぇー……」

きちんとした説明がないまま不必要だと決めつけられて、反抗の気持ちが湧《わ》き上がる。まるで子供扱いのような光琉さんの言葉に、唇を尖《とが》らせた。

むくれる私の唇に、サッと彼の唇が重なる。

「んっ⁉」

びっくりしてとっさに顔を引こうとしたけど、いつの間にか彼の手で頭のうしろを押さえられていて逃げられなかった。

光琉さんはぐっと強く唇を押しつけてきて、舌先で私の口を強引に割り開く。

抵抗する暇もなく舌をからめとられて、私は低く呻《うめ》いた。

ゾクゾクと背中が震える。ひとしきりキスを続けたせいで酸欠に陥《おちい》った私は、力が抜けた身体を彼の胸に預《あず》けた。

光琉さんは小さく笑って、私のこめかみに口づける。

「きみが好きだよ。愛してる。花奈は俺のことをどう思っている？」

「ふぇ？　あ……私、も。光琉さん、好き」

息苦しさをこらえて、たどたどしく想いを伝えた。

どうしていまあらためて気持ちを確認しようとするのか不思議に思っていると、光琉さんは満足そうに「うん」と呟《つぶや》き、今度は音を立てて私の額《ひたい》にキスをした。

「ラブグッズというのは、だいたいマンネリっぽくなったカップルが使うものなんじゃないかな。特殊な状況を楽しむというか……、まあ、その、気分を高める効果があるし」

「そ、なの？」

「ああ。だから、俺と花奈には必要ないんだよ。そんなものに頼らなくたって、愛し合っているんだからね。そうだろう？」

言い含めるように説明され、とりあえずうなずく。

光琉さんの物言いになにかごまかされているような気がするけど、ラブグッズというのが非日常を演出するためのものだというのはわかった。たぶん、パーティーグッズみたいな感じなんだろう。

「でも、なんか楽しそうだし、ちょっと見てみたいかも」

思いついた考えを口に出す。と、光琉さんがまた盛大に噴いた。

「もう、花奈！　絶対にだめだから。もし本当に叔母さんが持ってきても、開けないですぐ俺に渡すこと。わかったね⁉」

「むー……」

見ることさえ厳禁だと言われ、ますます不満がつのる。気分を盛り上げてくれるのなら、悪いものじゃないと思うのに、いったいなにがだめだというのか。

口をへの字に曲げて、理由を考えてみる。けど、さっぱりわからない。

スマホのサイトで検索してみようと思いついたところで、スツールから下りた光琉さんに、突然抱き上げられた。

「きゃあっ」

いきなりの浮遊感に焦《あせ》り、光琉さんの首にしがみつく。

私を横抱きにした彼は、いたずらが成功したと言わんばかりに笑い声を立てた。

「そんなことはどうでもいいから、休日をもっと楽しもうよ。少し早い時間だけど、のんびりと風呂に入って疲れを癒《いや》そう」

「えっ、どうでもよくな……んむっ」

慌てて上げた抗議の声が、キスで遮《さえぎ》られる。チュッチュッと音を立てて何度も吸いつかれ、恥《は》ずかしさが膨《ふく》れ上がった。

心臓がドキドキして、顔が熱い。いまここにいるのは私と光琉さんのふたりきりで他の誰の目もないけど、照れくさくて居たたまれなかった。

「やだぁ、もう」

私は強引に顔を離して、首を横に振る。やめてほしいと態度で表したのに、光琉さんはお構いなしで私の額《ひたい》や瞼《まぶた》や頬……あらゆるところに唇を押し当て続けた。

キュッと目を瞑《つむ》り、止まらないキスをやり過ごす。彼は私に口づけながら移動していたようで、気づけば脱衣所を兼ねた洗面所に到着していた。

光琉さんは床にそっと私を下ろして立ち上がらせると、そのまま服に手をかけた。

「えっ、え、光琉さん？　本当にいまから入るの!?」

「うん。だめ？」

「だめ、では、ないけど……なんで急に……」

きょとんとした表情で聞き返され、つい言い淀《よど》んでしまう。

別にこのあと予定があるわけじゃないから、いつ入ったって構わないのだけど、なぜ唐突《とうとつ》にお風呂を勧《すす》められているのかがわからない。

光琉さんは私のシャツのボタンを外しつつ、ニッコリと笑った。

「叔母さんと会ったから疲れただろう。風呂に入れば、ほっとして気も休まるよ。……それに、あんなものを見たいなんて言うきみが悪い」

「へっ？」

最後に告《つ》げられた低い呟《つぶや》きに、目を見開く。

いま光琉さんが言ったのはラブグッズの話だと思うけど、それって目にするだけでお風呂に入りたくなるようなものなの？　入浴剤みたいな？

わけがわからず、ぼーっとしているうちに、シャツのボタンをすべて外され前がはだける。

ハッと我に返って彼の腕を押さえたけど、不思議そうな表情を返された。

「どうしたの、花奈？」

「あ、いや、えと……お風呂に入るのはいいんだけど、服は自分で脱ぐから。恥《は》ずかしいし……」

いまさらこんなことで照れるなんて、自分でおかしいと思いながらも、平気ではいられない。

身をよじって光琉さんの手から逃れようとしたけど、サッと腰に腕をまわされ止められた。

「ちょっ、光琉さん？」

驚いて目を合わせたのと同時に、彼の瞳がきらりと光る。それはまるで「逃がさない」と宣言されているようで……

「俺にやらせて。こういう触れ合いも楽しいんだよ。これからふたりで風呂に入るって感じがしてね」

「で、でも――……って、えっ、嘘!?」

彼が放つ色気にドキドキしていて聞き流しそうになったけど、光琉さんもいっしょにお風呂に入るの？

意外な展開に目を丸くする。いままでふたりでお風呂に入ったことはなかった。

ちょっと下着を見られただけでも顔が火照《ほて》ってしまうのに、どうしたらいいんだろう。想像しただけで、苦しく感じるほど鼓動が激しくなる。

ひとりでオロオロしているうちに服とブラを取られた。今日は出かけないつもりでラフなワンピースを着ていたから、残っているのはショーツだけ。

慌てて両腕で胸を隠すと、光琉さんはそれを待っていたように私のショーツを引き下ろした。

「あ、やぁっ」

脱がされないように急いで足を閉じたけど、間に合わない。

ショーツを下ろしながら床にしゃがみ込んだ光琉さんは、私のお臍《へそ》の下に唇をつけて、はあっと息を吐いた。

「花奈の匂いがする」

「やっ！　だめ。そういうの嗅《か》がないで！」

体臭なんて、いいものだとは思えない。

私が止めたことで、光琉さんの眉間にぐっと皺《しわ》が寄る。彼は私のお腹に顎《あご》をつけて、不満そうに見上げてきた。

「どうして、だめ？」

「……だって、たぶん臭いと思う……」

「そうかな？　色っぽい香りがしてドキドキするんだけど」

光琉さんはそう言いながら、下腹部の茂みに鼻を近づけた。

「だ、だめだってば！」

思わず胸に当てていた腕を伸ばし、光琉さんの頭を押し返す。同時に背中を反らせて、できるだけ離れようとしたけど、お尻のほうからまわってきた彼の手で秘部を撫《な》でられた。

「ひゃぁっ⁉」

突然、敏感《びんかん》な場所を触られ飛び上がる。驚きすぎて、おかしな声も出てしまった。

私の叫びが面白かったのか、光琉さんがクスクスと笑いだす。

「ラブグッズに興味津々《きょうみしんしん》なんだから、これくらい平気かと思った」

「へ？」

だから、ラブグッズって、いったいなんなの⁉

どうやら、彼の欲望に火をつけるのに、ラブグッズが一役買っているみたいだ。

「俺は花奈の匂い好きだけど、きみがそこまで気にするなら、風呂で綺麗にしないといけないね」

彼はそう宣言して立ち上がる。

妙に張りきった様子で服を脱いでいく光琉さんを前に、私は「ひとりで入りたい」とは言えなくなっていた。


私をバスルームに引き入れた光琉さんは、シャワーを出して高いほうのフックにかけた。

細かい雫《しずく》が優しく降り注《そそ》ぐ。身が清められていく心地よさにほっとする間もなく、うしろから抱き締められた。

「光琉さん？」

こんなにくっついていては、身体が洗えない。彼がどういうつもりでいるのかわからなくて振り返ると、待ち構えていたようにキスされた。

すかさず舌が口のなかに入ってきて、ビクッと身体が跳ねる。キスに気を取られた隙に、光琉さんの両手が胸の膨《ふく》らみを包み込んだ。

乳房を持ち上げるようにして揉《も》まれる。同時に、先端を指で擦《こす》られて、ピリピリした快感が湧《わ》き上がった。

「ん、ぁん、ん……っ」

重なる唇の隙間から、自然にいやらしい声が漏《も》れ出る。私のとまどいをよそに身体は与えられた感覚を受け入れ、お腹の奥がきゅうっと張り詰めた。

絡み合う舌も気持ちいい。彼の舌先で内側の粘膜《ねんまく》を撫《な》でられると、ゾクゾクした震えが背中を駆《か》け上がった。

響く快感で意識がぼんやりしてくる。

ここがバスルームだということを忘れて、流されそうになった。

ひとしきり胸を刺激した彼の手が離れて、鳩尾《みぞおち》からお臍《へそ》、下腹部へと向かう。秘部の手前の茂みを指でくすぐられ、私はハッとした。

「うっ……やだっ、てば！」

ぐっと顔を引いて、そのまま強く頭を振る。

光琉さんは私の抵抗を無視して、首のうしろにチュッと口づけた。

「ん？　気持ちよくない？」

「そ、そういうことじゃなくて……洗ってないし……」

だいたいこういうことはベッドでするのが基本だと思う。

初めての時、リビングで光琉さんに迫った私が言うのもなんだけど……あの時は寝室立ち入り禁止状態だったから仕方なかったのだ。

私の意見を聞いた光琉さんは、なぜか笑いを含んだ声で「そう」とあいづちを打った。

「……風呂でするのも定番だと思うけどなあ」

「え、なに？」

シャワーの流れる音でうまく聞き取れない。不思議に思って聞き返したけど、光琉さんは首を横に振るだけで言い直してはくれなかった。

「それじゃあ、花奈の希望どおり身体を洗おうか」

どうやらやっと私の主張を理解してくれたらしい。

……と安心したのも束の間、光琉さんは手でボディソープを泡立て、私の身体を文字どおり隅々まで洗ってくれた。途中、胸の先端や秘部の突起《とっき》もぬるぬると弄《いじ》られ、一回達してしまったけれど。

立っていられなくなった私は、バスカウンターにしなだれかかる。うしろで光琉さんがふっと笑った。

「花奈がイク時の顔、いやらしくてすごく綺麗だったよ」

「う……」

そういうところは見ないでほしいし、恥《は》ずかしいから指摘もされたくない。ほとんどむりやり迫ってきた光琉さんにムッとして振り向き、軽く睨《にら》んだけど、彼は嬉しそうに目を細めるだけだった。

……それにしても、光琉さんはどうやって私の顔を見たのだろう？　いまの私は彼に背を向けているのに。

適当なことを言っているだけかもしれないと思い始めたところで、ふと前方から視線を感じた。誘われるように顔を前へ戻す。私のすぐ目の前には、大きめの鏡が備え付けられていた。

「あ」

鏡のなかの光琉さんと目が合う。彼は鏡越しに私の痴態《ちたい》を眺《なが》めていたらしい。

居たたまれなくて、とっさに顔をそむける。目を伏《ふ》せて震えていると、光琉さんの手で腰を掴《つか》み直された。

ぞくりと寒気を覚える。鎮《しず》まりかけた熱がまた呼び起こされそうになって、小さく頭を振った。もうここではあまり触らないでほしい。もし光琉さんがエッチなことをしたいと言うなら、寝室に行きたかった。

私の気持ちを伝えるために息を吸い込み、軽く口を開ける。ちょうどその時、秘部の中心に硬くて太いものが触れた。

ハッとして目を見開く。抵抗なんてする間もなく、それは私の中へと突き進んできた。

「えっ、や……あぁぁぁ――っ!!」

最奥まで一気に貫かれて、あられもない叫びを上げる。

むりやり割り開かれたというのに痛みは全然なくて、代わりにおかしくなりそうなほどの快感が内側で破裂《はれつ》した。

勝手に下腹部がうねり、埋められたものをきつく締めつける。

苦しげな吐息をこぼした光琉さんが、小さく笑った。

「はっ……なか、すご……。花奈、いま入れただけでイッたよね？」

「あ、あ、んっ――……」

そう言われても、気持ちよすぎて、なにがなんだかわからない。私はただビクビク痙攣《けいれん》しながら、喘《あえ》ぎを上げるしかできなかった。

光琉さんは内側を確かめるように、ゆるゆると抜き挿しをする。それだけで、耳を塞《ふさ》ぎたくなるようないやらしい水音が立った。

「きついのに、トロトロだ。これって花奈のなかから出たのか……それとも、朝にした時のやつかな？」

「あぁぁ……だめぇ……」

恥《は》ずかしい指摘をされ、力なく首を左右に振る。

光琉さんの言うとおり、私たちは朝にも抱き合った。その時、彼が私のなかに放ったものが、まだ残っているかもしれないというのだろう。

「くっ、きつっ……ちょっと、我慢できない……！」

吐き捨てるようにそう呟《つぶや》いた彼は、大きく腰を引き、勢いよく打ちつけてくる。

ふたりの肌がぶつかる音と、私の呻《うめ》き声が重なった。

「んんっ!! ん、あー……っ」

激しい抽送《ちゅうそう》に涙が溢《あふ》れる。痛いくらいに腰を掴《つか》まれ、最奥を抉《えぐ》られて、太腿《ふともも》がブルブルと痙攣《けいれん》しだした。

すでに二度昇り詰めたあとの身体は、あっさりと快楽に屈服《くっぷく》してしまう。また限界を超えて白い世界を見た私は、獣のような声を上げた。

自分でもわかるくらい激しく、なかが蠢《うごめ》いている。その感触で、光琉さんは私がイッたと気づいたはずだ。それなのに、彼は腰の律動《りつどう》を止めてくれない。

絶え間なく快感を注《そそ》ぎ込まれ、頭のなかにバチバチと火花が飛ぶ。

私は思いきり歯を噛《か》み締めた。

「う、くううぅっ……!!」

背中に力を込めてやりすごそうとするけど、張り詰めた感覚が立て続けに破裂《はれつ》する。

反射的にぐんっと仰《の》け反《ぞ》った私は、バスルームの天井に向かって悲鳴《ひめい》を上げた。

「……っひ、あぁぁ……やぁ、また……あぁぁっ! も、無理ぃ……」

必死で放してほしいとお願いする。でも光琉さんは逆に動きを速めた。

「ごめん、花奈……あと、少し、だから……!」

無情な言葉にまた涙が溢《あふ》れる。

結局、光琉さんは「あと少し」と言いながら、その後もしつこく私を揺さぶり続けた。

壊れそうなほど秘部を穿《うが》たれ、苛《さいな》まれた私は、彼が達する頃には意識を失いかけていた。

4

一度うちに押しかけた叔母さんは、あれからたびたび私に会いにくるようになった。

どうやら私がひとりの時を狙ってくるようで、光琉さんは心配しているけど、いまのところ問題なく対応できている。

叔母さんはなぜか光琉さんのことをあまり信用していないらしく、私たちが結婚した時の話をしたがらない。それ以前についても、私の両親が亡くなっていることに気兼《きが》ねしてか口にしなかった。

そのおかげで、この一ヶ月間に五回会ったけど、私の記憶喪失はバレていない。押しの強い叔母さんの相手をするのは、正直言って疲れるけど、なんとかうまくやれていた。

光琉さんと私の関係も良好だ。

私の記憶は戻らないままだけど、彼の妻としての生活にすっかり慣れた。

近所のお店での買い物はもちろん、光琉さんの会社くらいまでならひとりでも出かけられる。家事の手際もよくなって、この頃は朝ごはんのついでに彼のお弁当を作っていた。

いつもどおりに光琉さんが仕事へ出かけたあと、私は朝から快晴だという天気予報を頼りに布団を干した。

ベランダからリビングへ戻って、カウンターの上の置き時計に目を向ける。

洗濯が終わるまでにはまだ時間があるから、先に掃除を済ませて――と、考えたところで、時計の隅に表示されている日付が気になった。

記憶を失《な》くしてから、もう三ヶ月になる。

光琉さんはこの間『二ヶ月前に結婚した』と言っていたから、私たちの結婚生活は来月で半年を迎えるはずだ。

……なにか、ふたりの記念になるようなことをしたいなあ。

と言っても、収入のない私がプレゼントを用意するのは難しい。光琉さんは自分のお給料を自由に使っていいと言ってくれるけど、彼への贈り物を彼のお金で買うのはおかしな感じだ。

あまりお金がかからない方法で、私が光琉さんにしてあげられること……たとえば、サプライズのホームパーティーとか、手作りのプレゼントとか……？

あれこれとアイデアを練りながら、壁にかけてあるカレンダーの前へ移動する。一枚めくって来月のぶんに目をやり、自分の結婚記念日を知らないことに気づいた。

ぐっと胸のあたりが重くなる。

私は光琉さんの妻で、彼を愛しているのに、結婚した日さえわからない。

記憶が戻っていないのだから仕方ないことだけど、情けなくて悔《くや》しくて、なにより光琉さんに申しわけなかった。

カレンダーから手を離して、軽く首を横に振る。こんなふうに落ち込むのはだめ！

私は憂鬱《ゆううつ》な気持ちを振り払い、考えを変えることにした。

……忘れてしまったのなら、もう一度、覚え直せばいい。たとえば、さりげなく光琉さんに聞いてみるとか、あるいは戸籍を確認するとか。

結婚記念日を知る方法について考えていると、ふいに以前の光琉さんの言葉が思い出された。

私が、光琉さんとの関係に焦《じ》れて迫った時、彼は『寝室の書類棚に住民票の写しがある』と言っていた。それを見れば結婚した日がわかるかもしれない。

善《ぜん》は急げとばかりに、私は寝室へと向かった。

光琉さんに伝えないまま住民票を覗《のぞ》き見するのは少し抵抗があるけど、別に悪いことをしているわけじゃない。それに、彼の許可を取ったら、サプライズにならなくなってしまう。

私は心のなかの罪悪感に蓋《ふた》をして、寝室のクローゼットを開けた。

なかはきちんと整頓《せいとん》されていて、手前の取りやすい場所に木製の書類棚が置いてある。

五段ある引き出しを上から順番に開けていくと、三段目に白い封筒が収められていた。

表面に市の名前と納税を促《うなが》す標語が印刷されている。きっと、これだ。

おそるおそる封筒を手に取って、なかに入っていた薄っぺらな紙を引っ張り出す。それはやはり住民票の写しだった。

一番上の欄に世帯主として光琉さんの名前があり、ふたつ目の欄に私の名前……そしてその横に

『妻』と記載されている。

実際に結婚しているのだから当たり前のことなのに、嬉しさが込み上げてきた。

なんだか照れくさくてそわそわしつつ、住民票の写しをじっくりと確認する……けど、どこにも結婚した日付がない。書いてあるのは、生年月日と、このマンションに住み始めた日だけ。

どうやら住民票には、結婚について記載されないらしいと気づいて、がっくりと肩を落とした。

住民票の写しを封筒に入れ直して、また頭を悩ませる。

私は結婚を機にここで暮らし始めたはずだから、これでだいたいの日付はわかった。けど、引っ越してきた日と結婚記念日が同じという確証はない。

わざわざ戸籍謄本《とうほん》を調べるのはちょっと大げさな気がするし、やっぱり光琉さんに聞くしかないのかな……

考えごとをしながら封筒をしまおうとした私は、書類棚に指を引っかけてしまった。びっくりして手を引いたのに合わせて、開けたままの引き出しが抜け落ちた。

「わあっ」

ガタンという音とともに、書類や封筒が床に散らばる。慌てて足元にある白い封筒を拾い上げると、それにも納税の標語が書いてあった。

両手それぞれに、まったく同じ市役所の封筒がある。私は住民票の写しが入ったほうを置いて、新しく見つけた封筒を開けてみた。

なにかはわからないけど、結婚記念日の手がかりになりそうなものが入っていたら嬉しい。

軽い気持ちで中身を取り出した私は、出てきたものを見て息を呑んだ。

「なに……これ……」

ひどくかすれた声が漏《も》れ出る。

住民票の写しよりも薄い申請書。

緑色の枠のなか、夫の欄には光琉さんの氏名が記入してある。そして妻の欄には私の名前。

どうして、こんなものがあるの……!?

驚きすぎて手が小刻みに震える。私の手に合わせてブルブルと揺れる紙には、はっきり『離婚届』と印刷されていた。


次に気づいた時には、窓から差し込む日の向きが変わっていた。

私は床にへたり込んだまま、かなりの時間ぼーっとしていたらしい。

住民票の写しを探し始めたのは、午前中だったはずなのに、いまはもう昼を過ぎていた。

一度は我に返ったものの、すぐ離婚届の存在を思い出して蒼褪《あおざ》めた。

なんで、どうして、と答えの出ない問いかけを心のなかで繰り返す。

光琉さんは私を好きだと言ってくれるし、身体も繋げて、ようやく本当の夫婦になれたと思っていた。それなのに、なぜいま私の手には記入済みの離婚届があるの!?

見惚《みと》れるような美しい字と、子供っぽさが抜けない丸文字……筆跡を見れば、それぞれ本人が記名したことは確かだ。

いったいこれはいつ書かれたものなのか。記憶を失《な》くす前の私と光琉さんは、離婚しようとしていた？

でも、今朝だって「いってきます」のキスをされたし、週末にはエッチも……。光琉さんに本気で愛されていると思っていたけど、彼は同情して優しくしてくれているだけなの？　記憶喪失の私に、これ以上ショックを与えないよう、応じているだけで本当は――

次々と湧《わ》いてくる疑問と恐怖で、また身体が震えだす。

「……いやだ。光琉さんと別れたくない……!!」

心の底から湧《わ》き上がった想いが、口から飛び出した。

過去になにがあったのかなんて、私は知らない。だって全部忘れてしまったから。

そこまで考えた私は、ハッと目を見開いて視線を離婚届へ向けた。

そうだ、思い出さなければいい。たとえ都合の悪い過去があったとしても、いまの私には関係ないことだ。

きっと、光琉さんが離婚届についてなにも言わないのは、記憶のない私を責めても仕方ないと思っているからなんだろう。

過去を忘れたままなら、光琉さんとずっといっしょにいられるかもしれない。もしなにかの拍子《ひょうし》に思い出したとしても、私が黙ってさえいれば……！

ずるい考えだということはわかっている。それでも私は彼と離れたくない。そのためなら、どんな汚い手段も辞《じ》さない。

いつの間にかきつく握《にぎ》り締めていた離婚届を封筒へ戻して、胸元にかかえ込む。一度大きくうなずいた私は、立ち上がってリビングへと駆《か》けだした。


翌朝、いつもどおり仏壇《ぶつだん》にご飯とお水をお供《そな》えした私は、少しうしろめたい思いで手を合わせた。

昨日の昼に寝室で見つけてしまった離婚届を、仏壇《ぶつだん》の引き出しにしまってあるからだ。

……本当は、光琉さんに内緒で捨ててしまいたい。絶対に離婚なんてしたくないし、記入済みの離婚届がなくなれば少しは安心できる。

でも、さすがにそこまでは思いきれなくて、結局、バレにくそうな仏壇《ぶつだん》の引き出しに隠すしかできなかった。

きっと、両親はこんな卑怯《ひきょう》な娘を見て嘆《なげ》いているだろう。けど、あの離婚届を光琉さんの手元に置いたまま、平気ではいられない。

私は普段より深く頭を下げて、心のなかで何度も『ごめんなさい』と繰り返した。

壁を軽くノックする音がうしろから聞こえる。顔を上げて振り返ると、スーツ姿の光琉さんが首をかしげていた。

「邪魔をして、ごめん。そろそろ仕事にいってくるよ」

「あっ！　もうそんな時間だった？」

慌てて立ち上がり、光琉さんに近づく。いつの間にか彼の出勤時間になっていたらしい。

光琉さんは私を優しく抱き寄せて、額《ひたい》に唇を押し当てた。

「うん。……それにしても、今日はずいぶん熱心に拝《おが》んでいたんだね」

光琉さんの指摘にピクッと肩が震える。私は必死で笑顔を作り、首を横に振った。

「お、拝《おが》んでいたっていうか、途中でちょっとぼんやりしていただけなの。ごめんなさい」

湧《わ》いてくる罪悪感をむりやり抑え込んで、もっともらしい言いわけを口にする。

できるだけ普通っぽく見えるように振る舞ったけど、光琉さんは眉根《まゆね》を寄せて私の顔を覗《のぞ》き込んできた。

「ぼんやりって、どこか調子が悪いの？」

「えっ」

予想外の問いかけに、ぽかんとしてしまう。

光琉さんは息がかかるほど私に顔を近づけて、ますます難しい表情を浮かべた。

「よく見たら顔色が悪いな。瞳も少し充血しているし、薄くだけど隈《くま》もできているね」

彼はまるでお医者さんのように、私の下瞼《したまぶた》を指先で押さえて裏側の粘膜《ねんまく》を確認したり、額《ひたい》に手を当てて熱を測ったり、耳の下に両手を添えて腫《は》れていないかをチェックしたりする。

あちこち触られるのがくすぐったくて、照れくさくて、私は小さく頭を横に振った。

「もう、そんなに心配しなくても大丈夫だよ。ただちょっと寝不足なだけ」

「寝不足？　でも昨夜はいつもと同じ時間にベッドへ入っただろう？」

光琉さんの追及に、ぐっと口篭《くちご》もる。

確かに昨夜は、そう遅くならないうちにベッドで横になった。光琉さんもいっしょだったから、間違いない。

しかし、すぐには眠れなかったのだ。

寝ようと思い閉じた瞼《まぶた》の裏に、例の離婚届がチラついて、私は朝方まで悶々《もんもん》としていた。

「それは、その、えーと、なかなか寝つけなくて……」

「どうして？」

続く質問に、ダラダラと冷や汗が流れる。

絶対に本当の理由は言えない。けど、うまくごまかせるような理由が思い浮かばない。

「どうしてって……なんか、気分が悪くて、落ち着かない感じがした、かも？」

口から出まかせの理由を挙げると、光琉さんは一瞬息を呑んだ。彼は何度か口を開け閉めしたあと、おそるおそるといったふうに言葉をつむぐ。

「それってまさか……吐き気と動悸《どうき》がするってこと？」

なぜそんな反応をされるのかわからないけれど、私はここぞとばかりに首を縦に振る。

「うん、それそれ！　たぶん、きっと、そうだよ。あ、いまはどっちも平気なんだけどねっ」

「……まあ、初めはそういうこともあると聞くけど……」

光琉さんは自分の顎《あご》に指を当てて、なにかを考え込んでいる。それに合わせて、独り言っぽいことをぶつぶつ呟《つぶや》いているけど、私にはなんの話かわからなかった。

やがて彼は納得したように深くうなずいて、私の頬をそっと撫《な》でた。

「とりあえず、今日はどこにも出かけないで横になっていなさい。家事はしなくていい。もしまた動悸や息切れ、吐き気、眩暈が起きるようなら必ず俺に連絡すること。絶対にひとりでは行動しない。わかったね？」

「ええっ⁉」

すごく大げさなことを言いだした光琉さんに面食らう。

離婚届を隠したことがバレなくてよかったけど、体調不良だと本気で心配されるのは居たたまれなかった。

「あ、あの、それはちょっとオーバーっていうか、過保護っぽくない？　いまはどこもつらくないんだし」

軽く笑ってごまかしながら、やんわりと光琉さんの提案を拒否する。彼の謎の憶測《おくそく》に便乗して仮病《けびょう》を使ったのは私だけど、家事もせずに寝ているのはやりすぎだ。

言葉を尽くして「もう大丈夫」と胸を張ったけど、光琉さんは私の主張をまるで信じていないようで、きっぱりと首を横に振った。

「だめだよ。これ以上なにかあったらどうするんだ。花奈が体調を崩すということは、もうきみひとりの問題じゃないんだからね？」

真剣な表情で諭《さと》され、ぽかんとしてしまう。

確かに私が身体を壊すと、光琉さんが叔母さんに責められてしまうんだけど、それにしても大げさだ。叔母さんの心配性が、彼にうつったのだろうか。

「うー、ん……わかった……」

ここまで心配してくれているのを拒否し続けるのは悪い気がして、とりあえず受け入れる。

私の返事を聞いた光琉さんは、心底ほっとしたように表情をゆるめた。

「この先どういうことになってもいいように、できるだけ体調は整えておこう」

あからさまに含みのある言い方をされ、ぎくりと身がこわばる。

……この先に、いったいなにが起きると言うんだろう。光琉さんは、ただ私の記憶が早く戻るように願っているだけ？

ふと、また離婚届のことが頭に浮かび、暗い考えが忍び寄る。

もし本当に記憶が戻って、私たちが離婚しようとしていた理由まで思い出したら、光琉さんとの関係はきっと終わってしまう。彼は本心ではそれを望んでいるの……？

私は顔にむりやり笑みを貼りつけ、湧《わ》き上がってくる震えを必死で隠していた。


光琉さんが出かけたあと、私はリビングのソファでひたすらぼんやりとしていた。

いつもなら掃除と洗濯をする時間だけど、今日は家事を禁止されてしまったから、なにもすることがない。

こういう時に気をまぎらわせるような趣味もないから、延々と今朝の光琉さんの態度について考え続けていた。

あの離婚届のせいで自分がひどく疑心暗鬼《ぎしんあんき》になっているのはわかっている。本当はすぐにでも光琉さんにすべてを打ち明けて、真実を聞けばいいということも。

でも、怖い。

光琉さんは強引にでも結婚したいと思うほど、私のことを好きだと言っていたけど、それならどうして記入済みの離婚届が出てくるんだろう。

しかも離婚届が入っていた封筒は、寝室の書類棚の奥にしまわれていた。まるで大切なものを隠すみたいに。

……やっぱり光琉さんはいつか私と別れるつもりで……

ぐにゃりと目の前の景色がゆがむ。私は浮かんだ涙を拭《ぬぐ》うために、慌てて目元を擦《こす》った。

続けて、大きく首を左右に振り、立ち上がる。

だめだ。こうやってひとりで考えていたら、どんどん落ち込んでいってしまうに違いない。光琉さんの言いつけを破ることになるけど、掃除でもして時間を潰そう。

普段はやらないような細かい部分を徹底的に綺麗にすれば、時間と手間がかかって他のことを考えずに済むはず。それに、よほど目立つところじゃない限り、きっと掃除したこともバレない。我ながらいい考えだ。

私はさっそくカウンターの隅を掃除しようと思い、振り返る。目を向けた先には、ここにあるはずのない光琉さんのお弁当箱が置いてあった。

「あれ、嘘っ⁉　もしかして、お弁当を渡し忘れちゃった？」

思わず声を上げてカウンターに近づく。水色のランチクロスに包まれたお弁当を持ち上げると、しっかり中身が詰まった重さを感じた。

自分の失態にスーッと血の気が引く。

いつもなら職場へ向かう光琉さんを見送る時にお弁当を手渡すのだけど、今朝は私の体調について押し問答していたせいで忘れてしまったらしい。きっと同じ理由で、光琉さんもお弁当のことを言い出さなかったのだろう。

どうしよう……いまから届けて、お昼に間に合う!?

急いで時計を確認すると、十一時を少し過ぎたところだった。

焦《あせ》った私は、お弁当を手近にあった手提《てさ》げに突っ込んで玄関へと向かう。ほとんど無意識に壁掛けのキーフックから鍵をむしり取り、そのまま外に飛び出した。


自宅マンションから光琉さんの職場までは、歩いて約二十五分。

慌てていたから、いつの間にか小走りになっていたようで、目的地に着く頃にはすっかり息が上がってしまっていた。

ぜいぜいと肩を揺らしながら、スカートのポケットを探る。スマホを取り出し、光琉さんの番号を表示させたところでハッと我に返った。

まずい。そういえば、今日はひとりで家から出ないように言われていたんだった……

私が体調不良だというのは光琉さんの思い込みだから、外へ出たって実際にはなにも問題ない。けど、彼との約束を破ったと知られたら、軽蔑《けいべつ》されるかもしれない。

私は手提《てさ》げのなかのお弁当に目を向け、溜息《ためいき》を吐いた。

せっかく作ったお弁当だから食べてほしいという気持ちはもちろんあるけど、それ以上に気がかりなのは、光琉さんがお昼ご飯を食べ損ねることだ。

最近、光琉さんの会社では大きなプロジェクトが動きだしたそうで、企画部の課長である彼はかなり忙しくしているという。『外に出る時間が惜しいから、お弁当があってとても助かる』と少し前に言われたことを思い出し、ますます焦《あせ》りがつのった。

一食だけのこととはいえ、私がお弁当を渡し忘れたせいで光琉さんが食事し損ねたらどうしよう!?　でも、家から出ないと約束してしまったし……

「うう——……」

空《あ》いているほうの手で頭をかかえ、悩み続ける。お弁当を届けるのか、届けないで帰るのか、決めかねて唸《うな》っていると、うしろからポンッと肩を叩かれた。

「やあ、伊敷さんだよね？　久しぶりだなあ、元気だった？」

「えっ」

初めて聞く男性の声に驚き、顔を上げる。

私の目の前で、スーツ姿の若い男のひとが、明るい茶色の髪を揺らして微笑《ほほえ》んでいた。

誰だろう……伊敷というのは私の旧姓だそうだから、昔の知り合いには違いない。だけど、全然わからない……

記憶を失《な》くしてからというもの、光琉さん以外のひとに近づくことがあまりなかったせいで、ついつい警戒してしまう。上半身を引くようにしてあとずさると、男性はパッと眉を跳ね上げて「ああ！」と声を上げた。

「ごめん、ごめん。いきなり声をかけられたら驚くよね。俺、営業部の村木《むらき》っていうんだけど、覚えてないかな。きみがうちで働いていた時に何度か飲み会でいっしょになったんだけど」

どうやら村木さんは、光琉さんと同じ会社のひとらしい。といっても企画部の派遣社員だった私とは部署が違うし、それほど親しい間柄じゃなかったんだろう。

叔母さん以外のひとに記憶喪失のことを知られて困るわけじゃないけど、詳しい説明をしなくて済んだのは少しほっとした。

「……そうだったんですか。すみません、記憶になくて」

「あ、気にしないで。俺が勝手に可愛い子だなーってチェックしてただけだから」

村木さんは私の失礼な態度をまるで気にしていないらしく、カラカラと笑っている。見た目どおりに根が明るいんだろう。

しばらく会わなかった元同僚にさらっと『可愛い』なんて言うところは、ちょっと軽いのかもしれないけど。

あからさまなお世辞《せじ》にどう答えていいのかわからず、苦笑いする。

彼は私が困惑していることに気づいていないのか、きょろきょろとあたりを見まわし始めた。

「それにしても、こんなところでなにしてるの？　旦那さんと待ち合わせ？」

「あ、えーと、お弁当を届けに……」

「へえ！　伊敷さんの作ったお弁当かー。羨《うらや》ましいなあ。俺はちょっと早く休憩に入ったけど、企画部のやつらはまだなかにいると思うよ。せっかくここまできたんだし、会っていったら？」

村木さんは早口でそうまくし立てて、自分の腕時計を確認している。

彼の提案は嬉しいけど、過去を覚えていない私が会いに行ったところで、みんなと話を合わせることはできないし、なにより外出したことを光琉さんに咎《とが》められるのが怖かった。

返事もせずに立ちつくす私を見て、村木さんが訝《いぶか》しげな表情を浮かべる。

「どうしたの？　早くいかないと休憩始まっちゃうけど」

「……や、やっぱり、帰りますっ」

「え、ちょっと待って！　お弁当持ってきたんだよね⁉」

慌てて踵《きびす》を返した私の手を、村木さんが掴《つか》んで引き戻す。振り向いた拍子《ひょうし》に、私の目の端からぽろりと涙がこぼれ落ちた。

形のいい村木さんの目がぐっと見開かれる。続けて眉根《まゆね》を寄せた彼は、私を抱き込むように身体を近づけてきた。

な、なに――⁉

突然縮まった距離に驚いて、村木さんの手を振りほどこうとしたものの、私の力では敵《かな》わない。

急に彼が恐ろしく感じて身をこわばらせると、困ったように笑みを返された。

「ごめん。いやかもしれないけど、このままちょっと移動して。うちの会社のやつらに、泣いてるところを見られたくないでしょ？」

「あ……」

いきなり近づいてきたからびっくりしたけど、村木さんは私が泣いているのを隠そうとしてくれたらしい。

彼の優しさに触れて、胸の内側がふわりと温かくなる。

「ありがとう、ございます」

「いいの、いいの。俺はいつでもレディーの味方だからね」

村木さんはわざと茶化すようなことを言い、空《あ》いているほうの手の親指をぐっと立てた。

外見と言動が軽いから、ちょっと軽薄そうにも見えるけど、実際の彼は思いやりのあるひとなんだろう。

村木さんに誘われ、光琉さんの会社の裏手にあるバス停まで移動した。

通勤専用と言ってもいい路線バスは、朝夕以外の時間帯には極端に本数が減るらしい。次にバスがくるのは一時間以上先だというので、私たちは少しの間ベンチを借りることにした。

村木さんと並んでベンチに腰かけて、服の袖口《そでぐち》で濡れた目元を拭《ぬぐ》う。

ちょっとみっともないけど、慌てて家を飛び出したせいで、ハンカチを忘れてきてしまったから仕方ない。

右の瞼《まぶた》に袖口《そでぐち》を押しつけたあと、左目の涙を拭《ふ》こうとしたところで、横から白いハンカチが差し出された。

「三枚千円の安物だけど、どうぞ。袖で拭《ふ》くよりは肌に優しいと思うよ?」

まるでふざけているような言い方をして、村木さんはクスクスと笑う。

初対面のひとからものを借りるのは少し抵抗があるけど、彼の厚意を無下《むげ》にするのも申しわけない気がして、私はハンカチを受け取った。

「すみません。お借りします」

滲《にじ》んだ涙を全部拭《ふ》き取って、はあっと溜息《ためいき》を吐く。

村木さんは私が落ち着くのを待っていてくれたのか、タイミングを計ったように首をかしげた。

「伊敷さん……じゃなくて、もう梶浦さんか。旦那さんと呼び方がかぶってややこしいから、花奈ちゃんって呼んでもいい？」

「え、あ、はい」

いまさら呼び名の話をされて、目をまたたかせる。

村木さんはなぜかとても嬉しそうに微笑《ほほえ》んで、「ありがとう」と感謝の言葉を口にした。

「ところで、急に帰ると言ったり、泣き出したり、なにがあったの？　お弁当を作るのに失敗したとか？」

「い、いいえ。そうじゃないんですけど……」

核心をつく質問を向けられ、思わず言い淀《よど》む。

村木さんがいいひとだというのは、声をかけられてからの短い時間でもわかった。しかし、私と光琉さんの問題を相談することはできない。

どうにも説明ができずにうつむいて唇を噛《か》むと、村木さんは頭のうしろで手を組んで、ストレッチでもするようにぐっと背中を反らした。

「んー……まあ、他人の俺には言いにくい家庭の事情ってやつなんだろうけど、いきなり泣き出しちゃうくらいつらいなら、愚痴《ぐち》ったほうが楽になるかもよ？　あ、もちろん誰にも言わないし。梶浦さんにもね」

気取らない彼の物言いが、ほんの少し私の心を軽くしてくれる。

一瞬、なにもかも話してしまいそうになったけど、すぐに我に返って頭を振った。

「つらいんじゃないです。ただ、光琉さんに叱《しか》られるかもしれないと思って怖くなっただけで」

「ええー、なんだよそれ。亭主関白ってやつ？　早く弁当持ってこーい、みたいな？」

村木さんの反応に内心で飛び上がる。あんなに優しい光琉さんが亭主関白だなんて、とんでもない誤解だ。

「違います！　えと、今日はその、家から出ないように言われてて……でも、私がお弁当を渡し忘れてしまって……気づいたのがさっきで。慌てて届けにきたから、光琉さんとの約束を破ってることに気づかなくて」

光琉さんにおかしなイメージがつかないよう、しどろもどろになりながら必死で説明する。とにかく光琉さんは悪くないと伝えたかったのだけど、話をすればするほど村木さんの表情は険《けわ》しくなっていった。

「……花奈ちゃん、もしかして家に閉じ込められてるの？　それってＤＶ《ドメスティックバイオレンス》の一種じゃない？」

「え。えええ――っ!?」

村木さんの突拍子《とっぴょうし》もない発言に、思いきり目を剥《む》く。ここが外だということを忘れて大声を上げ、ブンブンと首を左右に振った。

「なにを言ってるんですかっ。そうじゃなくて、光琉さんはただ私のことを心配してくれているだけなんです。ちょっとした誤解で、私の体調が悪いと思い込んでしまっているから」

どう言ったらきちんと伝わるのかわからないまま、ただ一生懸命、説明を続ける。

しかし村木さんは表情をゆるめることなく「うーん」と低く唸《うな》った。

「いまいちよくわからないけど、とりあえずいまの花奈ちゃんは心配するような状態じゃないんだね？　で、お弁当を届けたいけど、きみが外に出たことを梶浦さんに知られるのは困るわけだ」

的《まと》を射《い》た答えを返され、パッと顔を上げる。

「はい、そうなんです！」

理解してもらえたことが嬉しくて笑みを浮かべると、なぜか村木さんは照れくさそうに目をそらした。

「そのお弁当、俺がうまく話を作って届けてあげようか？」

「えっ。そんなこと、できるんですか？」

「まあ、これでも営業課でそこそこいい成績を出してるからね。臨機応変《りんきおうへん》に対処するのは得意なんだよ」

村木さんの提案はすごくありがたい。でも、そう親しいわけじゃない彼に頼むのは気が引ける……

そのうち、くよくよと悩み続ける私に痺《しび》れを切らしたのか、村木さんがお弁当の入った手提《てさ》げをパッと取り上げた。

「あっ」

「とりあえず俺に任せておいて。悪いようにはしないから。でも本当に、閉じ込められてるんじゃないんだね？」

あらためて問いかけられた私は、力いっぱいうなずく。

「大丈夫です！　光琉さんは本当に優しくて、私にはもったいないくらい素敵なひとですからっ」

光琉さんの名誉を守るためとはいえ、力《りき》みすぎてしまった。

一瞬、ぽかんとした村木さんが、小さく噴き出す。

「ははっ、すっげぇノロケ！　でも、花奈ちゃんが幸せならよかったよ。……ほら、なんたって電撃結婚だったでしょ？　ふたりが付き合ってるって誰も知らなかったし、実は梶浦さんには同性愛者なんじゃないかって噂もあったからさ。花奈ちゃんが騙《だま》されてカモフラージュに利用されてるって言うやつもいたんだよねー」

——え？

初耳な噂話に、思わず目を瞠《みは》る。

村木さんは私が驚いていることに気づいていないらしく、軽く笑いながら立ち上がった。

「ま、要は梶浦さんに対するひがみだけど。花奈ちゃんを狙ってるやつ、けっこういたから。それじゃ、これ預かっていくね？」

持ち上げたお弁当を軽く揺らして、村木さんがパチッと片目を瞑《つむ》る。続けて、空《あ》いているほうの手で胸のポケットを探り、名刺を差し出してきた。

「あと、もしなんかあった時はここに電話して。社用の携帯だけど、たまになら私用で使ってもバレないからさ」

村木さんはちゃっかりそんなことを言って、ニカッと表情を崩す。

名刺を受け取った私は慌てて立ち上がり、思いきり頭を下げた。

「ありがとうございます。よろしくお願いしますっ」

「はい。よろしくお願いされました」

村木さんは最後まで明るい調子でそう言い、「またね」と手を振って会社へ戻っていった。

ひとり残された私は、またベンチに腰かけて溜息《ためいき》を吐く。

うまく光琉さんのもとへお弁当を届けられそうなのに、気持ちがすっきりしない……。私の心には、村木さんから聞いた噂話が引っかかっていた。

……彼が言うには、結婚前に私と光琉さんが交際していたことを誰も知らなかったらしい。しかも光琉さんには同性愛者だという疑いがかけられていた。

それは、たぶん、きっと、根も葉もない噂だ。少なくとも同性しかまったくだめ、ということではないはず。そう頭ではわかっているのに「カモフラージュ」という言葉が不安を煽《あお》る。

もしも光琉さんが両性愛者で、本当はいっしょになりたい男性がいるけど、まわりの目をごまかすために私と結婚したのだとしたら……いくらか時間が経って噂が消えた頃に、あの離婚届を使うつもりだった？

自分でもバカバカしいと思うし、そんなことはありえない。こんなふうに光琉さんを疑うなんてしたくない。

胸の上に手を当てて、自分に向かって「大丈夫」と呟《つぶや》く。それでも、震える心はいつまでも落ち着かなかった。

＊＊＊

昼休憩に入り、部下たちがそれぞれ昼食を取りにいくのを見送ってから、俺は自分のデスクの下を覗《のぞ》き込んだ。

通勤用の鞄《かばん》を置いている場所の横。いつもならそこにあるはずのランチバッグがないことに気づいて、首をひねった。

……もしかして弁当を家に忘れてきたのか？

料理にやりがいを感じているらしい花奈が、弁当を作り忘れたとは思えない。朝、吐き気と動悸《どうき》がすると言っていた彼女の体調を心配するあまり、俺が弁当のことを失念していたのだろう。

自然に眉尻が下がってしまう。

いますぐ外へ出てどこかの店で食べるなり、コンビニで買うなりすれば、昼食を食いっぱぐれることはない。だが、花奈が心を込めて作ってくれた弁当を無駄にすると思うと、申しわけなかった。

手元の腕時計で時間を確認し、溜息《ためいき》を吐く。さすがにいまから弁当を取りにいくのは無理だ。

今日の昼休みは弁当を食べながら、花奈の体調不良の原因についてもっと詳しく調べておこうと考えていた。これは、花奈ひとりの問題じゃない。俺も早いうちからきちんと知識をつけて、しかるべき時に備えておくべきだ。しかし、今日は難しそうである。

とりあえず花奈に電話をかけて謝ろうと思い、デスクの上のスマホに手を伸ばしたところで、別部署の後輩がオフィスにふらりと入ってきた。

明るい茶色の髪を揺らしながらやってきたのは、営業部の村木だ。

三年前に新卒で入社してきた村木とは、新人研修の時に指導担当として関わったことがある。特別に仲がいいというわけではないものの、顔を見れば話をするくらいには親しい。

「どうしたんだ、村木。営業部がうちにくるとは珍しいな」

「おつかれさまでーす」

まっすぐこちらに向かってくる男に声をかける。村木は間延びした挨拶《あいさつ》を返し、右手で自分の首のうしろを撫《な》でた。

「いやー、ちょっと落としものっていうか、忘れものの持ち主を探してくれって頼まれちゃって。これ、梶浦さんの弁当じゃないです？」

村木はそう言って、左手に持っていた手提《てさ》げを差し出してくる。

生成《きな》りの帆布《はんぷ》でできた飾り気のないエコバッグ。そういえばこれによく似たものを、花奈が使っていたような……

まさかと思いながら手提《てさ》げを受け取り、なかを確認する。そこには見慣れた弁当箱が入っていた。

「ああ、俺の弁当だ。でも、どうして……」

「んー、梶浦さん今朝どっかに置き忘れたんじゃないですか？　なんか守衛室に持ち込まれたらしいんですけど、誰も探しにこないし、ナマモノでタイムリミットあるし、俺、社内でわりと顔広めだからなんとかなんないかって警備の知り合いに泣きつかれたんですよねー」

村木はなんでもないことのようにそう言って、軽く首をかしげる。

てっきり家に弁当を忘れたと思っていたのに、違ったらしい。どうやら無意識のうちに持ってきて、どこかに置き去りにしてしまったようだ。なぜいつものランチバッグに入っていないのかはわからないが……

「そうか、届けてくれてありがとう。置いてきてしまったことにいままで気づいていなかった。それにしても、よくこれが俺の弁当だとわかったな」

子供じゃないから、わざわざ弁当箱に記名なんてしていない。どうやって俺のところに届けられたのか不思議に思っていると、村木は少し気まずそうに目線をそらした。

「まあ、それが梶浦さんの弁当だって気づいたのは、うちんとこの部長なんですけど。新婚の愛妻弁当ちょー羨《うらや》ましがってて、毎日こっそりチェックしてるみたいなんで」

え……

村木の話に目を瞠《みは》る。営業部の部長は、五十代の既婚者だ。以前、飲み会の席で『長年連れ添った妻と年頃の娘に、うっとうしがられている』と泣き言をこぼしていたが、まさか俺の弁当をそんな目で見ていたとは。

無意識に、弁当が入った手提《てさ》げをきつく握《にぎ》り締める。

営業部の部長が見ているのはただの弁当で、花奈自身じゃない。そう頭ではわかっていても、面白くなかった。

俺の顔を見た村木が、呆《あき》れたように眉を上げた。

「そんなおっかない顔しないでくださいよー。実際、うちの部長はキモいかもしれないですけど、弁当よこせとかまでは考えてないんだし」

「あ、いや。そういうことじゃないんだが……悪い」

村木の指摘を受け、小さく頭を振る。心のなかにうずまく黒い感情が、外に漏《も》れていたらしい。

ニカッと笑った村木は「それじゃ、確かに届けましたよ」と言い置いて、踵《きびす》を返した。

もう一度、礼を言うために顔を上げる。俺が口を開けたところで、村木がくるっと振り向き、不敵な笑みを浮かべた。

「伊敷さんの手作り弁当なら、俺も食べてみたいもんですけどね」

唖然《あぜん》として村木を見つめる。どういう意味かと問いただす前に、村木は軽い足取りでフロアを出ていった。

ゆっくりと閉まっていくドアを、つい睨《にら》んでしまう。

いまのは村木の冗談なんだろう。きっと結婚したばかりの先輩社員を、からかってみたに違いない。

それでも苛立ちが治まらない。村木が花奈をわざと旧姓で呼んだことが、腹立たしくて仕方なかった。

5

離婚届を見つけてから十日。ここのところ、光琉さんの様子が変だ。

家にいる時は常にそばにいて家事に手を出そうとするし、まるで私を見張っているみたいに行動をチェックしている。

それだけじゃなく、毎朝の健康確認に、私の予定の把握《はあく》。仕事の休憩ごとに電話をかけてきて、できるだけ家から出ないようにと注意もしていた。

いまだに記憶が戻らないこともあって、たぶん私の体調を心配してくれているのだろう。

別に出かけるところなんてないから、行動を管理されても私は構わないけど、普通に考えたらちょっとやりすぎな気がする。

もしかして前に約束を破ってお弁当を届けたことがバレたのかとも思ったけど、さりげなく聞いた感じでは知られていないようだった。

……それにここのところ、エッチなことをしていない。

光琉さんと身体の繋がりを持つようになってからというもの、私がだめな時以外はかならず週末にそういうことをしていた。近頃では一日に何度も挑まれて、へとへとになることさえあったのに、この十日間はただ寄り添って眠るだけだった。

もちろん、単に光琉さんが仕事で疲れていて、そんな気にならなかったという可能性もある。けど、それにしては彼の態度がおかしい。

おかげで私は、光琉さんが離婚の準備をしているのかも……と疑ってしまっていた。

私の体調を心配して外出を制限するのは、家で穏やかな時間を過ごさせて、早く以前のことを思い出すように？　そして一日でも早く私と離婚したいの？

私が記憶を失《な》くす前のふたりの関係が、どんなものだったのかはわからない。

光琉さんはとても円満だったように言うけど、それはたぶん嘘だ。少なくとも、記入済みの離婚届を用意するくらいには、冷めていたのだから。

偶然、私が怪我《けが》をして記憶喪失になり、突き放すわけにもいかないからしぶしぶ面倒をみていたのかもしれない。そのうち私から強引に迫られて、私に恥《はじ》をかかせるのも悪いと思い身体の関係を持って……

考えれば考えるほど、気持ちが落ち込んでいく。

彼が向けてくれていると思っていた愛情を、私はすっかり信じられなくなっていた。

「じゃあ、いってくる。なにかあればすぐに連絡して」

「はーい。いってらっしゃい。気をつけてね」

簡単な挨拶《あいさつ》のあと、目の前で玄関のドアがガチャンと閉まる。

私はいつもの朝と同じに、のろのろと腕を伸ばして内側から鍵をかけた。今日も今日とて『どうしても必要な時以外は出かけないように』と念を押して、光琉さんは仕事へ出かけていった。

彼が出ていったドアを少しの間ぼんやりと見つめる。

寂しさから気分が落ち込みそうになって、私は少し強めに頭を振った。下ろしたままの髪がパサパサと揺れる。

こんなところで考え込んでいたって仕方ない。どんなにごまかそうとしたって、あの離婚届は消えてくれないし、過去も変えられないのだから。

いま私にできるのは、光琉さんにあらためて離婚を切り出されないよう、静かに暮らすことだけだった。

とりあえず掃除をするためにリビングに向かう。掃除用具を入れてあるクローゼットの扉に手をかけたところで、インターフォンのチャイムが鳴り響いた。

こんな時間に誰だろう？　光琉さんが戻ってきたならチャイムを鳴らさずに鍵を使うはずだし、宅配便にしては早すぎる。

私は首をひねりながら、表示パネルを覗《のぞ》き込んだ。

「あ、叔母さん……」

画面のなかで笑みを浮かべる女性を見た瞬間、思わずげんなりしてしまった。

頻繁《ひんぱん》にやってくるため叔母さんの対応にはもう慣れたものの、気持ちが下向きの時は申しわけないけど会いたくない。しかし、追い返せば大事《おおごと》になるのは目に見えていた。

盛大に溜息《ためいき》を吐いてから、応答ボタンを押す。

私が声を発した途端《とたん》に、叔母さんは「約束のものと、ついでに手作りケーキを持ってきた」ことをものすごい勢いでまくし立て始めた。


「ごめんなさい。まだ掃除をしてないから散らかったままなんだけど……」

言いわけを添えながら、私はカウンターのスツールに座るよう勧《すす》める。

叔母さんは口元に手を当てて、いまさら気づいたように「あらっ」と声を上げた。

「私こそ、ごめんなさいね？　こんなに早くきてしまって。今日も午後から仕事があって、この時間にしかこられなかったのよー」

叔母さんは、いそいそと持参した荷物を開いている。

「いいよ、別に。光琉さんも出かけたあとだし、ちょっと部屋が汚いのを気にしないでくれるなら」

「まあ。花奈ちゃんのおうちはいつも綺麗よ。お掃除が得意なんだって、よくわかるわ。兄さんも綺麗好きだったもの、きっと似ているのね」

「……ありがとう」

少し苦笑いを浮かべて、叔母さんの褒《ほ》め言葉を受け取る。

実際の私は、掃除が得意とは言えない。ただ他にすることがないから、だらだらと掃除をし続け

ている だけだ。

親に似ていると言われるのは嬉しいような気がするけど、記憶がないせいでいまいちピンとこなかった。

叔母さんは小さく鼻歌を歌いつつ、大きめの紙袋からピンク色の包装紙でラッピングされた箱を取り出す。それをカウンターの上に置いて、ふうっと息を吐いた。

「花奈ちゃんにプレゼントよ！」

「え？」

「ほら、前に話していたでしょう？　うちのお店のお客さんがラブグッズの会社を経営なさっているって。それを先日いただいたのよ」

そう言って満面の笑みを浮かべた叔母さんは、私のほうに箱をぐいっと押してよこす。

「あー、うん。ありがとう……って、重っ!?」

勢いで受け取り持ち上げると、それは予想外の重量だった。

いままで叔母さんとの約束をすっかり忘れていたから、ラブグッズがどんなものなのか調べていない。不思議に思い、軽く振ってみるとカタカタと音がした。

「ねえ、叔母さん。ラブグッズってなんなの？」

首をかしげて質問する。

叔母さんはパッと頬を染めて、口元に手のひらを当てた。

「それは内緒よー。とにかく夫婦の愛情を強くするものなの。くださった方からも『事前に調べるとサプライズにならないから、そのままご主人に渡すようにって』ってことづけられているから、教えられないわ。ごめんなさいね？」

「ふうん」

そういえば光琉さんも『もし本当に叔母さんが持ってきても、開けないですぐ俺に渡すこと』と言っていた。

くれたひとがサプライズと言うのだから、やっぱりパーティーグッズの類《たぐい》なんだろう。

「よくわからないけど、とりあえずもらっておくね。ありがと」

もう一度お礼を言って、箱をカウンターの隅に置く。

叔母さんは嬉しそうに微笑《ほほえ》んでうなずき、もうひとつの袋から、ラップに包まれたアップルケーキを取り出した。途端《とたん》にバターとリンゴの甘い香りがふわりと広がる。

見た目の派手さからは想像がつかないけど、叔母さんはお菓子を作るのが得意らしい。知り合いと共同経営しているらしい軽食喫茶のお店では、叔母さんの手作りスイーツが大人気なのだという。

実際、目の前に出されたアップルケーキは、つやつやの黄金色《こがねいろ》でとてもおいしそうだった。

「昨日リンゴを沢山いただいたから作ってみたの。作りたての温かいものもいいけれど、私は時間を置いてしっとりさせたほうが好きなのよ」

叔母さんの干渉《かんしょう》しすぎなところや、自己中心的な考え方は苦手だけど、お菓子作りの腕前は素直にすごいと思う。

「うん、とっても綺麗でおいしそう」

私が微笑《ほほえ》んでうなずくと、叔母さんは嬉しそうにパッと頬を染めた。

「喜んでもらえてよかったわ。花奈ちゃんは子供の頃からリンゴが好きだったものね？」

「えっ、あー、そう、だね？」

自分でも知らない好みを指摘され、つい言い淀《よど》んでしまう。

私の返事があまりにもたどたどしかったせいか、叔母さんが驚いたように眉を上げた。

「あら、違ったかしら。それとも最近、味覚が変わったの？　あっ……もしかして花奈ちゃん、妊娠して……!?」

「ええっ！　ち、違うよ」

飛躍《ひやく》しすぎな叔母さんの勘違いに飛び上がり、慌てて訂正する。

そういう可能性がゼロだとは言わないけど生理周期は順調だし、このまえの寝不足だった時以外、体調もいいから、妊娠はしていないと思う。たぶん。

私の否定の言葉を聞いた叔母さんは、あからさまに表情を曇らせる。続けてがっくりとうなだれて「そうなの」と溜息《ためいき》混じりに呟《つぶや》いた。

「勝手なことを言っているのはわかっているのだけど、花奈ちゃんに赤ちゃんができたら素敵だと思うのよ。……ほら、いままでは家族の縁が薄かったでしょう？　兄さんは早くに亡くなってしまうし、お義姉さんも、ね。だからこそ、あなたには旦那さんと子供に囲まれた温かい家庭を築いてほしいと思っているの」

叔母さんはそう語りながら、私の手をギュッと握《にぎ》ってくる。その力強さが、本気で私のことを案じてくれている証《あかし》のように思えて、なにも言えなくなった。

ふと寂しげに微笑《ほほえ》んだ叔母さんが、小さな声で呟《つぶや》く。

「……子供に恵まれなくて、夫選びも間違ってしまった私が言うのはおかしいかもしれないけれど、花奈ちゃんにはもう寂しい思いをしてほしくないわ」

前に光琉さんが『叔母さんには子供がいないし、何年か前にご主人と離婚されたようでね』と話していたのを思い出した。

たぶん叔母さんは、自分の過去といまの私を重ねているのだろう。

「叔母さん、大丈夫だよ。その……赤ちゃんはすぐには無理かもしれないけど、光琉さんは本当に素敵なひとだから。すごく優しくて、いつも私のことを考えて心配してくれるの」

「そう……」

私の言葉が信じられないのか、叔母さんは少し不満そうに目をそらす。

以前から薄々感じてはいたけど、叔母さんはなぜか光琉さんのことをあまりよく思っていないらしい。

穏やかな性格に誠実そうで整った容姿、家事もできて職場では責任ある立場を任されている光琉さんは、平凡な私にはもったいないくらいの完璧な夫だ。

そんな彼のどこが気に入らないというのだろう？　私たちの年齢が少し離れているから？

納得できない疑問をぶつけるように、叔母さんをついじっと見つめてしまう。

私の視線に引き寄せられるように目線を戻した叔母さんは、居心地が悪そうに眉尻を下げて、ゆっくりと首を横に振った。

「ごめんなさいね。いまの光琉さんに不満はないし、悪く言うつもりもないのよ。ただ、初めて顔を合わせた時のことが、ずっと気になっていて」

「え？」

いままで知ることができなかった結婚前の私と光琉さんの話に、ハッとする。

叔母さんはその時のことを思い出しているらしく、まるで遠くを見るように目を細めた。

「……あれはまだ寒い頃だったわね。休日に私のお店へふたりできてくれたでしょう？」

「う、うん」

記憶喪失のことを知られるわけにはいかないので、適当にあいづちを打つ。叔母さんもそれに答えるように小さくうなずいた。

「あの時、花奈ちゃんは『恋人を紹介するから』と言って光琉さんを連れてきたけれど、正直に言うと、私はあなたたちの関係を疑っていたのよ。ふたりはただの上司と部下で、お付き合いをしているというのは嘘じゃないかしらってね」

「どうして？」

パッと脳裏にひらめいた疑問を口に出す。

叔母さんはなにかを探るような目で私を見返したあと、また視線を外した。

「あなたたちの様子が妙によそよそしく見えたの。なんだかぎこちないような、なにかを隠しているような……そんなふうにね」

叔母さんの『なにかを隠している』という言葉を聞き、ぐっと身体がこわばる。

もしも、村木さんから聞いた噂のとおりに光琉さんがカモフラージュのために私と付き合っていたのだとしたら、叔母さんの目には不審《ふしん》に映ったかもしれない。

「……えーと、あの時は、私も光琉さんも、緊張してたから。すごく」

私は必死で平気なふりをしながら適当に話を作り、軽く微笑《ほほえ》む。

叔母さんは自分の頬に手を当てて、ふうっと溜息《ためいき》を吐いた。

「そうね。でも、私はすっかり疑ってしまっていたのよ。だから光琉さんを試すつもりで『男としての責任を取って、早く結婚しなさい』って勧《すす》めたの。もし、ふたりが本当に愛し合っているのでなければ、慌てて結婚を断るはずでしょう？」

「あ、うん」

確かに、叔母さんの言うとおりだ。

光琉さんの噂が本当だったとしても、それをごまかすためだけにわざわざ結婚をするだろうか？

書類一枚を役所に出せば結婚も離婚も簡単に成立するけど、戸籍に履歴が残ってしまう。一生消えない痕《あと》をつけてまで、噂を揉《も》み消そうとするものだろうか。

ますます混乱する私をよそに、叔母さんは頬を押さえたまま苦い表情を浮かべた。

「花奈ちゃんも知っているように、光琉さんはふたつ返事で結婚を約束してくれたわ。けれどね、あとになって、あれは失敗だったかもしれないと後悔したのよ。もしも光琉さんが、私の元夫のように調子がいいだけの男だったら……と考えて怖くなってしまって」

「まさか。光琉さんに限って、そんなことがあるはずないよ！」

私は叔母さんのほうへ身を乗り出して、力いっぱい否定する。叔母さんを捨てたらしい元のご主人と、光琉さんは違う！

叔母さんは少しだけ申しわけなさそうに身を縮めて、困り顔で微笑《ほほえ》む。

「ええ、そうね。光琉さんが誠実なひとだというのは、わかっているつもりよ。でも、どうしても不安になってしまうの。だから、そういう意味でも早く赤ちゃんができればいいと思うのよ。もしも光琉さんと別れることになっても、血を分けた子供なら、絶対にあなたを裏切ることはないものね？」

光琉さんに対して失礼なことを言われ、胸の奥からもやもやした気持ちが湧《わ》き上がる。けど、それを口に出して非難する気にはなれなかった。

たぶん叔母さんはひどい男性不信に陥《おちい》っているのだろう。元の旦那さんとどういう経緯で別れたのかは知らないけど、その時のつらさや寂しさがしこりになって、いまも残っているに違いない。

だから私はただ静かにうなずいて、叔母さんの意見に同意した。

「……うん、そうだね。私も早く光琉さんの赤ちゃんがほしいな」

私の言葉を聞いた叔母さんは表情を明るいものに変え、嬉しそうに笑う。

「それならもっと栄養を摂らないとね。花奈ちゃんはちょっと細すぎるもの。私が持ってきたケーキをたくさん食べるといいわ！」

「えー、それってただ脂肪がつくだけじゃない？　あ、お茶淹《い》れるね」

軽い冗談を言いながら、お茶の準備に取りかかる。

電気ケトルのスイッチを入れた私は、ケーキを取り分ける叔母さんを横目で眺《なが》め、そっと溜息《ためいき》を吐いた。

叔母さんから過去の光琉さんの様子を聞いて、ますます彼のことがわからなくなってしまった。結婚を勧《すす》められてすぐに承諾《しょうだく》するほど、私と光琉さんの仲は良かったらしい。なのに、叔母さんの目にはよそよそしい関係に映ったという。

ただ単に男性不信な叔母さんが、先入観を持って見ただけなのかもしれない。しかし、実際に円満な恋人関係を築いていたというなら、あの離婚届の存在はなんなんだろう？

わからないことだらけで憂鬱《ゆううつ》になってくる。

記憶を失《な》くした直後のように、なにも知らず、気づかないまま、光琉さんの妻として子供を生んで暮らしていけたらよかったのに……

電気ケトルから噴き出す蒸気の音にまぎれて、私はもう一度大きく息を吐き出した。

叔母さんが「面倒だけど仕事へ行かなくちゃ」と言いつつ帰っていった直後、光琉さんからスマホにメールが届いた。

いま手がけている仕事がいよいよ大詰めに差しかかっているらしく、今夜は残業になりそうだという。『帰宅が何時になるかわからないから夕飯はいらない。先に寝ていていいよ』という文面を見て、ひどく寂しく感じた。

いままではあまり意識していなかったけど、家事以外にすることがない状態で家にひとりきりというのは、けっこうつらいものらしい。

ふと、こんな時に子供がいればいいのに……と考えたところで、自分がすっかり叔母さんに影響されていると気づいた。


光琉さんがいないと料理をがんばる気にもなれなくて、夕飯は簡単に済ませた。

いつもよりのんびりとお風呂に入っても、まだまだ寝るには早い。光琉さんといっしょなら時間が足りなくてもどかしいくらいなのに、ひとりの夜はとても長く感じた。

私は寝室のベッドに寝転がって本をめくる。

これは暇を持て余した午後に、近所の書店で買ってきたものだ。内容は、妊娠に対する心構えと、子供ができやすくなる身体づくりに健康法、最近の妊婦事情などなど……

心温まる体験談や、赤ちゃんの可愛いイラストを見ているだけでなんだか嬉しくなってくる。ふくふくとした赤ちゃんを抱き、光琉さんと微笑《ほほえ》み合う自分を想像して、胸の奥がキュッと甘く痛んだ。

……どうしよう。本気で赤ちゃんがほしくなってきた。

ずっとおぼろげだった未来予想図が、しっかりとした形に変わっていくのを感じる。

きっとすごく可愛いに違いない。光琉さんに似た男の子ならキリッとしたイケメンになるのは確実だし、女の子だとしてもかなりの美人さんになるはず。もし私に似たら平凡な容姿になってしまうけど……どんな子だって大切な愛おしい我が子だ。

それに、子供がいれば光琉さんとの関係にも悩まずに済む。

光琉さんは記憶を失《な》くした私を突き放せずに、面倒をみてしまうほど情の深いひとだ。もし子供ができたら、一生をかけて愛し抜くに違いない。そうなれば、もう私と離婚することは諦《あきら》めてくれるだろう。

子供を理由にして彼を引き留めようと考えるなんて、自分でも本当にずるくて汚いと思う。しかし、どうしても光琉さんの隣にいたい私には、その可能性を捨てることができなかった。

一度通して読んだ雑誌を、また最初から眺《なが》める。赤ちゃんがいる生活を夢見て、熱っぽい吐息をこぼしたところで、玄関ドアの開く音が聞こえた。

光琉さんが帰ってきた……！

部屋を飛び出して抱きつきたい衝動をぐっと抑え、私は雑誌をクローゼットのなかにしまった。

別に見られて困るものじゃないけど、妊娠したいとひとりで盛り上がっているのを知られるのは、ちょっと恥《は》ずかしい。

光琉さんとは十日前まで割と頻繁《ひんぱん》にエッチなことをしていたし、いままで一度も避妊はしなかった。

だからいつ子供ができてもおかしくはなかったけど、具体的な話は、なにもしたことがない。とはいえ、誠実な光琉さんが快楽に身を任せて避妊をしなかった、とも考え難い。

――もしかしたら、私が記憶喪失になった時点で、光琉さんは一生面倒を見ると覚悟を決めたのだろうか。だから子供ができてもいいと思って……？

もし本当にそう考えてくれていたら嬉しい。光琉さんとずっといっしょにいられるから。でも、彼が実際にどう思っているのかはわからない……

ふと離婚届のことが頭によぎり、締めつけられるように胸が苦しくなった。

つらい気持ちに蓋《ふた》をしたくて、音を立てないようにそっとクローゼットの扉を閉め、息を吐く。

ほとんど同時に、寝室のドアが外から静かに開けられた。

振り向いた私に目を合わせ、光琉さんが少し驚いた顔をする。

「まだ起きていたの？」

私は返事をする前に駆《か》け寄り、思いきり抱きついた。

「おかえりなさいっ」

「ただいま。こんな狭いところで走ったら危ないよ」

光琉さんは小さく溜息《ためいき》を吐いてそう言い、苦笑する。私の子供っぽい行動に少し呆《あき》れたのかもしれない。でも彼が帰ってきたことが嬉しくて、私は感情を抑えきれなかった。

「だって、寂しかったんだもん」

ギュッと彼にすがりついて、言いわけを口にする。

通勤用の鞄《かばん》を床に下ろした光琉さんは、両手で私の頬を包み、ちょっと不安そうに顔を覗《のぞ》き込んできた。

「なにかあった？」

「ううん。朝に叔母さんがきたくらいで、いつもと変わりないよ。ただ、ひとりでいる時間が長かったから……」

光琉さんはほっとしたように表情をゆるめて、私の額《ひたい》にキスしてくれた。

「ごめん。どうしても今日中に終わらせないといけない案件があってね」

「うん、わかってる。わがままを言ってごめんなさい」

光琉さんが残業で遅くなったのは仕方ないことだし、私も本気で臍《へそ》を曲げていたわけじゃない。ただ適当な理由をつけて甘えたかっただけ。

その気持ちは彼にも伝わっているようで、優しく抱き締め返された。

「きみはわがままを言っている時も可愛いよ。俺にもっと甘えてほしいんだけどな」

光琉さんは、こんなふうに照れくさいセリフをさらりと言ってくる。

さも当然のように告《つ》げられるから、聞いている私のほうがちょっと恥《は》ずかしくなってしまう。でもやっぱり嬉しくて……

光琉さんの胸元に頬を擦《こす》りつけ目を閉じる。彼の胸の鼓動を聞いているうちに、ふと叔母さんからもらったプレゼントのことを思い出した。

「あ、そういえば今日、叔母さんからあれをもらったの。光琉さんに渡してって」

首をうしろにまわして、ベッドの脇にあるサイドテーブルを示す。そこにはピンク色の包装紙に包まれた箱が置いてあった。

私につられて箱を見た光琉さんは、不思議そうにまばたきをした。

「きみの叔母さんが俺に？　なんだろう？」

彼は返事をするのと同時に少し屈《かが》んで、私を抱き上げる。本当に大切なものを運ぶようにゆっくりゆっくりと寝室を進み、ベッドに下ろしてくれた。

光琉さんは私の隣に座って大きく首をひねったあと、箱を膝《ひざ》の上に載せ、包装紙を剥《は》がしていく。

私は箱の中身がラブグッズだと知っているけど、それを伝えたらサプライズにならないらしいから、黙って彼を見つめていた。

やがて包装紙を外し終えた光琉さんが、箱の蓋《ふた》を静かに開ける。

彼の手と腕が邪魔で、私の位置からは中身がよく見えない。なんかカラフルなものがこまごまと入っているような……？

「光琉さん、それ――」

どうやって使うものなのか、そしてどういう効果が得られるのか。実物を見ながらいろいろ聞いてみたかったのに、彼は私が質問するのを待たずに勢いよくバンッと蓋《ふた》を閉めた。

突然の荒っぽい行動に驚いて、パチパチとまばたきを繰り返す。光琉さんの横顔を見ると、耳まで赤くなっていた。

「花奈……これ、なか、見た？」

「え、ううん。ほとんど見えなかった。なにが入ってたの？」

身を乗り出して光琉さんに近づく。もう一度、箱を開けてなかを見せてほしかったけど、彼は箱を乱暴に床へ落として、踵《かかと》でベッドの下に蹴《け》り入れてしまった。

普段の光琉さんからは想像ができないくらい行儀が悪い。ぎょっとする私の前で、彼は思いっきり顔をしかめ「なんでもない」と吐き捨てた。

なぜかものすごく機嫌が悪い。でも顔は相変わらず真っ赤だ。たまに怒ると顔が赤くなるひとがいるけど、いま光琉さんが赤面しているのは少し違う気がした。

「なんでもないって言われても気になるよ。叔母さんは『夫婦の愛情を強くするもの』って言っていたけど違うの？」

「そういうのじゃないから。花奈は知らなくていい」

はっきりと拒絶され、ちょっとだけムッとする。叔母さんも光琉さんもラブグッズがどんなものか知っているのに教えてくれない。私だけ完全に仲間外れだ。

「えー、見たい！　光琉さんだけずるいよ」

不満を口に出し、頬を膨《ふく》らませる。

横目で私を見た彼は、疲れたようにはあっと長い溜息《ためいき》を吐いた。

「絶対にだめ。だいたい、そんなものに頼らなくたって、愛情は充分にあるだろう？」

光琉さんの言葉が、私の心にチクリと突き刺さる。

……本当に私たちの間に、愛情はあるの？　ふたりが愛し合っていたのなら、どうして離婚届が出てきたの？

いままで何度となく考えた疑問が、また頭をもたげた。

「ねえ、光琉さん……私のこと、好き？」

「好きだよ」

光琉さんはいつもどおりに優しい答えを返してくれる。それはもちろん嬉しくて幸せなことだ。しかし、彼の想いを疑う気持ちが捨てきれない。

私は一度ぐっと歯を噛《か》み締めてから、光琉さんを見つめた。

「本当に？　私が記憶を失《な》くす前も？」

質問をぶつけた途端《とたん》、彼の肩がピクッと震えた。

あからさまに驚きはしなかったけど、赤かった顔色がみるみる白っぽくなっていく。それだけで、光琉さんがなにかを隠しているとわかった。

「ああ……もちろん。好きでなければ結婚しないよ。どうしてそんな当たり前のことを聞くの？心配になるようなことでも思い出した？」

彼はわざとらしい笑みを顔に貼りつけ、そう聞き返してくる。きっと、私が離婚の約束を思い出したのか確認したいのだろう。

やっぱり、以前の私たちの関係は、いいものじゃなかったんだ……！

気づいてしまった真実に、ズキズキと胸が痛む。私は震えだしそうな手をきつく握《にぎ》り締め、大きく首を左右に振った。

「ううん。なにも、思い出せない。ただなんとなく不安で……」

適当にごまかして、うつむく。すぐに横から腕が伸びてきて、そっと抱き寄せられた。

「大丈夫。そんなに焦《あせ》らなくていい。無理せず普通に暮らしていれば、記憶は戻るさ。……きっと、そのうちにね」

私の耳元に口を寄せた光琉さんが、言い聞かせるようにささやく。

それは彼の優しい労《いたわ》りの気持ちだとわかっているけど、不安に揺れる私には、含みのある言葉に聞こえた。

いや……離婚なんて絶対にやだっ！

口には出せない感情をぶつけるように、必死で光琉さんにすがる。たぶんうっとうしいだろうと思うけど、彼は文句を言うことなく私の背中を撫《な》でてくれた。

「記憶がないのは怖いよな。俺がなんとかしてやればいいんだけど」

光琉さんの思いやりの言葉を耳にして、私はキッと顔を上げる。

「だ、だったら、もっとうんと甘やかして！　キスして、抱き締めて……っ」

そして、光琉さんの赤ちゃんを生みたい。私と彼と子供がいっしょにいられる未来がほしい。たとえ光琉さんの気持ちが、記憶喪失の私に対する同情だったとしても――

私のドロドロした感情にまったく気づいていないらしい彼は、ふわりと微笑《ほほえ》んで顔を寄せてくる。

唇が触れ合うのが待ちきれずに、私のほうから強引に口づけた。

何度も強く押しつけたあと、彼の首を舐《な》める。

くすぐったかったのか、ピクッと震えた光琉さんがわずかに身を引く。離れたくなくて、もう一度同じところに吸いつくと、肩を押さえて止められた。

「こら、花奈。ちょっと待って。俺シャワー浴びてない」

「平気。汚くないし。それに光琉さんだって、私が『お風呂入ってないからいや』って言ってもやめてくれないくせに」

思わず、いままで感じていた不満が口から飛び出す。

休日に家でのんびりしている時など、場所も時間もお構いなしでそういう雰囲気になることがあった。光琉さんとエッチなことをするのは、その……気持ちいいし、好きだけど、彼はほとんどの場合『お風呂に入りたい』という私のお願いを無視するのだ。

まるでいやがる私を見て楽しむみたいに、光琉さんはあちこちを触り、キスして舐《な》めまわす。

ごくたまに希望を聞いてくれても、結局ろくに洗わないまま、お風呂エッチに持ち込まれてしまっていた。

私はいつもの仕返しとばかりに、彼の首へのキスを続ける。

熱っぽい吐息をこぼした光琉さんは「男と女じゃ全然違うと思うんだけどな……」と独り言を漏《も》らした。

いままでの光琉さんを真似《まね》して聞き流す。首筋を舐《な》めながらネクタイをゆるめ、ワイシャツのボタンをふたつ外したところで彼の香りを感じた。

光琉さんがつけているコロンの爽《さわ》やかな芳香《ほうこう》と、そこに混じったかすかな汗の匂い。そして、惹《ひ》きつけられずにはいられない力強く男らしい香りが鼻をかすめた。

勝手に胸の鼓動が速くなり、お腹の奥に火が灯る。

「……光琉さん、好き」

こらえきれない想いを吐息に乗せて伝える。

どうかこのまま私を受け入れて。そしてそのまま、離婚届のことなんて忘れて――！

光琉さんはまぶしいものを見るように目を細め、今度は彼のほうから少し荒っぽく唇を合わせてきた。

両手で私の頬を押さえて、強引に舌で唇を割り開く。噛《か》みつくみたいな、という表現がぴったりのキス。

光琉さんは口のなかに舌を入れ、内側を舐《な》め始めた。

彼がその気になってくれたことに安堵《あんど》し、身体がどんどん熱くなる。

「んっ、う……」

舌先で粘膜《ねんまく》を撫《な》でられるだけで、ぞわぞわした震えが背中を駆《か》け上がり首のうしろに溜《た》まっていく。何度味わっても慣れない、不快と快感が混ざり合った不思議な感覚。寒気がするのにひどく気持ちがよくて、ずっとキスを続けていたくなった。

心臓がドキドキして、自然に呼吸が荒くなる。お互いの吐息と唾液《だえき》を絡ませ合っているうちに、気づけば仰向《あおむ》けに押し倒されていた。

私に覆《おお》いかぶさった光琉さんは唇を離して、ほどけかけているネクタイを一気に引き抜く。続けてスーツのジャケットを脱いで、いっしょにベッドの隅へと放った。

あのまま置いておいたら皺《しわ》だらけになる気がする。でも、行為を中断してハンガーにかけ直そうとは思えなかった。

私は手を伸ばし、さっき途中まで外したワイシャツのボタンにまた指をかける。すべてを外して、開いたあわせのなかに手を入れると、彼の肌が汗ばんでいた。

光琉さんも私と同じように興奮して熱くなっているのだと思い、妙に嬉しくなる。

もっと彼を触りたくなって手を広げたけど、手首を掴《つか》まれ止められてしまった。

「積極的な花奈もいいけど、今日は俺が甘やかす約束だからね」

「ええー」

つい不満の声を上げて、唇を尖《とが》らせる。

光琉さんは拗《す》ねる私をなだめるように触れるだけのキスをして、ふっと小さく笑った。

「甘やかしてほしいって言ったのは、花奈のほうだろう？」

「でも触りたいし、ギュッてしたいよ」

わざと肩を揺らして駄々を捏《こ》ねる。その動きに合わせて、なににも締めつけられていない胸が、パジャマの下でふるふると揺れた。

頻繁《ひんぱん》に光琉さんとエッチなことをするせいか、この頃やたらと胸が張るようになり、ブラをつけたままでは苦しくて眠れなくなってしまったのだ。

一瞬、私の胸元へ視線を向けた光琉さんは、困り顔ではあっと溜息《ためいき》を吐く。

「まったく。そうやっていつも俺を煽《あお》るんだから……花奈は悪い子だ」

「えっ、そんな」

別に煽《あお》るつもりで胸を揺らしたわけじゃない。いわば不可抗力みたいなものだ。

違うという意味で慌てて首を横に振ったけど、光琉さんは渋い表情のまま私の耳たぶをぺろりと舐《な》めた。

「そういうイけないことをするなら、縛って動けなくしてしまうよ？」

「あっ……」

耳元でささやかれた淫靡《いんび》な言葉に、ビクッと身体が跳ねる。反射的に「いやだ、怖い」と思ったけど、同時に強い胸の高鳴りを覚えた。

ドクンドクンと激しく心臓が脈打つ。

つい彼に束縛《そくばく》される自分を想像してしまい、お腹の奥でくすぶる炎がぐっと勢いを増した。

光琉さんは私が黙り込んだのを怯《おび》えていると思ったのか、まるで労《いたわ》るように優しくこめかみに口づける。

「だからね、今日はおとなしく俺に可愛がられなさい」

静かで絶対的な命令が、私の心に染《し》みていく。

なにも言えないまま私がうなずくと、光琉さんは一度手を離して、裾《すそ》のほうからパジャマの内側にそっと入れてきた。

温かい彼の両手が胸元へ這《は》い上がってくる。それは、たどりついたふたつの膨《ふく》らみを柔《やわ》らかく握《にぎ》ったあと、円を描くようにゆっくりと揺らし始めた。

自然に下腹部がキュッとすくみ上がる。真ん中の尖《とが》りが硬くすぼまり、光琉さんの手のなかで左右に揺さぶられた。

胸を苛《さいな》まれて、ヒクヒクと身体が痙攣《けいれん》する。光琉さんは愛撫《あいぶ》の合間に「寒くない？」とか「痛くない？」とか聞いてくるけど、湧《わ》き上がる快感に翻弄《ほんろう》されて、それどころじゃなかった。

「ん、んっ……あ……」

必死で抑えようとしても、吐息といっしょに喘《あえ》ぎが漏《も》れ出てしまう。

十日ほど触れ合っていなかったせいか、身体が敏感《びんかん》になっているようで、胸から響く感覚をひどく甘く感じた。

「あ、気持ちい……光琉さん」

熱に浮かされた私は手を伸ばし、光琉さんの首にしがみつく。自然に唇を寄せ合って、舌を絡ませた。

キスをしている間も、彼の手は止まらない。ふわふわと全体を揉《も》まれる感覚にうっとりしたところで、両方の先端を強めに摘《つ》まれた。

「んあぁんっ」

ピリッとした刺激が同時に突き抜け、思いきり仰《の》け反《ぞ》る。キスを続けられなくなった口から、いやらしい声が上がった。

指先を使って乳首だけを執拗《しつよう》に捏《こ》ねられる。強くて甘い痺《しび》れがビリビリと響いてたまらない。

胸への愛撫《あいぶ》につられて下腹部のひくつきが一層激しくなり、私はお尻をシーツに擦《こす》りつけるようにして腰を揺らした。

はしたなくて恥《は》ずかしいけど、じっとしていることなんてできない。

もじもじと下半身を動かしていると、耳元で光琉さんがふふっと笑った。

「いやらしくて、すごく気持ちよさそうだ。我慢できない？」

「やぁ、見ないで……ジンジンして、止められない……」

欲望に従い、感じたままを声に出す。自分でも、なにを言っているのかよくわからない。

光琉さんは困ったように苦笑してから、私の胸に当てていた手を離した。

「寒かったり、つらかったり、痛い時は言うんだよ？」

「え……？」

なぜ今日に限ってそんなことを言うのか理解できずに、内心で首をひねる。

光琉さんの言葉の意図が掴《つか》めず、ぼんやりしているうちに、パジャマをめくられる。快感にさらされ張り詰めた胸の膨《ふく》らみが、ぷるんと揺れながら飛び出した。

パジャマのなかに篭《こ》もっていた熱気が散って、ほうっと息を吐く。

次に光琉さんはベッドの下へと降りて、私のズボンとショーツをゆっくり引き抜いた。

もう初夏と言ってもいいくらいの気候だから、夜遅い時間でも寒いとは感じない。でも、裸を見られていることが落ち着かなくて身を縮めた。

「大丈夫？」

私の顔を覗《のぞ》き込んだ光琉さんが、不安そうに眉根《まゆね》を寄せる。

「ん。ちょっと、恥《は》ずかしい、だけ」

「それならいいけど……なにか変だなって思ったらすぐに教えて。無理はいけないからね」

心配しすぎな光琉さんに、また違和感を覚える。もしかして彼は、十日前の私の仮病《けびょう》をまだ信じているのだろうか。

……あるいは、エッチしたくないから中断する理由を探しているとか？

私が不安に駆《か》られているうちに、光琉さんは私の膝《ひざ》を立たせたあと、左右にそっと開いた。

突然、秘部をあらわにされ、驚きで固まってしまう。彼にはもう何度も見られているところだけど、やっぱり隠しておきたい。

光琉さんは恥《は》ずかしくて震える私に気づかないまま、足首から手を離してにじり寄ってくる。そして、おもむろに太腿《ふともも》の内側へ唇を押し当てた。

一瞬だけチクッとした鈍い痛みが走る。そこに痕《あと》をつけられたのだとわかった。

もしかしたらいいことではないのかもしれないけど、彼の愛情の証《あかし》のように思えて嬉しくなる。

もっともっと私を光琉さんのものにしてほしい。

熱情で潤《うる》んだ瞳を光琉さんに向けると、彼の喉仏がごくりと動いた。

「……花奈は本当に俺を煽《あお》るのがうまくて困るな」

独り言のような低いささやき。

どうしてそこで困るのだろう？

欲望に流されるまま、私を貪《むさぼ》ってくれればいいのに。もっと夢中になって熱に溺れて、もうあと戻りできなくなるくらいに……

次々といやらしい考えが溢《あふ》れて止まらない。

光琉さんは私の心の声に応《こた》えるように唇を滑《すべ》らせ、足の付け根に口づけた。

「あ、はあぁ……っ！」

待ち望んでいた快感を与えられて、私の口から甲高《かんだか》い声が上がる。

身体中に気持ちいい感覚が広がっていく。まるで秘部へ挨拶《あいさつ》をするみたいに音を立ててキスをした光琉さんは、次に舌で割れ目をなぞり始めた。

少し冷たい彼の舌先が、秘部の表面をぬるぬると這《は》いまわる。それだけで気持ちがよくて、太腿《ふともも》がガクガクと震えた。

痙攣《けいれん》する足にむず痒《がゆ》いような感覚が溜《た》まっていく。痛いとか苦しいとかいうほどじゃないけど、もどかしくてじっとしていられない。

無意識に足を動かそうとしたところで、顔を上げた光琉さんに膝《ひざ》の裏を掴《つか》まれた。

「こら、俺の頭を挟むつもり？　足は開いたままでいて」

「だ、だって、むずむずして、動いちゃう……」

恥《は》ずかしいけど、我慢できないのだから仕方ない。震えながら言いわけをすると、足から手を離した光琉さんが、私の手首を掴《つか》んで自分のほうへと引き寄せた。

「それなら手で足を押さえていなさい」

「えっ。わ、私が？」

彼の要求を聞き、目を見開く。

光琉さんは普段の姿からは想像できないくらい、いじわるな笑みを浮かべてうなずいた。

「うん。甘やかしてほしいなら、花奈も協力してくれないとね？」

言葉の裏に『言うことを聞かなければやめる』という意味を感じ取り、震え上がる。こんな中途半端なままでおしまいだなんて、絶対にいやだった。

ぐっと歯を噛《か》み締めて、両手で左右それぞれの太腿《ふともも》を掴《つか》む。

恥《は》ずかしすぎて、光琉さんとまともに目が合わせられない。顔をそらしたまま「これでいい？」と確認すると、視界の隅で彼が首を横に振った。

「それでは押さえておけないだろう？　さっき俺がしたように、膝《ひざ》の裏に手を入れて」

「うう……」

光琉さんが望むように、私は膝《ひざ》の裏へ手を伸ばす。そのままでは届かないから膝《ひざ》を持ち上げるしかなくて、ますます足の付け根が開いてしまった。

すごくはしたない格好だということは見なくてもわかる。泣きたくなるほど恥《は》ずかしくていやなのに、秘部はヒクヒクと震え、いやらしい蜜を溢《あふ》れさせた。

熱い雫《しずく》が会陰《えいん》を伝って、お尻のほうへ流れ落ちていく。無駄なあがきだとわかっていながら『見ないでほしい』という思いを込めて首を左右に振った。

当然のようにその願いが叶《かな》えられることはなく、光琉さんの熱い視線が私に向けられているのを感じた。

少しの間、私の痴態《ちたい》を眺《なが》めた光琉さんは、満足そうに低く笑って割れ目に息を吹きかけてくる。

そのわずかな空気の振動さえ気持ちよくて、私はビクッと身体を震わせた。

「あっ。いやぁ……っ」

「そう言いながら、花奈のここはトロトロになっているけどね」

光琉さんはからかうような言葉を口にして、また私の秘部を覗《のぞ》き込む。

どうしてエッチなことをしている時の光琉さんがいじわるになるのかわからないけど、そんな彼にもドキドキしてしまう自分自身はもっと理解できなかった。

さっきまでの愛撫《あいぶ》をやり直すように、光琉さんが割れ目に口づけて舌を這《は》わせる。すぐにゾクゾクした震えがせり上がり、息を呑んだ。

「ん、くっ……ぁ、はあっ」

自然に身体がこわばり、大きく仰《の》け反《ぞ》る。膝《ひざ》の裏に入れた手にも力が入ってしまい、さらに足を引っ張り上げる形になった。

こんな卑猥《ひわい》な体勢で、秘部を舐《な》められている……そう考えるだけでぐっと体内の熱が上がり、お腹の奥から新たな潤《うる》みが湧《わ》き出した。

静かな寝室に、私がこぼす声と息遣いが響く。

光琉さんは襞《ひだ》の奥の窪《くぼ》みにまで舌を這《は》わせて、自分の唾液《だえき》と私から溢《あふ》れる蜜を混ぜ合わせるように抜き挿しを始めた。

クチュクチュといやらしい音が聞こえる。耳を塞《ふさ》ぎたいのに、足を押さえているせいで手が使えない。

秘部から伝わる気持ちいい感覚と、耳に入ってくる音が合わさり、私のなかで膨《ふく》らんでいく。

壊れてしまったんじゃないかと思うほど激しく下半身が痙攣《けいれん》して、浮いている足先がカクカクと揺れた。

「あ、あー……ぁ、あっ、あ……！」

止まらない喘《あえ》ぎと、閉じられない唇。だらしなくゆるんだ口の端から唾液《だえき》が流れ落ちた。

頭のなかが『気持ちいい』でいっぱいになり、ぼーっとしてくる。

ギュッと目を瞑《つむ》って、ただ与えられる快感に浸《ひた》っていると、左の胸の膨《ふく》らみがピリッと甘く痺《しび》れた。

「んあっ!?」

驚いて目を瞠《みは》る。慌てて顔を向けた先には光琉さんの手が置かれていて、その指の下で乳首が捏《こ》ねられていた。

「やあぁっ、それは、だめぇ……っ」

秘部を刺激されているだけでも苦しいくらいなのに、胸までいじられるのは気持ちよくなりすぎてつらい。

大きく首を左右に振って「やめてほしい」とお願いするけど、光琉さんは当然のように無視して愛撫《あいぶ》を続けた。

胸と秘部の二ヶ所から伝わってくる感覚が、私をさらに追い詰めていく。快楽の果てを垣間《かいま》見た私は、いつの間にかこれ以上ないくらい足を大きく広げてしまっていた。

途切れない甘美な痺《しび》れに襲われて、下腹部が勝手にこわばる。気持ちよくて苦しくて目を閉じると、達する時にだけ見える白い光が、瞼《まぶた》の裏でチカチカと輝いていた。

「あ、もう、もう、だめ……イッちゃ、あっ、あ、う――っ!!」

自分の状態を伝えようとした矢先に、限界を超えた快感が弾け飛ぶ。

ギチッと全身が硬くなり、呼吸をするのも忘れて大きく痙攣《けいれん》する。耳の奥で細く甲高《かんだか》い音が聞こえて、それ以外にはなにもわからなかった。

ひどく長く感じる一瞬のあと、詰めていた息を吐き出す。まるで身体が生きていることを思い出したみたいに、全身から汗がどっと噴き出して、心臓が激しく拍動《はくどう》した。

力の抜けた両手がシーツに落ちる。当然、足も同じように、ベッドの上へだらしなく伸ばした。

浅い呼吸を必死に繰り返して、肺に酸素を取り込む。

昇り詰めたことで体内の熱が弾け、鎮《しず》まってくるに従い、なんとも言えないせつなさを感じた。

光琉さんが触れてくれるのは嬉しいけど、ひとりで気持ちよくなるのはなんだか寂しい。いつものようにきつく抱き締めて、身体の深い部分を繋いで、いっしょに快感を分かち合ってほしかった。

まだ震えている右手を彼に向けて伸ばす。

私があまりにも情けない顔をしているせいか、近づいてきた光琉さんは心配そうな表情を浮かべた。

「どうした？　どこかつらい？」

「違う、の。……光琉さんが、ほしい……」

気持ちよすぎてわけがわからなくなっている時ならまだしも、熱が治まりかけている状態でこんなことを言うのは、ものすごく恥《は》ずかしい。

なんとか聞こえるくらいの声でぼそぼそとねだると、光琉さんは困りきったように眉根《まゆね》を寄せて、目をそらしてしまった。

「それは……」

「お願い。なかに、きて？」

また胸の鼓動がせわしなくなり、頬がかあっと熱くなる。ひどくはしたないことを言っている自覚はあった。

光琉さんが最後までするのをためらうのは、私の体調を心配してか、単にそうしたくないからか——

どちらの理由かはわからないけれど、私は彼と繋がりたい。

光琉さんといっしょにいられるなら、たとえ同情でも構わなかった。

私の真剣さを伝えるために、じっと見つめる。

光琉さんは諦《あきら》めたようにふっと息を吐いて「それじゃあ、ゆっくり少しずつね」と返してくれた。

嬉しくなって光琉さんに抱きつく。彼は私の頭をひと撫《な》でしてから、ベッドに寝転んだ。

ベッドの上で横になり向かい合う。そっと私の背中に触れた彼の手が、腰からお尻を撫《な》でて、片方の太腿《ふともも》をすくい上げた。

「こっちの足を、俺の腰の上に乗せて」

言われたとおりに足を動かす。自然に付け根が開いて、濡れたままの割れ目からくちゅりと音が立った。

恥《は》ずかしくてドキドキして、さらに蜜が溢《あふ》れ出る。

光琉さんは太腿《ふともも》に当てていた手を秘部に這《は》わせて、全体をゆっくりと撫《な》で始めた。

穏やかで鈍い快感がじわじわ湧《わ》いてくる。先を期待して下腹部は火照《ほて》り、割れ目からとめどなく流れる雫《しずく》が、光琉さんの手をじっとりと濡らした。

「あ、光琉さん、それ、気持ちいい……」

イキそうになるほど強くはないけれど、手のひらで割れ目を押されると、手前にある敏感《びんかん》な突起《とっき》が擦《こす》れて甘く痺《しび》れる。

チリチリと響く快感がとてもいい。ひたすら優しい感覚にうっとりして息を吐いたところで、光琉さんの指が割れ目の内側をなぞり上げた。

「指、入れるよ？」

なぜか光琉さんは私に許可を促《うなが》す。

私がうなずくのを見て、彼は慎重《しんちょう》に指先を進めてきた。

「ん……」

「大丈夫？」

「うん、平気」

内側にかすかな異物感を感じるものの、痛いとか苦しいとかはない。優しすぎて、逆にもどかしいくらいだった。

一度、奥まで指を埋めた光琉さんは、それを静かに引き抜いてから、また入ってくる。私の反応を窺《うかが》いながら、ゆっくりと抜き挿しを繰り返した。

彼の指先で内壁を擦《こす》られるのは、まあまあ気持ちいい。でも、足りない。指とは比べられないくらい熱くて太いもので、最奥を突いてほしかった。

自分の卑猥《ひわい》な願いに怯《ひる》んでしまうけど、本能には逆らえない。

私は光琉さんに顔を見られないよう、彼の胸元に額《ひたい》を押しつけた。

「もっと、強くして。指じゃなくて……光琉さんの、入れて、ほし……」

恥《は》ずかしい気持ちが限界を突破して、声が震え途切れる。それでも言いたいことは伝わったようで、光琉さんの肩があからさまに跳ね上がった。

ぐっと息を呑んだ光琉さんは、続けてすばやく頭を横に振る。

「嬉しいけど、それはだめだよ」

「え、なんで⁉　そんなの、やだ……！」

無情な言葉に思わず涙が浮かぶ。

なんとか考え直してもらいたくて身をよじるけど、光琉さんは私のなかに入れている指を二本に増やし、もう一方の手で割れ目に潜む突起《とっき》を擦《こす》り上げた。

「ひぅっ‼」

電流のような激しい痺《しび》れが全身を貫く。反射的に声が裏返り、こわばった下半身がビクビクと大きく痙攣《けいれん》した。

光琉さんはそこを優しく擦《こす》りながら、なかに入れた指を動かす。

さっきよりも少し速い抽送《ちゅうそう》に、体内の熱がぐんぐん上がっていくのを感じた。

「あ、あぁ……また、きちゃう……っ！」

光琉さんのワイシャツをきつく握《にぎ》り締めて、快感の波に耐えようとする。けど、先に一度達している身体は、あっさりと快楽に負けてしまう。

「ん——……!!」

全身を仰《の》け反《ぞ》らせてイクのと同時になかが激しく蠢《うごめ》いて、光琉さんの指をきつく締めつける。と、そこからサラサラした液体が噴き出して、シーツを濡らした。

どういう仕組みなのかはわからないけど、私の快感が高まるに従い、分泌《ぶんぴつ》される体液からベタベタした感じがなくなるらしい。

光琉さんは濡れきった秘部を掻《か》き混ぜるように、指を動かし続ける。

グチュグチュといやらしい音が響く。イッたばかりで落ち着かないところへさらに快感を与えられ、私は身をくねらせながら声を上げた。

「いやぁっ、も、指やだぁ！　あぁあっ!!」

気持ちいい感覚より、苦しさを強く感じる。それでも身体は勝手に昇り詰め、また新たな蜜を吐き出した。

私が必死で彼自身がほしいとお願いしても、光琉さんは止まってくれない。

立て続けに指で何度もイカされて、まともな声が出せなくなった頃、彼は私から離れていった。

まるで全身が心臓になってしまったみたいに強く脈打ち、ひどく熱く感じる。息苦しくて、喉も痛い。

朦朧《もうろう》とする意識のなかで、光琉さんが抱いてくれなかったことに対して不満の声を上げるけど、それは私の胸の内にむなしく響いただけだった。

光琉さんは動けない私にそっと布団をかけて、頭を撫《な》でてくれた。

「花奈がすごく可愛くてドキドキしたよ、ありがとう。疲れただろうし、もう寝なさい。……あとは俺が綺麗にして着替えさせてあげるから」

反射的に『いやだ』と思うけど、首を横に振ることさえできない。どうして最後までしてくれないのかという憤《いきどお》りが心のなかにうずまく。

やっぱり、そのうち私と離婚するつもりで……？

光琉さんは私の苛立ちと悲しみに気づくことなくベッドを下りた。

本当は彼を引き止めて、続きをしてほしいと言いたい。それなのに、イキすぎて疲れきった身体は、休息を求めて眠りに入ろうとする。

気持ちよすぎて涙を流したからか、瞼《まぶた》が腫《は》れぼったくて重い。だんだん閉じていく視界に内心で焦《あせ》るけど、抗《あらが》うことはできなかった。

すぐに意識が闇に呑み込まれ、なにもわからなくなる。

……どこか遠くでカタカタと物音がした。続けて、光琉さんがなにかを呟《つぶや》いたように聞こえたけど、それが夢か現実なのかは判断ができなかった。

＊　＊　＊

花奈が寝入ったのを確認してから、俺はベッドの下へそっと手を入れる。さっきそこに蹴《け》り入れた箱を引っぱり出して溜息《ためいき》を吐いた。

蓋《ふた》を開けてなかを覗《のぞ》くと、いかがわしい道具がぎっしりと詰め込まれている。なにに使うものなのかは言わずもがなだ。

男の俺でも直視するのをためらうようなものまで入っていて、正直げんなりした。

花奈の叔母さんはこれを使ってふたりで楽しめというようなことを言っていたらしいが、いったいなにを考えているのだろう。数ヶ月前に結婚したばかりの年若い彼女に、こんなものを使わせるなんて鬼畜《きちく》すぎる。

そりゃあ俺だって男だから、まったく興味がないとは言わない。

……できるだけソフトなもので花奈の敏感《びんかん》なところを刺激してやったら、きっとわけがわからなくなるほど悶《もだ》えて乱れるだろう。顔を真っ赤にして涙をこぼし、震えながら艶《つや》めいた悲鳴《ひめい》を上げるに違いない……

快感に溺れる彼女の姿を思わず想像してしまい、ごくりと喉を鳴らす。

「だめだ！」

ハッとして大きく頭を振る。俺は慌てて箱に蓋《ふた》をかぶせ、持ち上げた。

ただでさえ華奢《きゃしゃ》な花奈に対して、そんなことはできない。それに彼女はいま、体調が万全ではないのだ。

ベッドの脇に立ち、眠る花奈を見下ろす。いまは穏やかな表情をしているが、さっき記憶を失う前のことを聞きたがっていた時の彼女は、ひどく硬い顔をしていた。

無意識に寒気を覚え、身震いする。あの時は記憶が戻ったのかと思い、うろたえてしまった。

いますぐにでも花奈に真実を伝えたほうがいいという思いと、このままずっと隠し続けたいという願望が、心のなかでずっと争っている。

そうやって俺が迷い続けたとしても、おそらく彼女はそのうち自力で過去を思い出すはずだ。その時がくるのが恐ろしい。

自分の卑怯《ひきょう》な振る舞いを断罪されるのはもとより覚悟のうえだが、そこで花奈との縁が切れてしまうことには耐えられそうもなかった。

小さく溜息《ためいき》を吐く。

もしもこの先、彼女の記憶が戻らなかったら……あるいは過去を思い出すより早く、あと戻りできなくなるような事態に陥《おちい》ったとしたら……いや、もしかするとすでに……

俺にとって都合のいい可能性ばかりが浮かんでくる。妄想《もうそう》としか言えない将来のビジョンを消すため頭を振り、クローゼットへと足を向けた。

とにかく、このいかがわしい道具を花奈の目に触れない場所に隠さなければならない。どこが一番バレにくいか考えながらクローゼットの扉を開けると、想像もしていなかったものが目に映った。

とっさにぐっと息を呑み込む。勢いよくベッドを振り返った。

「ああ、やっぱり……きみはもう……！」

静かに眠る花奈を見つめ、誰にともなく問いかける。その声は隠しようがないほどにかすれてしまっていた。

6

翌日の午前中、私はリビングのラグの上に座って口を尖《とが》らせていた。

光琉さんはもう出勤したあとだし、今日は叔母さんもこないらしい。ひとりきりなのをいいことに、思いきり頬も膨《ふく》らませる。

朝、目が覚めて昨夜のことを思い出した私は、恥《は》ずかしさをこらえて『ちゃんと抱いてほしい』と光琉さんにお願いした。だけど『花奈の体調が戻ったらね』と、はぐらかされてしまった。

いつものように『もう元気になったから大丈夫』と言葉を重ねても、光琉さんは優しく微笑《ほほえ》むだけ。やっぱり、これ以上行為を重ねるわけにはいかないと思い直したのだろうか。

私は前みたいに光琉さんと仲良くして……赤ちゃんがほしいのに。

指で一方的に気持ちよくされるだけじゃ、子供はできない。もっと深い部分で繋がって、ふたりで愛し合わなくちゃ……。

そこまで考えて、ふいに怖くなった。

もう私と光琉さんは、互いを想い合うちゃんとした夫婦とは言えないのかもしれない。

エッチなことを最後までしてくれなくなったのも、離婚のための準備だったりして……

昨日の彼の態度から考えれば、過去の私たちの関係が良好でなかったのは明らかだ。

あの離婚届を書いた時のことを思い出して我に返り、もう結婚生活を続ける気がなくなった、という可能性もないとは言えなかった。

記憶がなく戻る実家もない私に同情して、まだ離婚を切り出せずにいるけど、近い未来に別れることを思えば子供ができるのは困る。だから極力触れ合わないようにして、昨夜みたいに迫られた時には、妊娠の可能性がないよう指で慰《なぐさ》めて……

次々と浮かんでくる悲しい想像。そんなはずはないとひとつひとつ打ち消そうとするけど、いまの状況が私に追い打ちをかけてくる。

もしも『光琉さんがカモフラージュのために私と結婚した』という噂が本当だったとしたら？

彼が同性愛者かもしれないという話には首をひねるけど、なにか他にどうしても結婚しなければいけない事情があって、ちょうど近くに便利な女がいたら？

ありえない。バカバカしい。光琉さんはそんなふうに他人を騙《だま》して利用するようなひとじゃない。

そう思うのに、寒気がして冷や汗が出る。

光琉さんが結婚前の話をしてくれないことや、時折ひどく他人行儀になるところ、ただ入籍しただけで結婚指輪も用意されていないこと、そしてなにより……私が記憶を失《な》くすまで清い関係だったということ。

そのすべてが偽装結婚の可能性に繋がる。

カタカタと身体が震えだす。真実を知るのが怖い。私は両手で耳を塞《ふさ》ぎ、頭を大きく左右に振った。

もうこれ以上、余計なことを考えちゃだめだ。

私は立ち上がって、リビングのなかをうろうろと歩きまわる。

きっとこんなふうに鬱々《うつうつ》と考え込むから、うしろ向きな想像ばかりが浮かんでくるのだろう。なにか他に気をまぎらわすようなことを見つけるべきだ。

……といっても、掃除と洗濯は終わってしまったし、お金がかかるようなことはしたくない。散歩へいこうにも遠出が禁じられているから、近所の商店街くらいまでが関の山。

友達の記憶がないせいで、誰かとおしゃべりをすることも難しい。いまの私が知っているひとは、光琉さんと叔母さん、主治医の先生、あとは村木さんだけだった。

ふと、村木さんから借りたハンカチのことを思い出す。

いつか返そうと思い、洗濯して置いてあるものの、光琉さんの心配性が続いているため持っていけず、そのままになってしまっていた。

借りたものは返さなきゃいけない。かといって取りにきてもらうのは図々しすぎる。もちろん、光琉さんに頼むことなんてできるわけがなかった。

「あ。送り返せばいいんじゃない？」

思いついたアイデアを声に出し、ポンと手を打つ。

会社宛てに郵送すれば、光琉さんの言いつけを破らずにハンカチを返せる。我ながら名案だと思い、深くうなずいた。

ハンカチとお礼状だけなら、そう大きな封筒じゃなくても入るはず。……でもそれじゃ、あまりにお手軽で失礼？

どうするのが一番いいだろうと首をかしげたところで、まず郵送しても大丈夫かを確認するほうが先だと気づいた。

別れ際にもらった名刺の電話番号はスマホに登録してある。

悪いことをしているわけでもないのに、ドキドキしながら電話をかけると、村木さんはすぐに出てくれた。

村木さんは私と会っていた時とは違う真面目な声で、社名と名前を口にする。仕事だから当たり前なんだろうけど、チャラチャラした雰囲気なんて全然なくて、ちょっとびっくりしてしまった。

「あの、お忙しいところをすみません。前にお世話になった、梶――」

「花奈ちゃん？」

最後まで名乗るより先に名前を呼ばれ、飛び上がる。

「え、あ、は、はい。そうです」

あからさまにうろたえながら返事をすると、村木さんはすごく嬉しそうに「やっぱり！」と声を上げた。

「花奈ちゃんは声も可愛いからね。すぐにわかったよ」

村木さんはなんとも返しにくいお世辞《せじ》を言いながら、カラカラと笑う。言っている本人は全然気ご愛読誠にありがとうございます。

読者カード

●ご購入作品名

●この本をどこでお知りになりましたか？

年齢　　歳　　　　　性別　　男・女

ご職業　　1.学生（大・高・中・小・その他）　2.会社員　3.公務員
4.教員　5.会社経営　6.自営業　7.主婦　8.その他（　　　）

●ご意見、ご感想などありましたら、是非お聞かせ下さい。

●ご感想を広告等、書籍のPRに使わせていただいてもよろしいですか？
※ご使用させて頂く場合は、文章を省略・編集させて頂くことがございます。
（実名で可・匿名で可・不可）

●ご協力ありがとうございました。今後の参考にさせていただきます。

郵 便 は が き

1 5 0 8 7 0 1

料金受取人払郵便

渋谷局承認

9400

0 3 9

差出有効期間
平成30年10月
14日まで

東京都渋谷区恵比寿4−20−3
恵比寿ガーデンプレイスタワー5F
恵比寿ガーデンプレイス郵便局
私書箱第5057号

株式会社アルファポリス
編集部 行

お名前
ご住所 〒 TEL

※ご記入頂いた個人情報は上記編集部からのお知らせ及びアンケートの集計目的以外には使用いたしません。

アルファポリス http://www.alphapolis.co.jp

にならないんだろうけど、聞かされるほうとしては恥《は》ずかしくて居たたまれない。

私はしどろもどろにお礼を述べて、ハンカチのことを切り出した。

「実は、この前お借りしたハンカチをお返ししたくて。失礼とは思うんですけど、そちらに行くことができないので、会社のほうに送っても大丈夫でしょうか？」

「……もしかして花奈ちゃん、また家に閉じ込められてるの？」

村木さんの声が急にぐっと低くなる。

以前、彼が光琉さんに対してあらぬ誤解をしていたことを思い出し、私は慌てて首を横に振った。

「いえ、そうじゃなくて！　ちょっと事情があって、遠出できないだけなんです」

「……ってことは、家の近くなら出てこられるの？」

「はい。近所の商店街くらいまでなら」

どうして村木さんがそんなことを聞くのか、不思議に思いつつ答える。

私の返事を聞いた彼は、声をパッと明るい調子に戻した。

「そっか。なら、俺が取りにいってもいい？　実は土曜出勤の代休で午後から暇なんだよねー」

「えっ⁉」

「花奈ちゃんて、いま梶浦さんのマンションに住んでるんでしょ？　前にあのひとと話した時に、だいたいの場所は聞いてるからさ。その近くの商店街に超レトロな喫茶店あるよね？」

「あー、はい。あります。『ソレイユ』っていう名前の……」

予想外の展開にどうしていいかわからず、茫然《ぼうぜん》としたまま村木さんの質問に答える。

しかし私の気持ちが伝わるわけもなく、彼はどんどん話を進めていく。

「そうそう。そこで待ち合わせしない？　あ、もしかして午後になにか予定ある？」

「ないです、けど」

「よし、それで決まり！　二時にあそこの喫茶店で待ってるから。じゃあ、またあとでね」

私が「あ」とか「え」とか言っているうちに、通話が切れてしまった。

ぼんやりとスマホを見つめる。

村木さんから借りたハンカチを返すのに、わざわざ出向いてもらうというのは、どう考えてもおかしいし申しわけない。

彼は暇潰しのようなことを言っていたけど、本当にそれでいいのだろうか？　でも、いまさら電話をかけ直して「こなくていい」とは言えないし……

スマホに視線を向けたまま、溜息《ためいき》を吐く。画面に表示されている時計が、もうすぐ十一時だと知らせていた。


マンションから五分くらい歩いたところにある商店街のちょうど真ん中らへんに、こぢんまりした喫茶店があった。

くすんだクリーム色の外壁に、木製のドアと小さい窓がついている。軒先の赤いテント屋根には、白字で『純喫茶ソレイユ』と大きく印刷されていた。

いつもコーヒーのいい香りがしているから、お店の前を通りかかるたびに気になっていたものの、入ったことはない。窓が小さくてなかの様子が見えないし、常連さんしかいないような雰囲気が漂《ただよ》っていて、ひとりで入る勇気がなかったのだ。

村木さんと待ち合わせをした私は、おそるおそる喫茶店のドアを開ける。

蝶番《ちょうつがい》が軋《きし》む音のあとに、可愛らしい鈴の音が聞こえた。どうやらドアの内側につけてあるらしい。

外が明るいせいか、店内は妙に薄暗く見える。目を凝《こ》らすと、正面のカウンターの奥で、年配の男性がグラスを磨《みが》いていた。このひとが店主さんなんだろう。

男性は私を見て、穏やかな笑みを浮かべた。

「いらっしゃいませ」

「あ、お邪魔します……」

お店はちょっと入りにくいけど、店主さんが優しそうでほっとする。会釈《えしゃく》をした拍子《ひょうし》に、奥のテーブル席に座っている村木さんの姿が見えた。

村木さんも私に気づいたようで、片手を上げて大きく振りだした。

「花奈ちゃん、こっちこっち！」

もう一度、店主さんに軽くおじぎをしてから、村木さんのところへ向かう。彼はなぜかすごく嬉しそうにニコニコしていた。

「ごめんね、呼びつけちゃって」

「いえ。私のほうこそ、わざわざきてもらって、ありがとうございます」

私は村木さんの向かいに座って、ぺこりと頭を下げる。

ちょっと大げさに「えっ」と声を上げた彼は、素早く頭を振った。

「俺が花奈ちゃんに会いたかっただけだからいいんだよ。気にしないで。あ、なに飲む？」

村木さんはさらりと話題を流して、ドリンクメニューを差し出してくる。たぶん、私が気兼《きが》ねしないようにしてくれているのだろう。

彼の思いやりをありがたく思いながら、私はホットコーヒーを注文した。

コーヒーが運ばれてくるまでの間に、借りていたハンカチを取り出す。

「あの、これ。先日は本当にありがとうございました」

お礼の品のお菓子といっしょにハンカチを手渡すと、村木さんはちょっと恥《は》ずかしそうに肩をすくめた。

「本当にたいしたものじゃないから、返してくれなくてもよかったんだけど。気を遣わせちゃったみたいで、ごめん」

「そんなことないです。すごく助かりました。それにそのお菓子、私が焼いたものなので、お礼と言ってもささやかすぎるというか……」

恐縮する村木さんを前にして、つい言いわけめいた言葉を添えてしまう。

スイーツ名人の叔母さん直伝レシピで作ったクッキーだから、味にはそこそこ自信があるけど、とても高級とは言えなかった。

さりげなく、村木さんの顔色を窺《うかが》う。

彼は驚いたように目を瞠《みは》ったあと、急にそわそわし始めた。困っているような様子を目《ま》の当たりにして、気持ちが落ち込む。

手作りならお礼の気持ちがいっぱい込められると思ったけど、やっぱりきちんとしたものを買うべきだったかもしれない……

ひそかに後悔していると、村木さんが「やべぇわ」と呟《つぶや》いた。

「ちょっとこれ、嬉しすぎるんだけど。もらってもいいのかな。梶浦さんに叱《しか》られない？」

「え？　大丈夫だと思いますけど」

どうして突然、光琉さんの話になったのかわからず、目をまたたかせる。

この前のお弁当の一件がバレると困るから、今日のことは内緒にするつもりだけど、もし知られたとしても、誰かにお菓子をあげたくらいで光琉さんが怒るとは思えなかった。

村木さんはほっとしたように表情をゆるめる。

「そっか……じゃあ、もらっちゃうね。ありがとう」

少し頬を染め、照れくさそうに微笑《ほほえ》む彼を見て、本当に喜んでくれているのだとわかった。

コーヒーが運ばれてきたのに合わせて、少し雑談をする。といっても共通の話題がほとんどないから、職場関係の話をするしかなかった。

おかわりをしたコーヒーをすすり、村木さんがふうっと息を吐く。

「そういえば、梶浦さんの同性愛者疑惑はすっかりなくなったみたいだよ」

気になっていた話をさりげなく聞かされ、ビクッと肩が震えた。

「あ、そう、ですか」

「まあ、毎日、見せびらかすみたいにラブラブ愛妻弁当食べてるしねー」

「ラ、ラブラブって……そういうのじゃないですけど……」

村木さんの口ぶりでは、ハートマークがいっぱいのデコ弁を持たせているように聞こえる。でも、私が作っているのは至って普通のお弁当だった。

私の否定の言葉を聞いた村木さんは、軽く腕を組み、わけ知り顔で首を横に振る。

「いやいや、見ればわかる。栄養のバランスがよさそうなメニューに、彩《いろど》りを考えた詰め方。そういう細やかな心配りに、愛情の深さが出るんだ……って、俺んとこの部長が言ってた。あ、ちなみに部長のお弁当は、朝ごはんの残りものを詰めたやつらしいよ。こっそり比べてマジ泣きしそうになってたのは内緒ね？」

村木さんは冗談っぽくそう語り、声を立てて笑う。私もつられて微笑《ほほえ》んだ。

「部長さんの奥様はお忙しいんじゃないですか？　うちは子供がいないし、私も働いていないから、朝にのんびりお弁当を作っていても間に合うんです」

逆に言えばそれくらいしかできることがないのだけど、愚痴《ぐち》っぽくなるからそこは黙っておく。

腕を組んだままの村木さんが、少し不満そうに口を尖《とが》らせた。

「花奈ちゃん、うちの会社に戻ってくればいいのに。夫婦で同じ部署ってのは気まずいだろうけど、別のところなら問題ないでしょ。営業部の補佐だったら、俺の紹介で入れるよ？」

「えっ。えーと、それはちょっと……」

「営業は無理？　それじゃ、総務あたりに空《あ》きがないか聞いてあげようか？」

どんどん進んでいく話にうろたえ、ぶんぶんと頭を振る。まさか記憶喪失で仕事ができなくなったのだとは言えなかった。

「仕事は、しばらく無理だと思います。たぶん」

失《な》くした記憶が戻れば復職できるのだろうけど、いまのところなにも思い出せていない。三ヶ月以上変わっていない状態が、近いうちに改善するとは思えなかった。

私の返事がまずかったのか、村木さんの表情が急に険《けわ》しくなる。彼は姿勢を正して、まっすぐに私を見つめてきた。

「たぶん、ってどういうこと？　……もしかして、梶浦さんになにか言われてるの？」

「え!?　光琉さんに、ですか？」

「うん。こう言ってはなんだけど、梶浦さんってちょっと束縛《そくばく》強めっぽいから。花奈ちゃん、外で働くの禁止されてるんじゃない？」

飛躍《ひやく》しすぎな村木さんの問いかけに、思わずぽかんとしてしまう。そもそも、光琉さんが私を束《そく》縛《ばく》しているという認識自体が大きな誤解だ。

「それはないです！　束縛《そくばく》なんてされてません。仕事ができないのは、私の体調が悪いからで……前に家から出ないように言われたのも、遠出しちゃだめなのも、光琉さんが私のことを心配してくれているだけなんです」

身を乗り出すようにして説明する。なんとか村木さんの誤解を解こうとしたけど、彼は納得できないというように眉根《まゆね》を寄せた。

「花奈ちゃんはどこも悪くなさそうに見えるけど、そんなに深刻な状態なの？」

「あ、えーと、普通に生活はできるんです。ただ光琉さんがちょっと心配性っぽくて……」

「それ、本当に体調を心配してるのかな」

まるで独り言のように、村木さんがぽつりと呟《つぶや》く。

彼の言いたいことがわからなくて、私は首をかしげた。

「村木さん？」

「いや、なんでもないよ。でも、ずっと家に閉じ込められているのってつらくない？　俺だったらすぐに飽きちゃうなー」

実際には家のなかじゃなく、近所から離れないようにという言いつけなのだけど、ひとりの時間を持てあましているのは事実だ。

なにも言えずにうつむくと、村木さんはスーツのポケットから自分のスマホを取り出し、私の前で軽く振った。

「花奈ちゃん、いまなにかSNSやってる？」

「……いえ、そういうのはよくわからないので」

急に話題が変わったことに驚きつつ、頭を振る。もともと友達が少なかったのか、記憶を失《な》くす前から使っているらしい私のスマホには、SNSのアプリが入っていなかった。

村木さんはにっこりと笑い、スマホの画面を指差す。

「いまはメッセージのやりとりだけじゃなくて、便利な機能がたくさんついているんだよ。これひとつで音楽が聞けたり、ゲームができたりね。有料登録しなければお金はかからないし、俺が教えてあげるからやってみない？」

スマホの画面を私の目線に合わせて、村木さんは様々な機能を表示しながら説明してくれる。

「最初の登録さえ済ませてしまえば、あとは簡単」だと言われ、だんだん使ってみたくなってきた。

自分のスマホを出して、村木さんを見つめる。

「私の機種でも、すぐにできるんでしょうか？」

彼は大げさな素振りでパチッと片目を瞑《つむ》った。

「もちろん！　これがあれば、家にいてもちょっとは暇潰しになるでしょ？　それに、なにかあった時は俺に連絡すればいいよ。梶浦さんに対する愚痴《ぐち》でも可」

最後におどけた調子でそうつけ足し、村木さんはまた明るく笑う。

どうして急にＳＮＳの話になったのか不思議に思っていたけど、家で退屈《たいくつ》している私のためだったらしい。やっぱり、村木さんは親切なひとだ。

テーブルの上で顔を寄せ合うようにして、アプリの設定を進めていく。私は彼の気持ちに感謝しながら、一生懸命スマホを操作した。

村木さんと喫茶店で会い、ＳＮＳを使い始めてから二週間。私の生活はだいぶ変わった。

以前は家事を終えたあと、テレビを見るか、本を読むくらいしかすることがなかったけど、いまはスマホを使ってパズルゲームをしたり、情報サイトを眺《なが》めたりしている。

そして、それらに飽きたら『ソレイユ』へコーヒーを飲みにいくのだ。

一度なかに入ってお店の様子がわかったことと、マスターの感じがよかったのとで、最近は常連と言ってもいいほど足繁《あししげ》く通っている。

何度もいくうちに他のお客さんと顔見知りになり、商店街のひとたちとも仲良くなった。みんなかなり年上だけど、私を娘や孫のように可愛がってくれる。しかも初対面のひとばかりで、記憶喪失のことを気にせず接することができるから、とても居心地がよかった。

村木さんは二、三日に一度、SNSで挨拶《あいさつ》のようなメッセージを送ってくる。内容はたわいもない世間話や、おすすめアプリのこと。たまに会社での光琉さんの様子も教えてくれていた。

そのついでを装《よそお》って時々、私の生活について聞き出そうとするのは、まだ私が光琉さんに束縛《そくばく》されていると勘違いしているからなんだろう。

村木さんは親切でいいひとだけど、ちょっと思い込みが激しいらしい。

そんなふうに、私の暮らしは充実していた。……光琉さんとの関係以外は。

彼はあいかわらず、私の体調を心配している。加えて時折、こちらの様子を窺《うかが》うような素振りを見せて、腫《は》れものに触るような扱いを続けていた。まるで、体調を気遣うのを口実に、私を避けているみたいに感じてしまう。

ハグやキスをすることはまったくなくなり、最近では近づくのさえためらっているのがわかる。

当然、エッチな触れ合いなんてあるわけもない。勇気を出して私から迫っても『仕事が忙しくて疲れているから』とか『花奈はまだ安静にしていたほうがいい。病院にはちゃんと行ってるんだよね？』とか、適当な理由で拒否されていた。

光琉さんがなにを考えているのかはわからないけど、嘘っぽい言いわけをしてまで私に触れたくないのだろう。

……好きなひとに拒絶されるのは、正直言ってすごくつらい。

できるだけ思い悩まないようにしているけど、ひとりきりだと、どんどん落ち込んでいってしまう。だからこそ余計に『ソレイユ』へいくことが増えていた。

お店のお客さんたちに交じり、明るく楽しい話に興《きょう》じていれば、現実から目を背《そむ》けていられる。

自分自身を愚《おろ》かだと思うけど、なにも気づかないふりをしてでも、私は光琉さんとの結婚生活を続けていたかった。

日曜日の午前中、朝食を食べ終えた光琉さんは、寝室でなにかを始めた。

急に大掃除をしようとでも思い立ったのか、リビングまでガタガタと物音が響いている。

彼がなにをしているにしても寝室へいって声をかけるべきなんだろう。でも、前に書類棚からこっそり離婚届を抜き出したというしろめたさから、私は動けずにいた。

テレビを観ているふりをしながら、光琉さんの立てる音に耳を澄ます。

ワイドショーのニュースコーナーが終わったところで、廊下から声をかけられた。

「花奈、ちょっといい？」

「う、うん。なにっ⁉」

思いきり心臓が跳ね上がり、身体がこわばる。慌てて返事をしたせいで不自然に声が裏返った。

リビングのドアを少し開け、顔を覗《のぞ》かせていた光琉さんは、驚いたようにまばたきをした。

「すごい声出して、どうしたの？」

「あ、あー。ちょうど、怖い映画の予告を観て。びっくりした、というか」

光琉さんは私の作り話を真に受けたらしく、感心したように「へえ」と呟《つぶや》いた。

「予告だけでそこまで怖いなんてすごいな。タイトルは？」

「タ、タイトル⁉」

彼の問いかけに思わず目を剥《む》く。まさか詳しく聞かれるとは思っていなかった。

背中にいやな汗が流れる。

「えーっと、なんだっけ？　怖くてちゃんと見なかったから……画面も暗かったし……」

嘘に嘘を重ねて、必死でごまかす。自分の態度がおかしいことには気づいているけど、心臓がドキドキしすぎてどうにもできない。

最後にむりやり「なにか用事があったんじゃないの？」とつけ足すと、光琉さんはいまさら自分の目的に気づいたみたいに眉を跳ね上げてうなずいた。

「ああ。書類棚に入れてあった白い封筒を知らないかな？　Ａ４サイズくらいの」

え……

光琉さんの質問を耳にした瞬間、鳩尾《みぞおち》のあたりがぐっと重くなり、一気に血の気が引いた。冷たくなった指先が小刻みに震える。

「白い、封筒？」

唇の感覚が不確かで声がかすれたけど、光琉さんは気にすることなくもう一度うなずいた。

「うん。書類棚にしまっていたと思ったんだけど、ないんだよ。その封筒のなかの書類を確認したくてね」

「書類って、どういう……」

これ以上、聞いてはいけないと思うのに、口が勝手に言葉をつむぐ。

光琉さんはなんでもないことのように「うーん」と唸《うな》って、首をかしげた。

「契約書みたいなものなんだ。それに契約解除要項が書いてあるはずなんだけど、けっこう前のものだからうろ覚えで」

知りたくなかった情報が次々と耳に飛び込んでくる。

Ａ４サイズの白い封筒に入っていて、契約解除について書かれている、契約書みたいなもの……その条件に、私が隠した離婚届はぴったりあてはまっていた。

過去の記憶がない私に対して、はっきり「離婚届を探している」とは言えなくて、光琉さんはわざと曖昧《あいまい》な言い方をしているんだろう。

いままでずっと放置していた離婚届を探しているのは、ついにそれを使うつもりになったということ？　四ヶ月近く経っても記憶を取り戻さない私に呆《あき》れて、もう面倒をみきれないと思ったのかもしれない……

想像もしたくない、最悪の可能性ばかりが頭に浮かぶ。

私は身体の震えを抑えるために、両手を重ねて強く握《にぎ》り締めた。

「それは、すぐに必要なの？」

「ん？　いや、急いで確認しなければいけないってことではないんだけど、近いうちに必要になると思ってね」

私が怯《おび》えていることにまったく気づいていないらしい光琉さんは、なぜか照れくさそうに肩をすくめる。どことなく喜んでいるように見えるのは、結婚生活を終えて独身に戻れることが嬉しいからなの？

心のなかに、うしろ向きで卑屈《ひくつ》な考えがどんどん溜《た》まっていく。

「……やだ」

突然、自分の口から飛び出した言葉にハッとする。

慌てて口元を手で押さえて光琉さんを見れば、驚いたように大きく目を瞠《みは》っていた。

「花奈？　どうした？」

心配そうな表情を浮かべた彼が近づいてくる。私は焦《あせ》って身を縮めた。

どうしよう、なんて言ってごまかしたらいい？　光琉さんに離婚届のことを知られるわけにはいかない……！

私がオロオロしているうちに、彼がすぐそばまでやってきた。優しく背中を撫《な》でられ、眉尻を下げる。

「い、いますぐ探さなくてもいいなら、今日はもうやめてほしい。せっかくのお休みなんだし……もっと光琉さんといっしょにいたいし。えと、どこか外にいくとか……」

しどろもどろになりながら、必死で理由をひねり出す。

一瞬きょとんとした光琉さんは、次にふっと苦笑いした。

「……朝からずっと放っておいてごめん。寂しい思いをさせていたんだね。あまり遠くは無理だけど出かけようか。どこへいきたい？」

光琉さんは私の適当な言いわけを信じてくれたらしい。また彼に嘘をついてしまったことを心苦しく思いながらも、私はほっとして笑みを返した。

「いっしょなら、どこでもいい」

「それじゃあ、ショッピングセンターで買いものをするついでに映画でもどうかな。さっき花奈が予告を観たっていう怖いやつは、身体に悪そうだからだめだけどね」

相変わらずの心配性なセリフに少し呆《あき》れてしまう。彼はひたすら優しくていいひとで、その気持ちを嬉しく感じるのと同時にせつなくなった。

……いますぐ離婚届が必要なわけじゃないと言っていたし、まだ大丈夫だよね？

心のなかで、誰にともなく問いかけた。

そんなふうにごまかしたって気休めにしかならないことも、光琉さんの同情に甘えるのがよくないこともわかっている。だけど、いまはとにかくタイムリミットが近づいているという事実を認めたくなかった。

マンションの最寄り駅から電車で二駅、さらにそこから市内の巡回バスに乗って停留所を五つ過ぎると、大きなショッピングモールにいくことができる。

なかにはスーパーや様々なテナントショップ、飲食店、映画館が入っていた。前にも光琉さんときたことがあるから、どんなところかはわかっていたけど、久しぶりのせいか嬉しくてドキドキしてしまう。

館内に入り、沸《わ》き立つ気持ちにつられてつい早足になったところで「転びそうで危ない」と、光琉さんに手を握《にぎ》られた。

まるで子供扱いだけど、彼と手を繋いで歩けるなら気にしない。隣を見上げて微笑《ほほえ》むと、光琉さんも笑みを返してくれた。

ここまでくる間に、スマホのサイトで映画のラインナップと開始時間を確認し、チケットを予約してある。おかげでチケットを買うのに手間取ることもなかった。

終了時間がお昼を過ぎてしまうのを考えて、私たちは映画館内のフードコーナーを覗《のぞ》く。

定番のポップコーンもいいけど、チュロスの甘い香りに心惹《ひ》かれる……ドリンクはコーラか、アイスコーヒーか……

幸せな選択に胸を弾ませていると、光琉さんに服の袖を軽く引かれた。

「なに？」

不思議に思って彼を見れば、なぜか妙に真剣な顔をしている。

「花奈は温かい飲み物のほうがいいよ。ミルクかホットレモネードはどう？」

「え、なんで？」

どうして冷たい飲み物がだめなのかわからず、パチパチとまばたきを繰り返す。

光琉さんは軽く首をかたむけて、さも当然のようににっこりと笑った。

「だって身体を冷やしたらいけないだろう。たぶん、なかは空調が効いていて、けっこう寒いと思うよ。あとでブランケットは借りるけど、温かいもののほうが絶対にいい」

「それならホットコーヒーでもいいと思うんだけど……」

別にミルクとホットレモネードが嫌いなわけじゃないけど、定番のコーヒーや紅茶を外した理由がわからない。

私の意見を聞いた光琉さんは、ゆっくりと頭を横に振った。

「だめ。コーヒーはカフェインが入っているからね。紅茶や緑茶、ココアもそう。カフェインは鉄分の吸収を妨げるんだ。動悸《どうき》がするのは貧血ぎみだからかもしれないし花奈は避けるべきだよ」

まるで薬剤師か栄養士のように、光琉さんは細かく説明してくれる。それは彼なりの気遣いなんだろうけど、やっぱり私の体調が悪いものと思い込んでいるところに困り果ててしまった。

かといって『もう大丈夫だ』と言い張って、こんな場所で揉《も》めるわけにはいかない。結局、私はちょっと不満に思いながら、ミルクとチュロスを注文した。

観る映画は、少し前から話題になっているホームコメディ作品を選んだ。『ソレイユ』でよく会う映画好きのおばあちゃんが絶賛していたのを思い出したから。

ロビーからシアタールームへ向かう途中、光琉さんは左腕に私のバッグと借りたブランケットをかけて、さらにふたりぶんのスナックが載ったトレーを持ってくれた。反対の右手は私の左手に繋がっている。

私は『荷物の量が多いから分担して持ったほうがいい』と提案したり『ひとりで歩けるから』と言って手を離そうとしたりしたけど、どちらもあっさり却下《きゃっか》された。

なんとか手伝えたのは、入場の時スタッフさんにチケットを渡すことだけ。

家のなかではまったく触れ合えないから、このギャップに、そわそわしてしまう。

きっと優しい彼は、もうすぐ離婚予定の妻にも気を遣わずにはいられないのだろう。そこに愛情があるわけでもないのに、本当に大事にされているような気がして嬉しくなった。

私たちが観た映画は、とても明るく楽しくて、終わったあと幸せな気持ちになれるものだった。後半にかけ次々とハプニングが起きて、主人公たち家族の絆《きずな》が壊れかけるのだけど、まわりのひとの優しい思いと、家族ひとりひとりの勇気でトラブルを乗り越えていく。最後はすべての問題が解決し、大満足のハッピーエンドを迎えた。

コメディ作品なのに、感動して涙がこぼれた。泣いたことが恥《は》ずかしくて、光琉さんに知られないよう必死でごまかしたけど……たぶんバレているだろう。

シアタールームを出てロビーに戻ってきた頃には、もう一時を過ぎていた。でも、映画を観ながらスナックを摘《つ》まんだおかげで、お腹は空《す》いていない。

私たちはランチを食べにいく前に、映画館内のグッズショップへ寄ってみることにした。

フードコーナーの横に小さなカウンターがあり、そこにキャラクターグッズが並んでいる。壁面には、いま公開中の映画のパンフレットとポスターが展示されていた。

本当にいい映画だったから、記念にパンフレットでも買おうかな……

そんなことを考えながら、光琉さんといっしょにグッズを眺《なが》める。最後にレジの近くへきたところで、クリアファイルが置いてあることに気づいた。

「あっ」

思わず声を上げて、ひとつ手に取る。

今日観た映画をおばあちゃんからオススメされた時『クリアファイルを買いそびれたことが心残り』だと言っていたのを思い出したのだ。

おばあちゃんはいつも映画が始まる前にパンフレットを買って、終わったあとにゆっくりとグッズを見るそうなのだけど、その日はいっしょにいった家族に急用ができたため、ショップへ寄らずに帰宅したらしい。

……どうしよう、買っていってあげようかな？　そう高いものじゃないし、素敵な映画を教えてくれたお礼にもなるし……

まじまじとクリアファイルを見つめていると、光琉さんが首をかしげた。

「それ、ほしいの？」

「あ、ううん。おみやげというか、お礼というか」

「お礼って、誰に？」

光琉さんは不思議そうに、パチパチとまばたきを繰り返す。

私が『ソレイユ』に通っていると知らない光琉さんは、当然おばあちゃんのことも知らない。どこからどう説明したらわかりやすいか頭を悩ませながら、私は口を開いた。

「えーと、実は時々、商店街のなかの喫茶店にいっていて……」

初めに村木さんと会ったということは言わずに、おばあちゃんと知り合った経緯を説明していく。

光琉さんに隠し事をするのは心苦しいけど、お弁当の一件で彼の言いつけを守らなかったことを知られ、いま以上に関係が悪化するのがいやだった。

私の話を聞き終えた光琉さんは、納得したように浅くうなずく。

「へえ。うちの近くにそんなところがあったとは、知らなかったな」

「……あの、無断で喫茶店にいったら、だめだった？」

私はできるだけ声を抑えて、おそるおそる尋ねる。

光琉さんのことだから、徒歩五分の喫茶店へいくことさえ心配するかもしれない。

上目遣いで彼の顔を覗《のぞ》き込むと、苦笑いを返された。

「いや、構わない。近くなら身体の負担も少ないだろうし、もし出先で体調を崩しても、誰かがいれば安心だしね。花奈にとっても、知り合いが増えるのはいいことだよ」

「うん！　よかったぁ。みんなすごくいいひとたちなんだよ。マスターは光琉さんと同じ歳の娘さんがいて、もうお孫さんがふたりいるらしくって――」

光琉さんに『ソレイユ』へいくことを認めてもらえて、喜びが込み上げる。嬉しすぎて、つい夢中でマスターと常連さんたちを紹介し始めてしまった。

だらだらと続く私の話を、光琉さんはいやな顔もせずに聞いてくれる。知り合い全員のいいところを語り終えたところで、優しく頭を撫《な》でられた。

「本当に素敵なひとたちばかりなんだね。いまの話を聞いただけで、花奈がよくしてもらっているとわかったよ」

「そうなの！　みんな親切でね」

私の言いたいことが光琉さんにきちんと伝わっていると知り、また嬉しくなる。

興奮ぎみな私の様子が面白いのか、彼はクスクスと笑った。

「うん。だけど、その喫茶店でもコーヒーと紅茶は頼んじゃだめだからね？」

「えぇーっ⁉」

最後につけ足された言葉で気持ちが急降下する。マスターのこだわりコーヒーが禁止だなんて、あんまりだ。

おばあちゃんに渡すクリアファイルを買ったあと、少し離れた場所にあるレストラン街までいく間、私はなんとかコーヒーを許可してもらえないかとしつこく交渉した。けど、光琉さんは、なだめてもすかしても懇願《こんがん》しても首を縦に振らなかった。

ランチは、新鮮野菜を売りにしているというイタリアンレストランで食べることにした。

毎朝、農家さんから直接仕入れているという野菜で作ったバーニャカウダに、フルーツトマトとチーズのマリネサラダ。揚げナス入りボロネーゼパスタと、アスパラガスのクリームピザを頼んだ。

ふたりで食べるには少し多いような気がしたけど、あっさりした味つけと、シャキシャキした野菜の食感で、ぺろりと平らげてしまった。

お料理をいただいたあと、のんびりとごぼう茶を楽しみながら、光琉さんと話をする。

デザートにも野菜を使っているらしく、コーンとホウレンソウのムースケーキが気になったけど、さすがにもう食べられないのでテイクアウトすることにした。

ちょうどティータイムにはぴったりの時間で、店内は賑《にぎ》わっている。ケーキの包装に少し時間がかかるというので、私はその間にお手洗いへ向かった。

ショッピングモールは一ヶ所にたくさんのお店があって便利だけど、レストランのなかにお手洗いがないのはちょっとつらいと思う。私が食事をしたお店は特に離れていたようで、けっこうな距離を歩いたうえ、着いた先が混んでいて、戻るまでにかなり時間がかかってしまった。

光琉さんは少し待たせたくらいで怒るひとじゃないけど、やっぱりちょっと申しわけない。

もっとすいていそうなお手洗いを探すべきだったかな、と思いつつお店へ戻ると、光琉さんの隣に見たことのない女性が立っていた。

誰？　すごく綺麗なひと……

年齢は光琉さんと同じくらいだと思う。顎《あご》のところでまっすぐに切り揃《そろ》えたヘアスタイルと、かっちりしたホワイトカラーのスーツがよく似合っていて、知的な雰囲気だ。

知り合いなのか、ふたりは親しげに笑い合っている。

よくわからない恐怖で胸の鼓動が速くなり、肌が粟立《あわだ》つ。どうしたらいいのかわからないまま、ふたりに近づくと、話し声が聞こえてきた。

「……今日はどなたかと、ごいっしょにいらしたんですか？」

女性がイスに置いたままの私のバッグを見つけて、目を細める。

質問を向けられた光琉さんは、少し困ったように苦笑いをしてうなずいた。

「ええ。その……妻と、映画を観に」

ふたりの話題が私に向けられていると知り、とっさに近くの柱の陰に隠れる。なにもやましいことなんてないはずなのに、出ていくのが怖い。

女性は光琉さんの返事を聞いて「あら」と声を上げた。

「それじゃあ、私は奥様にお会いしないほうがいいかしら。まだ、あれのことはお話ししてらっしゃらないんですよね？」

「はい。どのタイミングで言ったらいいのか、なかなか掴《つか》めなくて」

どこか楽しそうに声を弾ませる女性と、困惑しているらしい光琉さんの会話が続く。

私は柱の陰で小さく震えながら、ふたりが言っていたことを反芻《はんすう》した。

妻である私には会わせられない立場の女性……そのひとが語る『あれのこと』とは、なんだろう？　それは光琉さんが私に言いたくても言えないことらしい。

ふと、朝に光琉さんが寝室でなにかを探していたと思い出す。

あの時の彼は、探しているものを『急いで確認しなければいけないってことではないんだけど、近いうちに必要になる』と言っていた。そして、それはたぶん、私が隠した離婚届のことで……

ぐにゃりと目の前の景色がゆがむ。私はひどい眩暈《めまい》を感じて目を瞑《つむ》った。

光琉さんが私と別れたがっていることは、もう間違いない。その理由は、いま彼の隣にいる女性なのかもしれなかった。

脳を直接揺さぶられているみたいに、頭がガンガンする。記憶を失《な》くした時にぶつけたという左耳の上を、私は無意識に手で押さえた。

瞬間、瞼《まぶた》の裏に光が走る。驚いて開けた目に、ここではない、いつかどこかの景色が映った。


——古めかしく安っぽいアパートの一室。

切れかけて薄暗くなった蛍光灯《けいこうとう》の下で、私は小さな座卓に書類を広げていた。

書類の左上の欄には『梶浦光琉』と署名してある。それをお手本にして、右の欄に『伊敷花奈』と記入した。

続けて、下の欄に住所や生年月日を書いていく。書き終わったところで急に不安になり、書類を再確認した。

緊張しすぎて字が震えちゃってるけど、これで大丈夫なのかな？

白地に茶色の枠線が引かれた書類の一番上には、大きく『婚姻届《こんいんとどけ》』と印刷されていた。

『書けた？』

座卓の向かいから、梶浦さんが書類を覗《のぞ》き込んでくる。私は小さくうなずいて、おそるおそる書類を手渡した。

『はい。でも、本当にいいんでしょうか。結婚だなんて……その、付き合っているわけでもないのに』

『ん？　伊敷さんは結婚相手が俺みたいな歳の離れた男じゃいや？』

『えっ、そんなことないです！　梶浦課長は優しくて、すごく格好いいし』

思いきり首を左右に振って、梶浦さんが素敵だということを力説する。

彼はくすぐったそうに笑い、私の頭を撫《な》でてくれた。

『ありがとう。お世辞《せじ》でも嬉しいよ』

『い、いえ……』

梶浦さんに触れられたことが嬉しくて恥《は》ずかしくて、ついうつむいてしまう。頬が燃えているように熱くなり、キュッと目を瞑《つむ》った。

彼が実際の年齢よりも若々しくて格好いいのは、お世辞《せじ》なんかじゃなく事実だ。けど、あまりしつこくしたら私の気持ちがバレてしまいそうで、曖昧《あいまい》な返事しかできなかった。

どうして梶浦さんが私と結婚すると言い出したのか、本当の理由はわからない。会社での根も葉もない噂を消したいからだと彼は言っていたけど、それだけで結婚してもいいの？

でも、問い詰めて『やっぱりやめる』と言われるのはいやだ。たとえ短い間の契約結婚だとしても、好きなひとのそばにいたい。

いつか、梶浦さんに本気で結婚したいと思える相手が現れるまで……名前だけでもいいから彼の妻になりたかった。

突然浮かんできた記憶に慄《おのの》き、震える手で口を押さえた。

あの場所は、結婚前に私が住んでいたアパートだ。急に結婚することになった私たちは、あそこで婚姻届《こんいんとどけ》を書いて……

記憶を失《な》くしてからずっと、なぜ光琉さんが交際していた時のことを教えてくれないのか不満に思っていたけど、それは彼が隠していたんじゃない。最初から私たちは交際なんてしていなかったからだ。

派遣社員と、勤務先の上司。それだけの関係だった私たち。

村木さんが言っていた『同性愛者じゃないか』という噂はやっぱりでたらめだ。きっと、両性愛者でもない。光琉さんから、その噂を消す手伝いをしてほしいと持ちかけられた私は、彼に片想いしていたからそれを受け入れて契約結婚をした……あらかじめ離婚届を用意して。

そして光琉さんは最近あの女性と知り合い、いっしょになるために私と別れようとしている？

……おかしい。なんだろう、なにかが違う。

私たちが結婚したのには、もっと別の理由があったような……でも、その一番大事なところが思い出せない。

本当のことを知りたくて、必死で記憶をたどる。隠れている過去は掴《つか》めそうで掴《つか》めなくて、あがいているうちに、また光琉さんと女性の会話が聞こえてきた。

いつの間にか話は終わったようで、別れの挨拶《あいさつ》をしている。女性が「それではまた」とまとめたあと、私の前を通りすぎていった。

ふっと鼻をかすめる爽《さわ》やかで甘い香り。洗練された大人の女性を思わせるその香りは、彼女にぴったりだった。

胸の奥がキリキリと痛んで、手の震えが全身に広がっていく。

いまは私たちが夫婦になった理由を考えている場合じゃなかった。過去にどういうわけがあったとしても、私と光琉さんが契約結婚をしたのは事実なのだから。

寒くもないのにガタガタと震えながら、私は視線をさまよわせる。

離れかけた光琉さんを引き留める方法なんてわからない。さっきの女性に自分が勝てる見込みもない。それでも彼を諦《あきら》めきれない。

光琉さん……！

思い出したくもなかった事実に打ちのめされた私は、ただ心のなかで彼の名を呼び続けることしかできなかった。

＊＊＊

花奈はいったいどうしたのだろう？

夜、風呂に入るという彼女を見送った俺は、リビングでひとり首をかしげる。

いま思えば、今日は朝から少し様子がおかしかった。探しものをしている俺に、外へ出かけたいとねだったのだ。

それ自体はなにも悪いことじゃないし、花奈に甘えられるのはむしろ嬉しい。だが、いつも遠慮しすぎな彼女は、滅多《めった》にわがままを言うことがなかった。

花奈の珍しい行動を意外に思いつつ映画を観に出かけ、俺たちは楽しい時間を過ごした。しかし嬉しそうな表情の彼女を見てほっとした矢先に、彼女はまたひどく落ち込んでしまった。

なにかつらいことがあったのか、どこか苦しいところがあるのか……繰り返し尋ねても、花奈の答えは『なんでもない』と『大丈夫』ばかり。

蒼白《あおじろ》い顔でそんなことを言われてもまったく信じられない。やっぱり、俺もいっしょに病院にいって、先生の話を聞いてみようか。いずれにしても、見守ることしかできないのだが。

……ただ単に、環境や体調の変化で不安定になっているだけなのだろうか？

同僚の既婚女性に聞いた話では『自分でも信じられないほどイライラしたり、悲しくなったりすることがある』そうだが、いまの花奈もその状態なのかもしれない。

カウンターに肘《ひじ》をついて、小さく息を吐く。

今朝は見つけられなかったが、できるだけ早くあの書類を探し出して確認するべきだ。もし俺がここでもたもたしていたら、花奈の負担がどんどん大きくなっていってしまうに違いない。

そうだ。彼女が風呂から上がるまでのわずかな時間だけでも、書類探しを続けよう。

花奈にできるだけ無理をさせず、新しい生活を始めるために……俺は勢いをつけて立ち上がり、寝室へと足を向けた。

7

翌日の午後、私はまた『ソレイユ』へとやってきていた。

月曜日は常連のみんなが忙しいらしく、店内にはマスターと私、そして初めて見るお客さんがひとりいるだけだ。

こういう時いつもならカウンターでマスターとおしゃべりをして過ごすのだけど、今日は奥の席に座ってぼんやりと窓の外を眺《なが》めていた。

マスターも私の様子がおかしいことに気づいているようで、話しかけてこない。その気遣いがありがたかった。

こんなふうにひとりでぼーっとしているなら、ここじゃなく家にいたほうが、お金の節約になるというのはわかっている。でもあそこは光琉さんの気配が強すぎて、いまの私には少し息苦しい。

また、つらい過去を思い出してしまいそうで怖かった。

昨日、光琉さんとの映画デートのあとから家に戻るまで、私はひたすらオロオロし続けていた。

心配した彼が何度も声をかけてくれたけど、平気なふりをし続けるしかない。

真実を打ち明ければ、わずかでも記憶が戻ったと知られ、離婚を切り出されてしまうだろう。それが恐ろしくてたまらなかった。

もし、昨日の女性が本当に光琉さんの想い人で、私と別れて彼女と再婚したいのだとしたら、彼のために早く身を引くべきだ。いつかは離れなければならないのだし、さっさと決着をつけたほうがいいということも頭では理解している。

それでも感情が首を縦に振らせない。光琉さんと離婚することを考えただけで苦しくて、おかしくなりそうだった。

そのまま外の景色を眺《なが》め続け、頼んだハーブティーが冷めきった頃、かすかな鈴の音《ね》とともに入り口のドアが開いた。

音につられて、なんとなく目を向ける。そこには明るい茶色の髪を撫《な》でつけているスーツ姿の男性が立っていた。

「村木さん……」

私の視線に気づいた彼は、こちらを見返してパッと笑みを浮かべた。

「やあ、花奈ちゃん！」

村木さんは軽く右手を上げて、明るい調子で私の名を呼ぶ。驚いて返事ができないでいるうちに、彼は私の向かいの席に腰を下ろした。

「いやー、また代休もらったんだけどさ。午後だけ休みにされてもすることなくって。ここのコーヒーうまいから寄ってみたんだよ——って、あ、もしかして誰かといっしょ？　俺、邪魔かな？」

いまさら私がテーブル席にいると気づいたのか、村木さんは慌てた様子でキョロキョロとあたりを見まわす。

本音では、ひとりにしておいてほしかったけど、まさか本当に『離れていて』とは言えない。私はごまかし笑いをして、頭を横に振った。

「ひとりでぼんやりしていただけなので……」

「ふうん。でも、なんか疲れてる？　顔色あんまよくないけど」

私は胸の痛みを隠し、首をかたむけた。

「そうですか？」

頬が引きつりそうなのを必死で抑えたけど、村木さんは表情を曇らせる。

「……なんかさ、すげー無理してるよね？　前にも言ったけど、俺にはなんでも愚痴《ぐち》っていいから。絶対に誰にも言わないし。まあ、俺ちょっと軽いから、信じられないかもしれないけど、口だけは堅いんだよ」

村木さんが自分で自分のことを『軽い』と言うのがおかしくて、私は小さく噴き出す。続けてクスクスと笑っていたけど、すぐに憂鬱《ゆううつ》な気持ちが蘇《よみがえ》り、最後には溜息《ためいき》をこぼした。

向かいから送られてくる不安げな視線に気づいて、そっと目を伏《ふ》せる。村木さんが本気で私を心配してくれていることがわかって、嬉しいのと同じくらい、隠し事をしているのが申しわけなくなった。

それほど親しくない村木さんに真実を話すのは、やはりちょっとためらってしまう。でも、彼がいいひとだということは確かだし……

「えと、その、実は私、四ヶ月くらい前に怪我《けが》をして――」

私は迷いをかかえたまま、ぽつりぽつりとこれまでのことを話し始めた。

怪我《けが》をして記憶を失《な》くしてしまったらしいこと。光琉さんはとても素敵で完璧な夫だけど、なぜか彼との暮らしに違和感を覚えていたこと。少しずつふたりの距離が離れていくなかで見つけた離婚届と、蘇《よみがえ》った契約結婚の記憶。

すべてを話し終えて村木さんに目を向けると、彼はすっかり表情をなくしていた。

「……あー、ごめん。ちょっとびっくりしちゃって。記憶喪失ってほんとにあるんだね」

「はい。だから会社の近くで最初に会った時、村木さんのことも覚えていなかったんです。いままで黙っていて、ごめんなさい」

頭を下げて、これまでの非礼を謝る。村木さんは、慌てたようにブンブンと両手を振った。

「いやいや。いいんだよ、そんなの。……でもさ、それ普通に考えて、梶浦さんひどくない？　いくら事情があるからって、契約結婚はやりすぎでしょ。しかも離婚届が用意されてるとか、面倒になったら別れる気まんまんだし」

「で、でも、騙《だま》されたわけじゃなくて、私もわかっていて受けたことですから」

光琉さんが一方的に悪く言われるのはおかしいと思い、とっさにフォローする。

村木さんはそれでも納得がいかないらしく、難しい顔で首を横に振った。

「この際はっきり言っちゃうけど、花奈ちゃんって男慣れしてないっていうか、そういうところ純粋だったから、梶浦さんには都合がよかったんだと思うよ。いいように扱いやすかったというか。

他にもっと違う目的があったんじゃないの？」

「違う目的？」

村木さんがなにを言いたいのかわからなくて、目をまたたかせる。

彼はサッと肩をすくめて、小さく溜息《ためいき》を吐いた。

「うん、まあ、それは梶浦さんに直接聞いてみるしかないけど、花奈ちゃんの財産とか……あるいは保険、とか」

すごく歯切れの悪い言い方に疑問を感じる。もともと裕福な家庭に生まれたわけじゃないから、私に財産なんてものはない。しかし……

「保険ってどういうことですか？」

村木さんをまっすぐに見つめて首をかしげる。

なにか気まずいことでもあるのか、彼は眉間に皺《しわ》を寄せ、私の視線から逃れるように顔をそらした。

「たとえば、花奈ちゃんが記憶喪失になった時、大怪我《おおけが》したよね？」

「え⁉　いや、大怪我《おおけが》ってほどでは……」

村木さんのオーバーな表現を慌てて訂正する。記憶を失《な》くしたのは事実だけど、頭に大きめのたんこぶができただけだ。

実際のところを細かく説明すると、彼はほっとしたように表情をゆるめてうなずいた。

「まあ、たいした怪我《けが》じゃなくて、そこはよかったよ。でも入院していろいろ検査したでしょ？

それ、加入してる生命保険によっては、保険金が出るはずなんだよ」

「保険金」

普段聞くことがない単語に驚いて、村木さんの言葉をただ繰り返す。

顔の向きを直した彼は、ぐっと近づいて私の目を覗《のぞ》き込んできた。

「うちの親が保険屋やってるんだけどね。既婚者の場合、保険金の受取人は配偶者であることが多いんだって。花奈ちゃんが怪我《けが》した時の保険金、どうなってるのか梶浦さんに聞いたことある？」

考えてもみなかったことを次々と指摘され、茫然《ぼうぜん》としてしまう。

わけがわからないまま頭を横に振ると、村木さんはふーっと長く息を吐いた。

「さっきも言ったとおり、あくまで仮定の話だけど、花奈ちゃんにたくさん保険をかけておけば、なにかあった時に戻ってくるお金も大きくなるんだよ。それこそ実際にかかった医療費よりもね。梶浦さんは大人だし、そういうこともよく知ってるんじゃないかな」

やっと村木さんが言いたいことに気づいてハッとする。

「光琉さんが、私の保険金目当てで結婚したって言うんですか⁉」

あまりに失礼なことを言われ、カッと頭に血が上《のぼ》る。反射的に身を引いて思いきり睨《にら》むと、村木さんは困ったように自分の顎《あご》を撫《な》でた。

「いや、だから、たとえばの話なんだけどね。そういうふうに考えてしまうくらい、梶浦さんと花奈ちゃんの結婚は不自然なんだよ。わざわざ偽装結婚するなんて、よっぽどのことだ。普通、そんなことしないよね？」

「それは……」

確かに村木さんの言うとおりなんだけど、その理由は私にもわからない。光琉さんはなにも教えてくれないし、一番重要な部分の記憶がまだ取り戻せていなかった。

うつむいて黙り込む私の頭を、村木さんの手が撫《な》でてくれる。

「とにかく、あんま梶浦さんのこと信用しないほうがいいと思う。……もし本当に金目当てだとしたら、なにされるかわかんないしさ。だいたい、奥さんを家に閉じ込めたり、近所以外は出歩くなって命令したり、普通のひとはしないから。なんかやましいことを隠したがってるみたいに見えるよ」

「あ、あれは私を心配してるだけで……っ」

「そうだとしても、いきすぎてる。花奈ちゃんはあのひとのこと信じてかばうけど、完全に人権侵害だからね？」

村木さんは繰り返し私の頭を撫《な》でながら、なにかを考え込むように「んー」と声を上げた。

「本音を言えば、もう梶浦さんのところには帰ってほしくない。こんなこと言ったら花奈ちゃんはまた怒るかもしれないけど、記憶喪失の原因になった怪我《けが》だって、本当に足を滑《すべ》らせただけなのか、梶浦さん以外は知らないんだよ」

村木さんは『光琉さんが保険金目当てで私にわざと怪我《けが》を負わせたのかもしれない』と言いたいらしい。

そんなはずはない。ありえない妄想《もうそう》だ。そう思うのに、唇が震えて声が出せない。

なにも言えないまま震え続けていると、村木さんはさらに身を乗り出し、私の耳元に口を寄せてきた。

「ね……花奈ちゃん。もし他にいくとこないなら、俺んちこない？　とりあえず偽装結婚の目的がはっきりするまで、匿《かくま》ってあげられるし」

村木さんは本気で私のことを心配してくれているんだろう。

村木さんの言うことが真実で、光琉さんが本当に危険人物なのだとしたら、いっしょにいないほうがいいという意見は正しい。でも私は……

そっと目を閉じて、愛するひとのことを考える。瞼《まぶた》の裏に、記憶を失《な》くしてから見続けてきた、優しい光琉さんの姿が浮かんできた。

病院で初めて見た時の憔悴《しょうすい》しきった顔と、記憶を失《な》くした私を労《いたわ》ってくれた優しさ。初めてのキス。抱き合った時のぬくもり。エッチの時ちょっといじわるになるところ、実は頑固《がんこ》で心配しすぎなところ。そのすべてが私を騙《だま》すための演技だとは思えない。ううん、思いたくない。

私は顔を上げ、椅子に座り直した。自然に村木さんとの距離が空《あ》いて、彼の手が頭から離れる。

「心配してくれて、ありがとうございます。でも、大丈夫です」

できるだけはっきりとお礼を言って、首を横に振った。

村木さんは宙に浮いた手をテーブルの上に戻して、なにかをこらえるようにきつく拳《こぶし》を握《にぎ》り締めた。

「どうして？　危険かもしれないのに」

「光琉さんはすごく優しいひとだから、わざと誰かを傷つけるなんて、するはずがありません」

「確証もないのに信じるの？」

「はい。光琉さんが悪いひとだっていう証拠もないんです。それなら、私は彼を信じます」

一瞬、険《けわ》しい顔をした村木さんは、溜息《ためいき》をこぼすのと同時に肩を落とした。たぶん私のことを『バカな女だ』と呆《あき》れているんだろう。

村木さんに気づかれないように、私はそっと苦笑いを浮かべた。

光琉さんがたとえ悪いひとじゃなかったとしても、私の想いが報《むく》われることはない。私たちは契約した偽物の夫婦なのに……どうしても、光琉さんを諦《あきら》めきれなかった。


気づけば外は暗くなりかけていた。

私と村木さんはかなり長い間、話し込んでいたらしい。

普通の主婦なら夕飯の支度《したく》に忙しい時間なんだろうけど、光琉さんは今夜も遅くなるそうだから、特に急ぐ理由はなかった。

冷たいハーブティーを飲み干して『ソレイユ』を出る。お店の前で村木さんに別れを告《つ》げたのだけど、彼は「家の前まで送っていく」と言い出した。

のんびり歩いたって十分もかからない距離だし、商店街からマンションまでは大通りが続いていて、歩道と街灯が完備されている。私は「ひとりで大丈夫」と返したけど、村木さんは「それでも送っていく」と言い張った。

光琉さんの会社の前で会った時に聞いたとおり、彼はかなりのフェミニストなんだろう。

私は少し気兼《きが》ねしながら、村木さんの厚意を受け入れることにした。

帰り道、村木さんはたわいもない話題を持ち出して、明るく話しかけてくる。

最近、会社で起きた面白いハプニングや、私がやっているパズルゲームアプリのこと、世間で騒《さわ》がれているニュース……光琉さんの話をしないのは、たぶん私を気遣ってわざと避けているんだろう。

なにもなかったように楽しく話をしていると、あっという間にマンションの前に到着した。

「あ、ここに住んでいるんです。送ってくださって、ありがとうございました」

マンションを指差してから村木さんを振り返り、頭を下げる。

村木さんはニカッと笑って、大きく首を左右に振った。

「いえいえ、どういたしまして。もしまたなにかあったら、すぐに連絡していいからね。俺に対しては遠慮しなくていいし、花奈ちゃんのこと迷惑とも思ってないし」

「……はい」

どこまでも親切な村木さんに対して、感謝よりも申しわけない気持ちが湧《わ》き上がる。

村木さんの目を見続けることがつらくなって、そっと視線を外す。最後の挨拶《あいさつ》をしようと口を開きかけたところで、うしろから靴音が聞こえてきた。

振り返るのと同時に、聞き慣れた男性の声が耳に届く。

「花奈？」

目を向けた先に、いるはずのない愛おしいひとの姿を見つけて、心臓が跳ね上がった。

「光琉さん……っ」

思わず駆《か》け寄った私に、光琉さんが苦笑いする。

「こら。走ったら危ない」

「だって、こんなに早く帰ってくるなんて思ってなかったから！」

「ああ。予定よりも仕事が早く片づいてね」

光琉さんの顔を見るだけで、嬉しくて幸せで胸がいっぱいになる。

たとえ彼に騙《だま》されているのだとしても、それでつらい思いをするとしても、いまこの瞬間の喜びのほうが大切だと思えた。

優しい光琉さんの視線が私に向けられている。少しの間、私と見つめ合ったあと、彼はおもむろに村木さんへと目を向けた。

「それで、なんでここに村木がいるんだ？」

「……お疲れ様です」

村木さんは私に話しかけていた時とはまったく違う、不機嫌そうな声で光琉さんに挨拶《あいさつ》をする。

驚いて光琉さんを見ると、彼もまた眉間に皺《しわ》を寄せていた。

なんで急にふたりとも機嫌が悪くなったんだろう？

突然の険悪な雰囲気にオロオロしながら、光琉さんと村木さんへ交互に視線を送る。張り詰めた空気に耐えられなくなった私は、光琉さんに寄り添って、村木さんといっしょにいた理由を説明し始めた。

「えっとね、偶然、喫茶店で会ったの。それでついつい話し込んじゃって。暗いなかをひとりで帰るのは危ないから、ここまで送ってきてくれたんだよ？」

嘘をついているわけではないし、うしろめたいことがあるわけでもないのに、焦《あせ》ってしまう。とにかくこの気まずい状況をなんとかしたかった。

光琉さんは表情を変えないまま、私に視線を戻す。

「喫茶店って『ソレイユ』のこと？」

「うん。そう」

「へえ。村木の家はこっちじゃないはずなのに、なんでそんなところにいたんだろうな？」

また村木さんへ目を向けた光琉さんは、なにかを探るように目を細めた。

光琉さんがなにを言いたいのかはわからないけど、すごく怒っているように見えてちょっと怖い。

村木さんの態度も同様で、乱暴に自分の髪を搔《か》き上げ、はあっと溜息《ためいき》を吐いた。

「午前中このへんの会社に営業にきたんですよ。午後から代休だったんで、近場の喫茶店に入っただけです。俺がどこに営業いって代休になにしてるかってことまで、梶浦さんには報告しなきゃいけないんですかね？」

村木さんのぶっきらぼうな返答で、ますます空気が重くなる。

とっさに光琉さんのスーツの裾《すそ》を握《にぎ》り締めると、彼はふっと短く息を吐いて「大丈夫」とでも言うように私の頭を撫《な》でてくれた。

「いや、そんな報告義務はないさ。花奈に会ったのが本当に偶然ならな。……まあ、妻を送ってきてくれたことには感謝する。じゃあな」

光琉さんはさっと話を切り上げ、私の肩を抱くようにして歩きだす。

彼に寄り添って歩きながら村木さんに向かって軽く会釈《えしゃく》をしたけど、ずっと顔を伏《ふ》せたままでこちらを見ることはなかった。

＊　＊　＊

これ以上、村木の視界に花奈を入れたくなくて、俺は彼女の肩を強く抱き寄せた。

花奈は素直に従いながらも、不思議そうにしている。おそらく、俺と村木のやりとりになにかを感じ取ったのだろう。

本当なら、いま俺が感じていることを、包み隠さず彼女に伝えるべきなのかもしれない。だが、この胸の内に渦巻《うずま》く嫉妬心《しっとしん》は見せたくない。……それに、村木が花奈に向けている感情にも、気づかないでほしかった。

恋愛事に関して少し鈍《にぶ》い花奈はなにもわかっていないようだが、村木は彼女を『先輩社員の妻』ではなく『元同僚の女』として見ている。さっきのあいつの目と態度を見て確信した。

村木が今日、偶然『ソレイユ』に立ち寄ったというのは、きっと嘘だ。どうしてあの喫茶店に花奈が通っていると知っているのかは謎だが、彼女に近づこうとしているに違いない。

……ふざけるな、冗談じゃない！　花奈は俺のものだ……俺だけの。

腹の底から乱暴な感情が湧《わ》き上がる。しかし同時に、同じくらい強い恐怖も感じた。

マンションの前で立ち話をしていた花奈と村木の姿が、脳裏に焼きついている。楽しげに微笑《ほほえ》み合うふたりは、初々《ういうい》しいカップルそのものだった。歳の離れた俺より、村木といっしょにいる時のほうが彼女には似合っているように見えて——

うしろ向きな思考につられて、過去の自分が花奈にしたことを思い出す。

彼女との幸せな日々に浸《ひた》っていた俺は、これまでの所業《しょぎょう》を棚に上げて安心しかけていた。もう戻れない状況なのだから、花奈もこのまま俺にほだされてくれるだろう、と。

だが、もし記憶を取り戻した花奈が、それでも俺を拒絶したら？　若く明るい村木と、卑怯《ひきょう》で嘘つきの俺を比べた時、彼女がどちらを選ぶかは考えなくてもわかる。

花奈に気づかれないよう、俺はひそかに歯を噛み締めた。

——嫌だ。村木だけじゃなく、誰にも彼女を渡したくない……！

なにがあったって花奈を手放すなんて無理だ。

俺は腕のなかの柔《やわ》らかく甘いぬくもりを感じながら、花奈を引き留めるためにどんなことでもしようと決意する。たとえそのせいでさらに彼女を騙《だま》すことになっても、自重《じちょう》する気にはならなかった。

＊　＊　＊

マンションのエントランスを通りエレベーターに乗って、部屋の前まできても、光琉さんはムッとしたままなにも言わない。私としてはいろいろな話をしたり、ご飯とお風呂がまだできていないことを謝ったりしたいのだけど、ピリピリした空気が漂《ただよ》っていて、声をかけられずにいた。

やっぱり、光琉さんと村木さんは仲が悪いのかな？　そのうえ、私が家事を怠《なま》けて暗くなるまで外にいたから怒っているの？

こんな使えない妻とは、さっさと離婚してしまいたいと考えていたらどうしよう……！

なんとかして光琉さんの機嫌を直したいと焦《あせ》りつつ、玄関に入った。

続いて入ってきた彼がドアの鍵を締めてくれる。私は廊下の灯りをつけようとスイッチに手を伸ばしたけど、押すより早くうしろから抱き締められた。

久しぶりの抱擁《ほうよう》に、どくりと心臓が揺れる。

「光琉さ……？」

「あいつのこと、思い出したの？」

――えっ？

光琉さんと触れ合っていることにドキドキしすぎて、なにを聞かれているのかわからない。状況から考えれば『あいつ』というのは……

「村木さんのこと？」

「……うん。俺が声をかけるまで、花奈はあいつと楽しそうにしていたよね」

どうやら光琉さんは、私と村木さんがしゃべっているところを見ていたらしい。

「あれは光琉さんの会社のことを聞いたり、最近のニュースについて話したりしてただけで、村木さんのことを思い出したわけじゃないよ」

「それにしては、やけに親しそうだった。初対面には見えないくらいに」

光琉さんは普段の姿から想像できないくらい、弱々しく呟《つぶや》く。

なぜ彼が気落ちしているような声を出すのか不思議に思ったけど、村木さんとの関係を疑われた私はそれどころじゃなかった。

指摘されたとおり、私と村木さんは前に二度会っている。SNSを通してメッセージのやりとりもしている。けど、それを明かせば、お弁当を届けるために家を飛び出したことまでバレてしまう。

光琉さんに嘘をつき続けるのはすごく苦しいけど、これ以上嫌われたらきっともういっしょにはいられない……

私は不自然に声が震えないよう、必死に呼吸を整えてから口を開いた。

「……む、村木さんは、最初からあんな感じで気さくだったよ？　私が彼を覚えていないって言っても、全然気にしてなくって」

嘘が見破られるかもしれない恐怖で、心臓が震える。

光琉さんは少しの間、黙り込んだあと「ああ」とあいづちを打った。

「あいつは誰に対してもそういう感じなんだ。人懐こいというのかな。相手の懐《ふところ》に入るのが、すごくうまくてね」

勤めている部署は違うけど、光琉さんは村木さんの人柄をよく知っているのだろう。しかし、村木さんを認めるようなことを言いながら、その口調はどことなく不満げだった。

「光琉さんは、村木さんと仲がよくないの？」

私は自分のついた嘘がバレなかったことにほっとしつつ、さっきから感じていた疑問を投げかける。光琉さんは私の右肩に顔を埋《うず》めるようにして、小さく頭を振った。

「いや、普通だよ。さっきは俺の態度が悪かったから、あいつも腹を立てたんだろう」

「そう……？」

私には、光琉さんと村木さんが顔を合わせた瞬間から険悪だったように見えたけど、気のせいかな？

これ以上、村木さんと親しくしないほうがいいのかもしれない。光琉さんは私の人間関係に口を出すことはしないと思うけど、自分が気に入らないひとと妻が仲良くしているのは、やっぱり面白くないはずだ。

といっても、ＳＮＳをブロックするのはちょっとやりすぎだと思うし、『ソレイユ』で会わないようにするのも難しい……どうするのが一番いいか、つらつらと考えていると、こめかみに光琉さんの唇が触れた。

「えっ」

いま、キスされた⁉

突然の口づけに驚き、慌てて振り返る。真っ暗ななかで目を凝《こ》らして、光琉さんの顔を見ようとしたけど、ちゃんと確認する前に背中を横の壁に押しつけられ、唇を奪われた。

「ん、う……っ」

とっさに目を瞑《つむ》り、光琉さんにしがみつく。

どうして急にキスされているのかわからないけど、心臓が痛いくらいにドキドキして息苦しい。

だんだん鼻呼吸だけでは酸素が足りなくなり、私は顔をそむけて喘《あえ》いだ。

一度、唇を離した光琉さんは、次に私の首筋に口づけた。

わざとなのか、音を立てるように吸いつき、そこを甘噛みしては舌で舐《な》め上げる。ゾクゾクした感覚が全身を震わせ、自然に肌が粟立《あわだ》った。

寒気に近い感じだけど、全然いやじゃない。むしろもっとしてほしいと思ってしまう。

ここが玄関なのはわかっているけど、光琉さんが愛おしくて、触れられていることが幸せで、まったく気にならなかった。

私は彼の首に腕をまわして、吐息をこぼした。

「はぁ、あ……光琉さんが好き……好き、なの。ずっと、そばにいて……っ」

心の奥底に押し込めていた愛情と不安が、ないまぜになって噴き出す。

光琉さんは私の懇願《こんがん》に「うん」と短く答えて、襟元《えりもと》へと舌を這《は》わせていった。

肌に当たる彼の呼吸がひどく熱い。どういう気まぐれかはわからないけど、光琉さんが本気で欲情しているのを悟《さと》って、泣きそうなほど嬉しくなった。

もう二度とこういう触れ合いはないだろうと思っていたから。

光琉さんは、ショッピングモールで見た美人の女性といっしょになるために離婚の準備を始めているのだと思っていた。

でも、そんな女性がいるなら、この期《ご》に及んで私にキスなんてするはずがない。ということは、彼女は光琉さんの想い人じゃないの……？　そして、まだしばらくはこのままでいいかと考え直したのだろうか。

彼は私の鎖骨《さこつ》の窪《くぼ》みを舐《な》めながら、服の裾《すそ》を少しめくる。開いた隙間から手を入れて、胸の膨《ふく》らみに触れてきた。

「あ、ぁん……」

ブラの上から全体をそっと撫《な》でられる。久しぶりに感じた刺激で、肩がビクビクと跳ねた。

光琉さんの指が真ん中をかすめるたびに、淡く甘い感覚が広がり、そこが硬く尖《とが》っていく。私の恥《は》ずかしい反応は彼にも伝わっているらしく、乳首を爪で軽く引っ掻《か》くようにして、いたぶられた。

胸への愛撫《あいぶ》で下腹部がきゅうっとこわばる。

手に触れた光琉さんの髪を握《にぎ》り、湿った溜息《ためいき》を漏《も》らす。吐息に合わせて、もう一度自分の気持ちを口にした。

「光琉さん、好き……気持ちいい……！　もっと、あ、あっ……」

恥《は》ずかしいおねだりをして身をよじる。たまらず足を擦《す》り合わせると、付け根がしっとりと湿っているのを感じた。

光琉さんは私の願いどおりにブラを押し上げ、直接、膨《ふく》らみに触れてくる。両方を手のひらで包み込み、柔《やわ》らかく揉《も》み始めた。

「ん、はあぁ」

ふわふわと揺らされて、全身が火照《ほて》ってくる。

愛撫《あいぶ》を続けるうち、まるで光琉さんの興奮の度合いを表すように手つきがだんだん荒っぽくなって、強めに握《にぎ》り込まれたところで鈍い痛みが走った。

「いたっ」

とっさに声を上げ、身をすくませる。

ヒュッと息を呑んだ光琉さんが、慌てて手を引いた。

「ご、ごめん、花奈！　……俺は、なんてことを……っ」

胸から手を離した光琉さんは、私の頬を包みながら顔を覗《のぞ》き込んでくる。室内は真っ暗だったけど、目が闇に慣れたおかげで、彼の不安そうな表情が見えた。

「え？　えと、平気だよ？　少し痛くて、びっくりしただけ。いまちょっと胸が張ってるから」

なぜ胸が張っているのかと言えば、生理が終わって間もないせいなのだけど、そこは恥《は》ずかしいから明かさずにごまかす。

私の説明を聞いた光琉さんは、なにも答えないまま小さく震えていた。

「光琉さん？」

目を見て声をかけても反応しない。いくらなんでも怯《おび》えすぎだ。

いったいどうしたのかわからず、理由を聞こうとしたけど、光琉さんは先に私から離れてしまった。

彼はあとずさるようにして、二歩ぶん間に距離を取る。

私はだらりと腕を下げ、茫然《ぼうぜん》と光琉さんを見つめた。

たかが二歩の間隔といっても、暗がりでは彼がどんな顔をしているのかさえわからない。目の前にいるのにひどく遠くなったように感じて、急に恐ろしくなった。

「……光琉さん……」

彼に向かって、おそるおそる手を伸ばす。けど、大きく頭を振って拒絶された。

「俺は危うく花奈を傷つけるところだった！　その場の感情に流されて取り返しのつかないことをしそうになっていた。謝って済むことじゃないのはわかっているけど、本当にすまない……！」

光琉さんの大げさすぎる謝罪に、スーッと胸の奥が冷たくなる。

「嘘、でしょ？　ここで終わりなんて、いやだよ⁉」

まさかと思いながら、自分のシャツの胸元をギュッと握《にぎ》り締める。

ついさっきまであんなに嬉しくて気持ちよくて、幸せだったのに。なにも知らないまま仲良くしていた頃に戻れたような気がしたのに……！　こんな中途半端な状態で、また突き放されるの？

目の前の暗闇がぐっと濃くなったように感じる。

光琉さんは自己嫌悪にでも陥《おちい》っているのか、苦しげな声で「だめだ、できない」と呟《つぶや》いた。

彼の答えを聞いた瞬間、心が凍《こお》りついた。

つらくて悲しいような気がするのに涙も出ない。乾ききった虚《うつ》ろな目を前方へ向けたけど、そこにいるはずの光琉さんの姿は見えなかった。

きっともう、これでなにもかも終わりなんだろう。光琉さんが私を完全に拒絶しているのは明らかだ。こんな状態でいっしょに居続けられるとはとても思えない……

なにも感じないまま、ただぼんやりと空中を見つめ続ける。

記憶だけじゃなく、心も真っ黒に塗り潰されてしまった。どうせなら身体も全部、この暗闇に溶けて消えてしまえばいいのに――

「花奈？」

光琉さんが、気遣うような声音で私の名を呼ぶ。

いつもなら聞くだけで嬉しくなるはずの彼の声も、いまはただの音にしか聞こえなかった。

8

それは、偽装結婚をする前の記憶――

半分、照明が落とされた広いオフィスの片隅で、私は仕事の手を止め、腕時計を確認した。

時間はもう夜の七時を過ぎている。

溜息《ためいき》を吐いてあたりを見まわすと、いつの間にかフロア内にいるのは私ひとりだけになっていた。

『明日の会議で使う予定の資料を修正したあと、パソコンから出力し、人数分コピーして綴《と》じる』という単純な仕事だけど、作業に夢中でみんなが帰っていったことに気づかなかったらしい。

……またやってしまった。

与えられた仕事を一生懸命やろうと気負いすぎて、まわりが見えなくなるのは私の悪い癖。

反省しながら、また作業に戻ろうとしたところで、ミルクのような甘い香りがふわりと鼻をかすめた。

途端《とたん》にキュッと胃が縮む。あまり意識していなかったけど、けっこうお腹が空《す》いていたようだ。

私はなだめるように胃の上をさすって、もう一度まわりを見やる。

ちょうど入り口からこちらへ歩いてくる梶浦課長と目が合った。彼が両手に持っている紙コップが、香りの出所なんだろう。

梶浦課長は私のデスクの横までくると、右手に持っていた紙コップを差し出してきた。

『よかったら、飲んで。少し休憩しよう。若い女の子が好きそうなものを知らなくて、カフェラテにしたんだけど、大丈夫かな？』

『あ、ありがとうございます。カフェラテ大好きですっ』

慌てて立ち上がり、紙コップを受け取る。一瞬、彼の手に私の指が触れて、ドキッとしてしまった。

梶浦課長は私の直属の上司だ。といっても、派遣社員と派遣先の課長という関係だけど。

三十三歳の若さで企画部システム技術開発課の課長を務めている彼は、仕事ができるだけじゃなく、面倒見がよくて優しい。私みたいな派遣社員にも、正社員と分け隔《へだ》てなく接してくれていた。

カフェラテを冷ますふりをしながら、梶浦課長を盗み見る。

背が高く細身で、スーツ姿がすごく格好いい。私と十二歳も違うなんて思えないほど若々しくて、でも性格は落ち着いていて。派手さはないけど、誠実そうな見た目が素敵だった。

自分用の紙コップを持つ梶浦課長の左手には、指輪がない。社内の噂によると、彼はずっと独身で浮いた話ひとつないそうだ。

モテる要素は充分すぎるほどあるのに、告白されても即断るらしい。同じように上司からの縁談も拒否しているという。

それは相手が『高嶺《たかね》の花と名高いキャリアウーマン』でも『守ってあげたくなるような甘ふわ女子』でもいっしょで……『梶浦課長は異性にまったく興味がない』というのが定説になっていた。

梶浦課長が異性愛者であろうと同性愛者であろうと、平凡な私に振り向いてくれるはずがない。だから私は、育ってしまった彼への恋心を必死で隠し続けるしかなかった。

私の視線に気づいたらしい梶浦課長が、苦笑する。

『ごめんね、急に残業をお願いしてしまって。俺が全部こなせればいいんだけど、今日はちょっと急ぎの案件が多いから、間に合わなくなりそうで』

『え、いいんです。早く家に帰ってもすることがないですし、残業代をもらえるから来月の生活が楽になって、むしろ嬉しいというか……』

ついでに、梶浦課長とこんなふうに会話ができるのも役得だった。

気にしないでほしいという意味を込めて、ブンブンと頭を横に振る。本当に平気だと表すために続けて微笑《ほほえ》んでみせたけど、梶浦課長は難しい顔をして首をひねった。

『そんなに生活大変なの？　伊敷さんが契約している派遣会社は、きちんとしたところだと思っていたけど』

『ああ、違います。お給料はちゃんといただいているんですけど、ちょっと貯金を増やしたくて。なにかあった時にお金がないと困りますから』

笑顔のままで、できるだけ明るく話す。

私がぎりぎりまで切り詰めた節約生活を送っているのは、頼る家族がもう誰もいないせい。そのことは特に隠していないし、ここで働き始めて二年近くになるから、梶浦課長も当然知っているはずだ。

彼は優しい目をして小さくうなずき『うん、そうだね』とあいづちを打った。

『伊敷さんはしっかりしているから大丈夫だと思うけど、もし本当に困った時は俺に相談して。これでも課長だからね。きっと力になれると思うよ』

梶浦課長の心遣いとまなざしを受け、かあっと頬が火照《ほて》る。彼はただ部下としての私を気にかけてくれているだけなのに、おかしな勘違いをしそうになってしまう。

『あ、ありがとうございます……』

私はたどたどしくお礼を言ったあと、赤くなっているはずの顔を隠すためにうつむいて、カフェラテに口をつけた。

まろやかな甘さに、ほうっと息を吐く。

視線が向けられているのに気づいて、そっと梶浦課長の様子を窺《うかが》うと、彼は真剣な表情で私を見ていた。

『伊敷さんは、好きなひととかいないの？』

唐突《とうとつ》な質問に内心で飛び上がる。まさか片想いをしている相手から、そんなことを聞かれるとは思ってもいなかった。

『……あー……いない、です。あの、あれですよね？　早く結婚したほうが生活は楽になるし、安心だし、っていう。叔母からも同じことを言われて、お見合いを勧《すす》められているんですけど、まだちょっとそういうの考えられなくて』

振られるのがわかっていて『あなたが好きです』とは、いくらなんでも言えない。

苦笑いで適当に取り繕《つくろ》ったけど、梶浦課長は信じられないものを見たように目を瞠《みは》っていた。

『お見合いって……伊敷さんはまだ二十一歳だろう？　そこまでしなくても』

『はい。私もそう言って断ったんです。でも、叔母はちょっと強引なひとで、しつこく勧《すす》めてくるから困ってて。私のことを本気で心配してくれているのは、わかっているんですけど』

何度拒否しても次々と新しい縁談を持ってくる叔母さんの姿を脳裏に描いて、長い溜息《ためいき》を吐く。

そんな私を見た梶浦課長は、顎《あご》に右手を当ててなにかを考え込んでいた。

『んー、さすがに伊敷さんのご親戚のところへ、俺が文句を言いにいくわけにはいかないけど、本当につらい時は吐き出していいよ。愚痴《ぐち》なら聞いてあげられるからね』

『梶浦課長……』

優しい彼の気持ちに触れて、また顔が熱くなる。

どうしよう。すごく、好き。

胸の奥が締めつけられて、ドキドキして、抑えていた想いが暴走し始める。私がどれだけ恋焦《こいこ》がれても、梶浦課長が振り向いてくれることはないのに、動きだした気持ちは止まらない。

ふたりきりの静かなオフィス。私はお礼の言葉を伝えるのも忘れ、ただぼーっと梶浦課長の顔を見つめ続けていた。


白昼夢《はくちゅうむ》のような過去の記憶から我に返った私は、ゆっくりとまばたきを繰り返した。

視界に映っているのは、いつもと変わらない梶浦家のリビング。床に敷かれたラグと、壁際のオーディオラック、テレビ、そして畳スペースへ繋がっている格子戸《こうしど》。

すべての景色が九十度回転して見えるのは、私が横になっているかららしい。ラグに座ってテレビを観ていたはずなのだけど、いつどうして寝転んだのかは覚えていなかった。

だるい身体をなんとか起こして、軽く首を横に振る。一度、深呼吸をしてから、さっき思い出した記憶を反芻《はんすう》した。

あれは、私が光琉さんと結婚する前のこと。当時の私は、上司である彼に叶《かな》わぬ片想いをしていた。

ただひたすらに光琉さんのことが好きで。いま振り返れば、ひどく子供っぽい感情のように思える。でも、そのぶん純粋な気持ちだったことは確かだ。

断片的に蘇《よみがえ》った記憶と、懐《なつ》かしい恋心に少しの間、思いを馳《は》せる。

光琉さんとの関係が最悪の状態になってから記憶が戻り始めたのは、ただの偶然なのか、それともなにか意味があるのか。

どちらにしても滑稽《こっけい》で、私はそっと自嘲《じちょう》した。

先週、玄関先で光琉さんに拒絶されてからというもの、彼は以前にも増して、私を避けるようになった。

毎日きちんと家には帰ってくるけど、できるだけ私を視界に入れないようにしながら生活している。会話も必要最低限で、これ以上深く関わりたくないと考えているに違いなかった。

私のほうも、光琉さんにそんな態度を取られているというのに、傷つくことさえなくなっていた。

いままでどおりに朝起きて光琉さんのお弁当と朝食を作り、出かける彼を見送って、掃除と洗濯を済ませ、夕方までぼんやりして過ごす。そのあとは、光琉さんの帰宅時間に合わせて夕飯とお風呂の支度《したく》。食事と片づけを終わらせて、それぞれ寝る準備を整えたら一日の終わりだ。

彼の目が私を映さなくたって、会話がなくたって、全部難なくこなせる。指示されたことを繰り返すだけのロボットみたいに。

もう光琉さんのことも、自分のことも、どうでもいい。

たとえ彼に都合よく利用され、そのうち捨てられるとしても構わなかった。

窓の向こうの日差しがオレンジ色に輝いているのを見て、夕飯の用意をしようと思い立つ。

……冷蔵庫にタラの切り身があるから、ムニエルにするのはどうかな。付け合わせにはニンジンとブロッコリーをソテーして。少し前に漬《つ》けておいたパプリカのピクルスが、箸休《はしやす》めにちょうどいいかもしれない……

頭のなかで献立《こんだて》を組み立てていく。大体の方向を決めて立ち上がるのと同時に、スマホが音を立てた。

いつもの癖で、スカートのポケットにスマホを入れっぱなしにしていたと思い出す。手に取って通知画面を表示させると、村木さんからメッセージが届いていた。

思わず眉根《まゆね》を寄せてしまう。

また、光琉さんのことかな……？

先週このマンションの前で別れたあとから、村木さんは頻繁《ひんぱん》にメッセージをよこすようになった。以前は三日に一回くらい世間話のようなものを送ってきていたのに、最近は一日に何度も届いていた。

内容は私を心配するものや、会社で流れているという光琉さんの噂について……あとは、彼を非難するメッセージ。

前に光琉さんは村木さんとの仲を『普通だよ』と言っていたけど、実際のところあまりいい関係ではないようだ。少なくとも、村木さんのほうは光琉さんを嫌っているらしい。

私と光琉さんの関係が破たん寸前だとしても、相手を罵《のの》るメッセージなんて見たくないし、それに同調しようとも思わない。二度、遠まわしに『やめてほしい』という内容を返したけど、村木さんは気づいていないのか無視しているのか、光琉さんの悪口をしつこく送り続けてきていた。

もうブロックしてしまおうかな。

いままで親切にしてくれたことには感謝しているけど、最近の村木さんにはついていけない。いくら契約結婚だとはいえ、妻である私に光琉さんを貶《けな》すメッセージを送ってくるなんてどうかしている。ついでに腹も立つ。

とりあえずさっき届いたメッセージだけは確認しようと思い、アプリを起動した。

どうやら村木さんは、この一週間ずっと私が『ソレイユ』に顔を出していないことを心配しているようだ。

村木さんが送ってきたとおり、私はしばらくあそこへいっていない。

光琉さんから決定的に拒否された衝撃で、なにもかもが面倒くさくなってしまい、家から出る気にならなかったのだ。

いつもの愚痴《ぐち》っぽい悪口メッセージじゃなかったことにほっとしつつ、首をひねる。どうして村木さんは私がずっと『ソレイユ』にいかなかったと知っているんだろう？

ちょっと気持ち悪く感じてしまう。私は今度こそ村木さんのアカウントをブロックすると決めて、スマホの画面を睨《にら》んだ。

最後になにか一言伝えたほうがいいのか、少し頭を悩ませる。

黙ったままブロックしたら逆恨《さかうら》みされるかもしれない。さすがに家にきてまで文句を言われることはないと思うけど……

私がもたもたしているうちに、村木さんから新しいメッセージが届く。そこには、私が光琉さんに閉じ込められているんじゃないかと疑う言葉が書かれていた。

……いま村木さんが『ソレイユ』にいること、私を助けに家までこようとしていること、警察に通報したほうがいいか迷っていることが立て続けに送られてくる。

勝手な思い込みに、私のムカムカが限界を突破した。

監禁《かんきん》されているわけじゃないと何度も説明したのに、まだ村木さんは疑っているらしい。だいたい、警察に通報するかもしれないなんて完全に脅《おど》し文句だ。

「あー、もうっ！」

苛立ちにまかせて声を上げ、スマホをタップする。村木さんにそのまま『ソレイユ』で待っているようにメッセージを送り、またポケットにつっこんだ。

態度が悪いと知りつつ、わざと大きな足音を立てて玄関に向かう。

黙ってブロックするだけなんて我慢がならない。いままで見せられた光琉さんの悪口に対する不満を直接ぶつけなければ、怒りが治まりそうになかった。


私が『ソレイユ』のドアを開けると、村木さんは先週会った時と同じ席に座っていた。

うしろ姿しか見えないから、表情はわからない。けど、いつもより下がりぎみの肩が、なぜか憔悴《しょうすい》しているように見えた。

マスターに会釈《えしゃく》をしてから、村木さんに近づく。

イライラを隠さずに睨《にら》みつけると、私の視線に気づいたらしい彼がパッと振り返った。

「花奈ちゃん！」

さっきうしろ姿から想像したとおり、その顔にははっきりと疲れの色が見える。ギラギラと光る充血した目と顔色の悪さが病的に思えて、ちょっと薄気味悪く感じた。

え……なに？　なにか、とんでもなくまずいことでも起きたの？

ほんの一週間でひどくやつれた村木さんの姿を目にして、荒ぶっていた気持ちが急速にしぼんでいく。怒りが消えたわけじゃないけど、ゾッとした。

私は会いにきてしまったことを後悔しつつ、軽く挨拶《あいさつ》をして村木さんの向かいの席に座る。

ふと、カウンターのなかからマスターが気遣わしげな視線をよこしていることに気づいた。たぶんそれは、村木さんの異常な様子に気づいているからなんだろう。

私は村木さんとできるだけ目を合わせないように、浅くおじぎをした。

「……あの、メッセージ読みました、けど……」

「ああ。花奈ちゃん、この間からずっとここにきてなかったでしょ？　……あんなことがあったし、また梶浦さんに閉じ込められてるんじゃないかと思って」

村木さんの言う『あんなこと』というのは、先週マンションの前で光琉さんと揉《も》めかけた件に違いない。

私は頬が引きつりそうなのを必死で抑えて、首を横に振った。

「いえ、ただ私が出かける気分にならなかっただけなんです。でも、ここにきていなかったこと、よくわかりましたね。マスターに聞いたんですか？」

どうして私が『ソレイユ』にきていなかったことを知っているのか、さりげなく聞いてみる。

村木さんは一瞬顔をこわばらせたあと、なにかをごまかすように照れ笑いした。

「んー、マスターからじゃなくて、常連さんに聞いた、かな？」

「……そうですか」

私がしばらくここにこなかったことは秘密でもなんでもないから、常連さんならたぶん誰でも知っている。けど、調べられていたことを知り、また寒気を覚えた。

きっとマスターはそんな村木さんを見ていたから、心配そうにしているのだろう。私だけのせいじゃないとはいえ、マスターに気を遣わせてしまったことを申しわけなく思った。

光琉さんとの関係が悪化して、もうどうにでもなれと思っていたけど、マスターのように私のことを大事にしてくれるひとが他にもいることを忘れかけていた。

反省の気持ちとともに、視線が下がる。私がうつむいてしまったせいでなにか勘違いしたのか、村木さんが急に慌てだした。

「あ、いや、花奈ちゃんの生活を詮索《せんさく》するつもりはなかったんだよ!?　ただ、心配だっただけで。あと、会って伝えたいこともあったし……」

電話やメッセージじゃなく、わざわざ会わなければならないほど重要な話って？

「伝えたいことってなんですか？」

顔を上げて先を促《うなが》すと、村木さんは一度視線を外して溜息《ためいき》を吐き、少ししてからまっすぐに私を見返してきた。

「……実は、転勤の辞令が出たんだ。来月から、大阪支社へいけってさ」

「えっ、それは随分《ずいぶん》と急ですね」

「うん。うちの会社はだいたい年度替わりに合わせて転勤があるんだよ。それ以外の時期はまずないはずなんだ。でも、今回だけは特例だって言われて」

そう語り、一旦言葉を切った村木さんは、テーブルに両肘《りょうひじ》をついて頭をかかえた。

「こういうこと考えたくないんだけど、この件には梶浦さんが一枚噛《か》んでるんじゃないかと思ってる。あのひとなら人事部にも営業部にも顔が利《き》くし、異動を仕組むことだって可能だしね。……俺は梶浦さんにとって邪魔者だから」

村木さんの持論に大きく目を見開く。どうやら彼は、光琉さんが会社内の立場を利用して自分を転勤させせようとしている、と疑っているらしい。

私はテーブルの上に手を置き、ぐっと身を乗り出した。

「な、なんですか!? 光琉さんはそんなこと絶対にしません!」

もし本当に光琉さんが村木さんをよく思っていないとしても、仕事に私情を挟むことはないと断言できる。

光琉さんは契約社員だった私を正社員と同じように扱い、面倒をみてくれたくらい、公平で誠実なひとだ。たとえどんなに村木さんと仲が悪くても、職権濫用《らんよう》なんてするわけがなかった。

村木さんはのろのろと顔を上げ、私の手に自分の手を重ねてくる。肌が触れ合った瞬間、彼の体温と汗ばんだ感触が伝わってきて叫び声を上げそうになった。

気持ち悪くて鳥肌が立つ。慌てて引き抜こうとしたけど、ギュッと握《にぎ》り締められてしまった。

かなり強く押さえられているせいで、手の骨がズキズキと痛みだす。

「やっ、な、なにを……。放して……っ」

苦しげな表情をした村木さんが熱っぽいまなざしを向けてくる。彼は私を見つめて何度か口を開け閉めしたあと、観念したように息を吐いた。

「俺……花奈ちゃんのことが、好きなんだ」

「え？」

想像もしていなかった言葉を耳にして、頭が真っ白になる。

……村木さんが、私を、好き？　嘘でしょ？

ぽかんと口を開けて呆《ほう》けていると、村木さんは自嘲《じちょう》するように口元をゆがめた。

「本当は、ずっと前から好きだった。職場での接点はほとんどなかったけど、チャンスがあれば仲良くなりたいって思ってた。そのうち、急に花奈ちゃんが結婚して、諦《あきら》めて。……でも、やっぱり好きなんだよ。梶浦さんはたぶんそれに気づいて、俺を遠くに追いやろうとしてるんだ。だから、もうあのひととは別れて、俺といっしょに大阪へいこう」

途切れ途切れに伝えられる言葉で、彼が本気なのだとわかった。

「あの、こ、困ります！　村木さんをそういうふうに考えたことがないというか……私は光琉さんが好きだから」

ブルブルと首を横に振って、一生懸命、自分の気持ちを口に出す。

契約結婚だけど私は人妻だし、たとえ離婚したとしても光琉さん以外のひとを愛せるはずがない。

とにかく受け入れられないことを説明したけど、村木さんは私の手をきつく握《にぎ》ったままで、放してはくれなかった。

「花奈ちゃんがどれだけ梶浦さんのことを信じたって、あのひとは応《こた》えてくれないんだよ⁉　女の子をそそのかしてむりやり結婚させるような男が、きみを大切にするとは思えない。離婚届だって用意されてるんだから、もう諦《あきら》めたほうがいい」

村木さんの言葉が、私の心に鋭《するど》く突き刺さる。そんなことは言われなくてもよくわかっていた。彼の言うとおり、もう諦《あきら》めて私から光琉さんの手を放すべきなんだろう。いまのまま光琉さんにすがりついていたって不毛なだけだ。

お互いが人生の新たな一歩を踏みだすために、少しでも早く夫婦の関係を清算したほうがいいというのは正論だった。

しかし村木さんの言うことが正しいからこそ、腹立たしくて悲しくてたまらない。

無意識のうちに瞳が濡れて、鼻の奥がつんと痛くなる。浮かんだ涙は、あっという間に限界を超えて、頬を伝い落ちていった。

……私はただ光琉さんが好きなだけ。ただ都合がいいだけの女として扱われ、近い将来に捨てられるとわかっていても、諦《あきら》められないの。一分でも、一秒でもいいから、長くそばにいたい……！

凍《こお》ってしまったと思い込んでいた心の奥底から、本当の想いが噴き出す。

他の誰かがどんなに愛情をかたむけてくれても、私には応《こた》えることができない。だってそのひとは光琉さんじゃないから。光琉さんだけを愛しているから――

もう一度『手を放して』と言うため、眉間に力を入れ、息を吸い込む。

「村木さん、手を」

「花奈を放せ」

私の言葉を継《つ》ぐように、低く鋭《するど》い声が重なった。

驚く私の視界に、横から男性の大きな手が入ってくる。その手は私を押さえつけていた村木さんを、力ずくで引き離した。

自由になったことにほっとする間もなく腕を掴《つか》まれ、引き上げられる。よろけながら立ち上がった私を、慣れた香りとぬくもりが包んで支えてくれた。

……光琉さん！

わざわざ顔を見て確認しなくても、私を助けてくれたのが誰なのかはわかってる。ただただ嬉しくて、大好きなひとの胸にギュッと抱きついた。

「花奈、大丈夫？」

光琉さんの優しい労《いたわ》りに、大きくうなずく。頬を伝った涙がスーツについてしまったけど、構ってはいられなかった。

うしろからガタンと鈍い音がする。椅子と床が擦《こす》れた音だろうか。続けて、村木さんが「くそっ」と吐き捨てるのが聞こえた。

「なんでだよ!? あんたは花奈ちゃんと契約結婚したんだろ？ 本気で好きじゃないなら、彼女をいつまでも縛りつけるようなことするなよ！」

村木さんの叫びが店内に響く。

男のひとの怒鳴り声に怯《おび》えて身をすくませると、光琉さんがなだめるようにそっと背中を撫《な》でてくれた。

「その話、どうして村木が知っているんだ？　花奈がそう言ったのか？」

「……この前、俺に打ち明けてくれたんだよ」

冷静な光琉さんの質問に対して、村木さんはぶっきらぼうに答える。

それを聞いた光琉さんは、私を撫《な》で続けながら「思い出したの？」と聞いてきた。

きつく目を閉じて、今度は小さくうなずく。

本当はなにもわからないふりをして、ごまかしてしまいたい。けど、村木さんの口から真実が語られてしまった以上、嘘をつき続けることはできなかった。

光琉さんは肩の力を抜いて、ふうっと長く息を吐く。

「花奈はおそらく勘違いをしているんだよ。村木もな。始まりは確かに契約結婚だったが、俺はそれよりも前から花奈を好きだった。もちろん、いまも愛している」

信じられない話に、パッと目を見開く。

……嘘……私は自分に都合のいい夢を見ているの？　離婚しなくてもいいの？

そっと顔を上げ、光琉さんに目を向ける。彼はひどく真剣な表情で、村木さんを見据《みす》えていた。

またうしろでダンッと派手な音がする。驚いて振り向けば、村木さんがテーブルのうえで拳《こぶし》を震わせ、こちらを睨《にら》んでいた。

もともと目が赤かったから、血走っているように見えてすごく怖い。

「あんたは自分の利益のために、卑怯《ひきょう》な手段で花奈ちゃんをむりやり奥さんにして、ただ家に閉じ込めてるだけじゃないか！　それで本当に愛してるなんて言えるのか!?　俺ならそんなことはしない。彼女を自由にして、大事にするのに……っ」

村木さんから声高に罵《ののし》られた光琉さんは、わずかな間を置いたあと、ふっと息を吐く。

彼が少しなじられたくらいで傷つくようなひとじゃないことは知っているつもりだけど、不安を感じて顔を覗《のぞ》き込んだ。

光琉さんは目をすがめ、村木さんを挑発するようにゆっくりと口の端を上げる。

初めて見た彼の獰猛《どうもう》な表情に、驚くより早く胸が高鳴った。恐ろしくて、格好よくて、ドキドキしてしまう。

「ああ、確かに俺はずるい方法を使って花奈を妻にした。だが、それのどこが悪い？　好きな女を手に入れるためなら、どんな汚いことだってするさ。お前みたいにのんびり構えていられるほど、浅い気持ちじゃないからな」

「なっ」

完全に開き直った光琉さんを前にして、村木さんが言葉を失う。私も同様に唖然《あぜん》とした。

まさか、あの穏やかな光琉さんが、こんなに激しい感情を隠していたなんて……。

光琉さんは皮肉っぽい笑みを浮かべ、私の肩を強く抱き寄せた。

「花奈に遠出するなと言っているのは特別な理由があるからだが、それは俺たちだけが知っていればいいことで、村木には関係ない。あと、お前は俺より花奈を大事にできると言うが、そんなものはただの妄想《もうそう》だ。俺が花奈を愛する気持ちは誰にも負けないし、この先なにがあっても彼女を手放すことはない。お前には俺と勝負をする資格がないんだよ」

光琉さんに言い返された村木さんは、悔《くや》しそうに歯噛みをして、ぐうっと低く唸《うな》る。

「そんなのわからないだろ!?　くそっ……俺だって、ずっと花奈ちゃんが好きだったのに！」

「わかるさ。もう遅いんだよ。花奈が入社してきてからいくらでもチャンスはあったろうに、手をこまねいていたお前の負けだ」

もともとよくなかった村木さんの顔色が、蒼《あお》を通り越して白っぽくなる。テーブルの上にある手がブルブルと震えていた。

光琉さんは最後に「花奈は俺の妻だ。諦《あきら》めろ」と宣言して、私の肩を抱いたままお店の出口に向かって歩きだした。

驚きすぎて、ぼーっとしてしまう。

外へ出る間際、光琉さんがなぜかマスターにお礼を言っていたけど、その理由はわからなかった。

光琉さんに手を引かれ、マンションに到着しても、私はぼんやりし続けていた。

理解できないことだらけで、感情が麻痺《まひ》している。なにをどこから聞けばいいのかさえ、わからなかった。

私を愛しているって、本当なの？　でも、離婚届があったのはなぜ？　この間ショッピングモールで見た女性との関係は——？

聞きたいことが次々と浮かんでくるけど、混乱しすぎて言葉が出てこない。

玄関に立ちつくす私を、光琉さんは優しく抱き上げてくれる。まるで小さな子供みたいに運ばれ、寝室のベッドの上に寝かされた。

眠くはないけど、横になれたことで少しほっとする。

光琉さんにそばにいてほしくて、彼のワイシャツの袖口《そでぐち》をキュッと掴《つか》むと、苦笑いを返された。

「どこにもいかないから、大丈夫だよ」

お互いぎこちなくなる前の、優しくて温かい光琉さんが戻ってきてくれたように思えて、涙がこぼれる。

彼はベッドの傍《かたわ》らに座って、私の目尻を指の背でそっと拭《ぬぐ》ってくれた。

「……全部、思い出したの？」

「ううん。結婚する前のことを、少しだけ」

光琉さんの質問に、小さく頭を横に振る。こうなったら、もうすべて白状《はくじょう》するしかない。

私の返事を聞いた彼は「そうか」と言って、浅くうなずいた。

「それじゃあ、いままであったことをひとつひとつ順番に確認していこう。本当は花奈が自分で思い出すのを待つべきなんだろうけど、誤解されたままではお互いに苦しいからね」

さっき光琉さんが『ソレイユ』で口にした『勘違い』という言葉が脳裏に浮かんだ。

「光琉さんは、本当に私のことを……好き、なの？」

私のなかにまだ彼の愛情を疑う気持ちが残っているせいで、ついたどたどしい問いかけになってしまう。

スッと目を細めた光琉さんは、シーツの上に広がる私の髪を一房《ひとふさ》取り上げ、静かに口づけた。

「好きという言葉では、ちょっと足りないかな。自分でも呆《あき》れるくらい、きみに依存しているよ。結婚する前からずっと花奈を愛している」

真摯《しんし》で深い愛の言葉に、胸が震える。

「……それなら、どうして契約結婚なんて……」

「愛しているから、その気持ちを伝えるのが怖かったんだ。俺はもう三十歳を過ぎていて、花奈とはひとまわりも違う。告白したって相手にされないだろうし、気持ち悪いと思われてきみに避けられるのが耐えられなかった」

「そんなことない！　私だって、光琉さんのことが好きだったものっ」

光琉さんをじっと見つめて、想いを打ち明ける。断片的に蘇《よみがえ》った記憶のなかで、私はいつも彼に心をかたむけていた。

驚いたように軽く目を瞠《みは》った光琉さんは、続けてふんわりと微笑《ほほえ》む。

「うん。いまならわかるよ。ただ、あの頃は自分の気持ちでせいいっぱいだったから……。気づかなくて、ごめん」

「それは、いいの。私も光琉さんの気持ちがわからなかったし……」

当時の私は、光琉さんと逆の立場で、同じ悩みをかかえていた。十二歳年上の上司が、成人したばかりの私を恋愛対象として見てくれることは絶対にないだろう、と。

本当は両想いだったのに、お互い足踏みをしていたのだと思ったら、滑稽《こっけい》だ。思わずプッと噴き出すと、光琉さんもつられたように笑い声を立てた。

ひとしきり笑い合い、最後に長く息を吐く。光琉さんはゆるみかけた空気を戻すように、私の額《ひたい》にそっと口づけた。

「結局そうやって俺がまごまごしているうちに、花奈が叔母さんからお見合いを勧《すす》められていたと知ったんだ」

「あっ。それって残業していた時のこと⁉」

昼に思い出した記憶が、反射的に口から出る。優しい目をした光琉さんが、ゆっくりと深くうなずいた。

「そう。それからちょくちょく相談を受けるようになってね。俺はとにかく花奈のお見合いを阻止《そし》しようと必死だった。きみはたぶん俺を親切な上司だと思っていただろうけど、実際は下心だらけで……だから、恋人のふりを買って出たんだよ」

まったく覚えていない話に、ぽかんとしてしまう。

「恋人の、ふり？」

……とは、なんだろう？

光琉さんをじっと見つめ、答えを待つ。彼は少し気まずそうに目をそらして、咳払《せきばら》いをした。

「何回お見合いを断っても叔母さんが諦《あきら》めないというから『俺と結婚を前提に付き合っていること

にしよう』と提案したんだ。……何度か話を聞くうちに花奈の叔母さんの性格はわかっていたから、付き合っている男がいると知られたら会いたいと騒《さわ》ぐことは予想していた。そこで彼女に気に入られるように振る舞って、きみの本当の恋人になってしまおうと考えた。卑怯《ひきょう》な手だと理解したうえでね」

さっきの『ソレイユ』での話を思い出す。見た目も性格も誠実そのものの光琉さんだけど、実は激しい一面や、ずるい部分もあるらしい。

たぶん当時の私は、その計画を知らなかったはずだ。でも腹は立たない。

もし気づいていたとしても、大喜びで彼の腕へと飛び込んだに違いなかった。

おそるおそるという感じで視線を戻した光琉さんは、私を見つめ「軽蔑《けいべつ》した？」と聞いてくる。その仕草がなんだか可愛らしくて、私は目を細めた。

「大丈夫だよ。それで叔母さんに会いにいって『早く結婚しなさい』って言われたの？」

「ああ。男としての責任を取れってさ。花奈はそこまで迷惑をかけられないって渋っていたけど、ついでに俺のよくない噂もなくなるから一石二鳥《いっせきにちょう》だと強引に言いくるめた」

「……うん」

光琉さんに同性愛者の噂があったことを、あらためて思い出す。

私がいままで見聞きした情報と、蘇《よみがえ》った記憶の欠片《かけら》が合わさり、ひとつの形になっていく。

光琉さんと私が契約結婚をしたのは、彼の不名誉な噂を消すためじゃなく、ふたりの間に愛情があったから……

真実を知り、幸せな気持ちに包まれる。

お互いに相手の本心を知らないまま結婚してしまったせいで、すごく遠まわりした気がするけど、光琉さんの手を取ったのは間違いじゃなかった。

せいいっぱいの想いを込めて、光琉さんを見つめる。彼は私の視線を受け止め、かすかに眉尻を下げた。

「本当は結婚したあとに、すべて打ち明けるつもりだった。契約なんかじゃなく本物の奥さんになってほしいとね。でも、いっしょに暮らし始めて、花奈が俺を避けていることに気づいたんだ」

「えっ！　私が？」

驚きすぎて、とっさに声を張り上げる。

契約結婚を受け入れるほど光琉さんを好きだったはずなのに……どうして？

自分でも理由がわからない。その頃のことを必死で思い出そうとしたけど、抜け落ちた記憶は戻ってこなかった。

眉間に皺《しわ》を寄せ、うんうん唸《うな》る。そんな私を見た光琉さんは、苦笑いしながらこちらに手を伸ばしてきた。

彼の大きな手のひらが、私の額《ひたい》を撫《な》で、こめかみから頬をたどる。頬を包むぬくもりが気持ちよくて、うっとりと目を閉じた。

「こんなふうに近づいたり、触ろうとしたりすると、花奈は飛び上がって逃げてしまったんだよ。理由を聞いたら『いままで家のなかに男のひとがいなかったから、うまく距離感が掴《つか》めない』と言っていたけど、なんとなくそれだけじゃないような気がしてね……。それに、男慣れしていないきみに結婚を迫ったことを後悔する気持ちも湧《わ》いてきた。だからなにも言わないで、俺に慣れてくれるのを待つことにしたんだ」

「そうだったの」

静かに瞼《まぶた》を開けて、光琉さんに視線を合わせる。彼は当時を思い返しているのか、ふっと遠い目をしたあと表情を曇らせた。

「……二ヶ月が過ぎて、少し気温が上がってきたせいか、花奈は家で薄い服を着るようになってね。きみとの距離が縮まないことに焦《じ》れていた俺には、正直言ってつらかった。いつか理性が飛んで、ひどいことをしてしまうんじゃないかと怖くて」

「あ……」

ふっと、見たことのある情景が脳裏に浮かび上がってくる。

あれはここの廊下で――

外から玄関の鍵が開けられる音を聞いて、顔を上げる。

残業を終えて帰宅した梶浦さんを迎えるために、私は大急ぎでコンロのスイッチを切り、エプロンを外して廊下に出た。

『おかえりなさい。お疲れさまでした！』

駆《か》け寄りたい気持ちをぐっと我慢して、声をかける。

玄関で靴を脱ぎ、廊下を歩いてきた梶浦さんは『ただいま』と返事をしながら私を見て、驚いたように目を瞠《みは》った。

いまの私は、襟《えり》ぐりが大きく開いたカットソーを着ている。胸の谷間までは見えないけど、鎖骨《さこつ》はばっちり出ていた。その下に合わせたのはミニのフレアスカート。揺れる裾《すそ》から伸びる太腿《ふともも》のラインが、男性の心を鷲掴《わしづか》みにする……らしい。

お気に入りのショップの店員さんが、太鼓判《たいこばん》を押したセクシーコーデだから、梶浦さんにも少しは効果があるはず。

――梶浦さんと結婚して二ヶ月。私はかなり欲張りになった。

いっしょに暮らし始めて間もない頃は、名ばかりの妻なのだからと、できるだけ梶浦さんへの想いを抑えようとしていた。

私の愛情はきっと彼の負担になる。これ以上、迷惑をかけたくないから、近づきすぎないように必死で距離を取っていた。

でも、梶浦さんは優しくて。私をまるで本当の奥さんのように思いやり、大事にしてくれる。

だから、夢を見てしまったのだ。契約結婚をなかったことにして、このまま普通の夫婦になれたら、と。

まだまだ子供っぽい私が、恋愛対象として見てもらえないことはわかっている。どうしたって年齢差は縮まらないし、素敵な彼と平凡な私が釣り合っていないのも事実だ。

だけど諦《あきら》められない。私は無駄になることを覚悟のうえで、梶浦さんを振り向かせるための努力をすると決めた。

料理や掃除など家事の腕を磨《みが》きつつ、大人っぽいメイクとファッションに挑戦する。できれば彼に近づいて、一瞬でもいいからドキッとさせたい。いま私が着ている服も、その作戦のうちのひとつだった。

私は照れくささを振りきって、梶浦さんのそばに寄る。

『今日はちょっといいお肉が安かったから、鉄板焼きっぽくしたらどうかなーと思ってるんです。味つけをお塩とわさびでシンプルにして……』

『伊敷さん』

抑揚《よくよう》のない声で名前を呼ばれ、妙な違和感を覚える。

スッとまわりの温度が下がったように感じて、おそるおそる梶浦さんを見上げると、眉間に深い皺《しわ》が刻まれていた。

『は、はい』

なにが起きたのか全然わからないけど、いまの彼はひどく機嫌が悪いらしい。

キュッと心臓が縮んで、全身が小さく震える。

梶浦さんは苛立ちを隠すことなく、はあっと長い溜息《ためいき》を吐いて、自分の前髪を掻《か》き上げた。

『あのね、いくら家のなかだからといっても、そういう格好はやめたほうがいい。きみみたいな若い子には、目の前のやつが枯《か》れているように見えるんだろうけど、俺だって男なんだ。もしかしたらおかしな気持ちになって、不埒《ふらち》なことをするかもしれないんだよ？』

え……

それって、私を見てちょっとはドキドキしてくれたということ？

まさか、ありえない、と思いながらも、喜びが込み上げる。

『わ、私は、そういうことになっても、構いません……。梶浦さんは、その、いいひとだから……』

本心を伝えるのは恥《は》ずかしくて、かあっと顔が熱くなる。緊張でガチガチな私は、はっきり『好き』と言えないまま、うつむいた。

しんと静まり返り、だんだん息苦しくなってくる。

……梶浦さんは私をどう思っているんだろう。せめてなにか言ってほしい。

胸の鼓動が速すぎて、鈍い痛みを覚える。無意識に目を瞑《つむ》り、胸元を握《にぎ》り締めたのと同時に、梶浦さんがまた溜息《ためいき》をこぼした。

『大人をからかうものじゃない』

パッと目を開けて、彼の言葉を反芻《はんすう》する。冷たい拒絶に怖気《おじけ》がついた。

『からかってなんていませんっ！　私は……っ』

大きく首を左右に振って、梶浦さんのほうへ身を乗り出す。彼は『触るな』と言わんばかりに、サッとあとずさった。

『それじゃあ、なに？　結婚して生活の面倒をみている対価だとでも？　きみはもっと自分を大事にしたほうがいい』

完全に拒否され、目の前が暗くなる。

……私は、なにを勘違いしていたんだろう。優しい梶浦さんにつけ入って、本当の妻の座を手に入れようとしていた。

なんて浅ましくて図々しい。ただ彼は困っている部下を助けただけなのに……私のことを好きになってくれる可能性なんて、あるわけがないのに……！

この場にいることがたまらなく恥《は》ずかしくなって、梶浦さんの横をすり抜け、玄関へ向かって駆《か》けだす。と、うしろから右腕を掴んで止められた。

『待って、伊敷さん！　どこに行くんだ!?』

『放してくださいっ』

力任せに梶浦さんの手を振り払い、また走りだそうとする。

行くあてなんてどこにもない。それでも、ここにはいられない。とにかく、彼のそばから離れたくて足を踏み出した。

その瞬間、履《は》いていたスリッパがフローリングの上で、ずるりと滑《すべ》った。

あっ――

ぐらっとかたむいた身体に驚き、目を瞠《みは》る。

梶浦さんが『危ない！』と声を張り上げたような気がしたけど、確認する間もなく頭を壁に打ちつけ、なにもわからなくなった……

記憶喪失になった時の状況を思い出した私は、口元を手で覆《おお》い、はあっと息を吐く。

そう。そうだった……

あの時、私たちは諍《いさか》いを起こしてしまった。

「……廊下で転んで怪我《けが》をした時、光琉さんが怒ったのは、私の態度が悪かったから？」

私はそろりそろりと目線を上げて、彼の顔色を窺《うかが》いつつ疑問を声に出す。

光琉さんはどこかほっとしたように表情をゆるめて「ああ、そこまで思い出したんだね」と呟《つぶや》いた。

「ごめん、花奈。あれはきみに対してイライラしていたんじゃない。自分自身が腹立たしくて、感情を抑えきれなかったんだ」

「え？」

「さっきも言ったとおり、薄着の花奈は目の毒でね。もう我慢の限界だったから、あそこで注意をしたんだよ。でもきみは俺に抱かれてもいいと返してくるし」

彼の言葉で過去の自分の大胆《だいたん》さを思い出し、ぶわっと顔が熱くなる。

「あ、あれは、光琉さんが好きすぎて、夢中だったというか……」

私がしどろもどろに言いわけをすると、光琉さんは小さくうなずいた。

「うん。……でもあの時の花奈は、俺が『いいひとだから』そういう関係になってもいいと言ったんだ。それで俺は、自分が犯した罪の重大さに気づいた」

光琉さんの罪？　彼がいったいなにをしたというんだろう？

頭のなかにある情報と蘇《よみがえ》った記憶を探ってみるけど、全然思い当たらない。

きょとんとしている私を見た光琉さんは、困ったように微笑《ほほえ》んだ。

「当時の俺は花奈と同じように夢中で、余裕が全然なかった。だから、あの言葉をそのまま鵜呑《うの》みにしてしまったんだよ。きみにすれば、俺と結婚することで叔母さんとの問題は解決したし、お金の苦労も軽くなったはずだ。それはもちろん願ったとおりだけど、俺が契約結婚なんて姑息《こそく》な手を使ったせいで、恩返しに身体を差し出してもいいと思わせているんだ、ってね」

確かに私は光琉さんを『いいひと』だと言っただけで『好き』とは一言も口にしなかった。恋愛経験のない私には、はっきり想いを打ち明ける勇気がなかったから。でも、そのせいで彼がそんな誤解をしていたなんて……

私は慌ててベッドから上半身を起こし、大きく首を左右に振った。

「違うの！　ああいうふうに言ったのは」

「大丈夫。わかっているよ」

光琉さんは笑みを浮かべたまま私の言葉を遮《さえぎ》り、ぽんぽんと頭を撫《な》でてくる。

「花奈はなにも悪くない。原因は俺にある。あの時もすべてを告白して謝ろうと思ったんだ。けど、急にきみが家を出ていこうとして。それで……」

私が怪我《けが》をした時のことを思い出しているのか、光琉さんはスッと表情を消して、一度大きく身震いをした。

「怪我《けが》のせいで花奈が記憶喪失になったあと、本当のことを伝えるべきか悩んだ。でも医者からは『精神的な負担をかけないように』と言われるし、怪我《けが》が癒《い》えていないきみに事情を説明しても、ますます混乱してしまうと考えて、しばらく普通の夫婦のふりをすることにしたんだ。きっとすぐに記憶が戻るだろうと思っていたからね」

その言葉どおりに、なにもかも忘れてしまった私を、光琉さんは優しく労《いたわ》ってくれた。

もとの事情を知らなかったとはいえ、彼の気持ちにただ甘えるばかりだった自分が恥《は》ずかしくなってくる。

「……ごめんなさい。最近まで全然思い出せなくて」

「いや、気にしないで。実はこのままでもいいんじゃないかと思い始めていたから。きみを騙《だま》し続けている身で、そんなことを考える資格がないのはわかっていたけど、ずっといっしょに穏やかな生活を続けていけたらと、つい夢見てしまって……本当にずるくてごめん」

「そんな。光琉さんはただ私のことを大事にしようとしてくれただけでしょ？」

ブルブルと頭を横に振って、謝罪はいらないのだと伝える。

光琉さんは自分がものすごく悪いことをしたように言うけど、私はそう思わない。だいたい、騙《だま》されていたらしい私が苦にしていないのだから、なにも問題はないはずだ。

身を乗り出すようにして光琉さんを見つめると、彼は静かに目を伏《ふ》せて短い溜息《ためいき》を吐いた。

「本当に花奈のことだけを考えていたなら、手を出すことはしなかっただろうね。リビングできみに迫られた時、俺は自分の欲望を優先したんだよ。記憶を失《な》くしたきみが、なにも知らないままだとわかっていたのに、我慢しきれなかった」

光琉さんの言葉につられて、初めて抱き合った時のことが脳裏に浮かぶ。

妙によそよそしい光琉さんの態度に焦《じ》れた私は、リビングでくつろいでいた彼に圧《の》し掛かり、裸を見せつけたのだ。

いま振り返れば、ひどくはしたなくて居たたまれない。

「だ、だってあれは、私が強引だったせいだから。仕方ないよ。それに、その、嬉しかったし」

込み上げる羞恥《しゅうち》を必死でこらえて、光琉さんに非はないのだと言いつのる。頬がジンジンして、耳まで熱い。

顔を上げ、私に目を合わせた彼は、伸び上がるようにして口づけてきた。

唇を触れ合わせるだけのキスを、何度も繰り返す。光琉さんは最後に私を抱き締めて「俺も嬉しかった」とささやいた。

少しの間なにも言わずに寄り添い、幸せを噛《か》み締める。

ずっと光琉さんとの関係に妙な違和感を覚えていた。本当にこのままでいいのか、と。あれは、記憶の奥底に沈んでしまった過去の自分からの警告だったんだろう。

彼にギュッとしがみついて、胸元に額《ひたい》を擦《こす》りつける。

やっとなんの気兼《きが》ねもなく抱き合える——と考えたところで、ふいに離婚届の存在を思い出した。

「ちょっと待って、光琉さん。私たちはずっとお互いを好きだったんだよね？　それなら、どうして別れようとしていたの!?」

「え？」

光琉さんは少し身を引いて、私の顔を覗《のぞ》き込んでくる。そこには驚きの表情が浮かんでいた。

「それはどういうこと？　強引に結婚を勧《すす》めたのは申しわけないと思っていたけど、花奈と別れるつもりなんてなかったよ」

「それじゃあ、あの離婚届は？　書類棚に入っていたの。署名もされてて……」

離婚届と聞いた途端《とたん》、光琉さんがなにかを思い出したように「ああ」とあいづちを打つ。続けて彼は、ふっと苦笑いをした。

「あれは花奈が用意したんだよ。婚姻届《こんいんとどけ》を書いたあとに出してきて『もしなにか問題が起きたら、すぐに別れるので言ってください』ってね。俺は必要ないと思ったし、署名もしなくていいと返したんだけど、きみが譲《ゆず》らなくて。……そうか、書類棚に隠していたのか……見つけたら捨てようと思っていたんだけどな」

「光琉さん？」

ぼそっとつけ足された言葉に目を剥《む》く。彼は何事もなかったみたいにニッコリと笑った。

……もしかすると光琉さんて、実はかなり腹黒い……？

気づいてしまった彼の新たな一面に驚き、ぽかんとしていると、光琉さんが「まだ他にわからないことはある？」と聞いてきた。

私はハッとして、大きくうなずく。

「この前、光琉さんが離婚届を探していたのは、捨てるためだったの？」

先週の日曜日、彼は朝から寝室で探しものをしていた。

あの時『光琉さんが私と別れるつもりで、離婚届を探しているのに違いない』と思ったけど、実際は逆だったのだろうか？

私の質問に、光琉さんは軽く頭を振った。

「違う。探していたのは離婚届じゃなくて、このマンションの賃貸契約書の控えだよ。それに契約解除の方法とか、敷金について書かれているはずなんだ。だいたいのところは覚えているんだけど、契約したのがだいぶ前だから、きちんと確認しておこうと思ってね」

「……賃貸契約書？」

光琉さんはなぜか少し照れくさそうにしながら、寝室のなかをぐるりと見まわした。

「うん。ここは家族で暮らすには少し手狭だろう？　俺と花奈だけならいいけど、この先、子供が生まれることを考えると、もっと広い家に引っ越すべきだと思うんだ」

「こ、子供って……」

確かに光琉さんの言うとおり、ここで子育てをするのは不便かもしれない。２ＬＤＫとはいえ少人数世帯用のデザイナーズマンションだから収納が少なくて、子供のものが溢《あふ》れるのは目に見えていた。

しかし、いまから育児の心配をするのは気が早すぎると思う。まだ妊娠さえしていないのに……ちょっとだけ呆《あき》れつつ光琉さんに目を合わせると、彼は私のお臍《へそ》のあたりにそっと手を当てて、優しく撫《な》で始めた。

「花奈のお腹が大きくなってからでは、移動が大変だからね。もちろん、妊娠初期に注意が必要なのもわかっている。とりあえず、いまは安静にして、安定期に入ってから引っ越しをしようと考えているんだ」

「え、えっ？　ちょ……ま、待って、光琉さん。なんの話をしてるの!?」

まさかとは思うけど、彼はもしかして……

焦《あせ》る私とは対照的に、光琉さんはふんわりと微笑《ほほえ》んだ。

「なにって、俺と花奈の子供のことだよ。男の子か、女の子か、どっちだろう？　楽しみだな。まあ、どちらにしても、きみに似た可愛い子なのは間違いないんだけどね」

親バカっぽい発言をした光琉さんは、私のお腹を見つめ、嬉しそうに目尻を下げる。

あんまりな事態に唖然《あぜん》としているうちに、彼はマタニティグッズの評判や、妊婦の心構えについて語り始めた。

「どこの情報にも『無理をしなければ、いつもどおりの生活をして構わない』と書かれているけど、本当にそうなのかな？　身体のなかで赤ん坊を育てるって並大抵のことじゃないよね。動悸《どうき》に息切れ、貧血、悪阻《つわり》。高血圧や糖尿病のリスクが上がって、心臓に負担もかかるだろう？　普段なにげなく食べたり飲んだりしているものが、きみと子供に悪影響を及ぼすこともあるというし」

不安そうな光琉さんの言葉を耳にして、ハッとする。

彼が少し前から、私の体調を心配していたこと。遠出をしないように行動を制限していたこと。私が貧血だと決めつけ、カフェインを摂らないよう注意していたこと。病院病院と、やけに言ってきたこと。そのすべての理由が、いまわかった。

同じ頃から光琉さんがエッチなことをしなくなったのも、たぶん、きっと……

離婚届の存在に怯《おび》え、光琉さんが離婚の決意を固めてしまったと思い込み、右往左往《うおうさおう》していた自分が恥《は》ずかしい。彼は私を変わらず愛してくれていたのに。

両手で顔を覆《おお》い隠し、きつく目を瞑《つむ》る。みっともなさすぎて、光琉さんと向かい合っていられない。

ギュッと身を縮めて震えているうちにバランスを崩して、私は背中からベッドに倒れ込んだ。

柔《やわ》らかい布団の上だから全然痛くない。けど、光琉さんが大げさに騒《さわ》ぎだした。

「花奈、どうした!?　体調が悪いのか？」

オロオロしている彼に申しわけなく思いながらも、そこまで心配してくれることが嬉しい。

私は顔を覆《おお》い隠したままで、首を横に振った。

「……光琉さん、ごめんなさい。違うの」

「え？」

「なんで勘違いされてるのかわからないけど、私、妊娠してない……」

子供が生まれるのを楽しみにしている光琉さんに、本当のことを伝えるのは苦しい。でも嘘をついてごまかすわけにはいかなかった。

しんと静まり返った室内が、居たたまれない空気に包まれる。

少しして、光琉さんが喘《あえ》ぐような声で「本当に？」と聞いてきた。

「うん。この前、生理きたから」

ぼそぼそと真実を告《つ》げる。

すかさず低く短い呻《うめ》き声が聞こえたあと、私のすぐ横にどすんとなにかが倒れてきた。

ベッドが揺れたのに驚いて、顔から手を離す。慌てて隣を見ると、光琉さんが俯《うつぶ》せになっていた。

「み、光琉さん？」

声をかけるけど、彼はベッドに顔を埋《うず》めたままピクリとも動かない。

まさか、子供ができていなかったことが失神するほどショックだったの⁉

「あの、えと、大丈夫？」

どう声をかけるべきか迷いつつ、光琉さんの肩にそっと手を当てる。私が触れたことに気づいたらしい彼は、一度大きく身体を震わせた。

「……ごめん、花奈。俺、すごく格好悪い」

むりやり絞《しぼ》り出したようなかすれ声が、シーツの皺《しわ》の間から聞こえてくる。とりあえず、光琉さんが気を失っていなかったことにほっとしたけど、どうして謝られているのかはわからなかった。

「光琉さんはなにもひどいことしてないんだから、謝らなくても……」

「いや、きみにきちんと確認しないまま、子供ができたんだと浮かれていた。本当に情けなくて、すまない」

重ねて謝罪され、困惑してしまう。

確かに、妊娠していると誤解されていたのはびっくりしたけど、それをいやだとは思わない。

「でも、光琉さんにそう思わせてしまった理由があるんでしょ？　それはたぶん私のせいだと思うし。だから、えーと、あんまり気にしないでほしいというか――」

とにかく私は平気だと伝えたくて、必死で言葉を繋げていると、光琉さんがこちらを向いてくれた。

彼はすっかりしょげているらしく、眉が八の字になっている。普段の大人っぽい姿からは想像できない表情に、ちょっぴりキュンとした。

いつもの光琉さんは素敵だけど、落ち込んでいる彼はなんか可愛いかも……

珍しいのもあって、ついまじまじと見てしまう。まだへこんだままの光琉さんは、困り顔で目をそらした。

「はじめは、花奈が気分が悪くて眠れなかったと言ったのを聞いて、妊娠の可能性を考えたんだ。俺はずっと避妊をしていなかったし、妊娠初期に吐き気や動悸《どうき》がすることはよくあるそうだしね」

光琉さんの話にうなずきながら、記憶の糸をたぐり寄せる。

例の離婚届を見つけた日の翌朝、恐怖で眠れなかった私は、彼に適当な言いわけをした。あれが勘違いの発端《ほったん》になったのだろう。

「残業で遅くなった夜に、ちゃんと抱いてくれなかったのは、私のお腹に子供がいるかもしれないと思っていたから？」

さっきから気になっていたことを、思いきって聞いてみる。

光琉さんは当時を思い出すように少しの間、目を瞑《つむ》り、ふうっと息を吐いた。

「あの時はまだ半信半疑《はんしんはんぎ》だったけど、もしもそうなら最後までするのはよくないと我慢してた。万が一、花奈のお腹に子供がいて、なにかあったら大変だし。それで、そのあとクローゼットにマタニティ雑誌が隠してあるのを見つけて、きみの妊娠を確信したんだ」

「あ！」

彼の話で、妊活用の雑誌を買っていたことを思い出す。クローゼットへ放り込んだまま、すっかり存在を忘れていた。

あの雑誌は妊娠の準備をするためのもので、マタニティ用じゃない。けど、男性の光琉さんには違いがわからないんだろう。

可愛い赤ちゃんが写っている表紙を見て、私が妊娠していると思い込んでもおかしくはなかった。

「でもそれなら、私に確認してくれればよかったのに」

つい思っていることを、声に出してしまう。慌てて手で口を押さえたけど、もう遅い。

「ち、違うの、光琉さんを責めてるんじゃなくて。ただの疑問だから。誤解させるようなことをした私が悪いんだし」

悪意があって言ったことではないと一生懸命伝える。

少し驚いたように私を見つめた光琉さんは、続けてそっと苦笑いをした。

「本当は聞きたかったけど、デリケートなことだからどう切り出していいかわからなくて。もたもたしているうちに、きみの様子が変わっていったんだ。感情の起伏《きふく》が激しくなったというか……楽しくしているように見えたのに、突然落ち込んで泣きそうになるし、以前よりぼんやりしている時が増えた。妊娠するとそういう症状が出るらしいけど、記憶喪失のこともあるから、問い詰めて聞き出すのはしたくなくてね。とりあえず、花奈のほうから教えてくれるのを待っていたんだよ」

光琉さんの説明で、いままでの疑問がひとつずつ解消されていく。

「それじゃあ、この前、村木さんと会ったあとのことも……」

「ああ、うん。花奈があいつと会っているのを見て、俺は嫉妬《しっと》でおかしくなりそうだった。とにかく、きみが俺のものだということを確かめたくて、あんなふうに……。ごめん、途中でやめたとはいえ、怖い思いをさせた」

光琉さんは自分の前髪をくしゃりと握《にぎ》り締めて、眉根《まゆね》を寄せる。彼はあの時のことをひどく後悔しているらしい。

私は光琉さんのほうへ身体を寄せて、彼の額《ひたい》に口づけた。

「怖くなんてなかった。まだ光琉さんが少しは私を求めてくれているんだとわかって、逆にすごく嬉しかったの。……恐ろしかったのは、そんなことじゃなくて……」

光琉さんと別れる日が近いのかもしれないと震えていた日々を思い出し、声が途切れる。すべてが勘違いだとわかったいまでも苦しくて、頬を涙が伝い落ちていった。

離婚届を見つけてから、私がなにを思い、どう行動していたのかを、泣きながらぽつりぽつりと口に出す。

叱《しか》られるのを覚悟の上で、約束を破ってお弁当を届けに出たことも話した。当然、村木さんと初めて会った状況も含めて。

話し終える頃には、光琉さんが私を抱き締めていた。彼は私の嘘と隠し事を咎《とが》めず、まるで労《いたわ》るように背中を撫《な》でてくれている。

「ずっと、寂しくさせていたんだね。本当にごめん。きみが落ち着かないのは、妊娠のせいだとばかり思っていた」

私は鼻をぐすぐす鳴らしながら、彼の腕のなかで小さく首を横に振った。

「私のほうこそ、ごめんなさい。今朝までは避けられてる気がしてつらかったけど、ちゃんと光琉さんの気持ちがわかったから、もう大丈夫だよ」

まだ涙は止まらないけど、微笑《ほほえ》んで光琉さんを見上げる。彼は少し歯切れ悪く「ああ、うん」とあいづちを打った。

「避けていたというわけじゃないけど、最近の花奈は可愛すぎて目を合わせづらかったんだ。この前、危《あや》うく手を出しそうになって反省したのに、また同じことをしてしまいそうで。村木はやたらと挑戦的な目で俺を見るし、気が気じゃなかった。あいつは昔から、きみを気に入っていたからね」

「あー……それは、さっき直接聞いた。だからいっしょに大阪へいこうって。もちろん断ったけど。村木さんはなにか誤解してたみたいで、光琉さんが転勤を仕組んだって言い張ってて」

そこまで話したところで、突然、私を抱く光琉さんの腕にギュッと力が篭《こ》もった。

身じろぎもできないほどきつく抱き締められ、彼の胸に顔を埋《うず》める。忌々《いまいま》しいと言わんばかりの舌打ちが聞こえた、ような……？

「光琉さん？」

彼の反応に驚きながら名前を呼ぶと、光琉さんはなにかをこらえるように長い溜息《ためいき》を吐いた。

「村木が大阪へいくのは栄転なんだよ。向こうの係長が急に辞めることになってね。そのひとの代わりに、営業課のまとめ役として呼ばれているんだ。俺が仕組むなんて、できるわけがない」

「ええっ、そうなの!?　村木さん、すごく落ち込んでるっぽかったのに……」

びっくりしたせいで、流れていた涙がぴたりと止まる。

喫茶店で会った村木さんはひどく憔悴《しょうすい》していて、逆に左遷《させん》でもされたように見えた。昇進できるのなら普通は喜ぶところじゃないの？

光琉さんの腕のなかで、小さく首をひねる。

それに合わせて、彼が考え込むように「んー」と低く唸《うな》った。たぶん、私の混乱が伝わったのだろう。

「あまり考えたくはないけど、管理職になることより花奈と離れるほうがつらかったのか……、もしくはあいつの作戦か」

「作戦？」

「俺が個人的な感情で村木を地方に飛ばしたってことにすれば、花奈がついてきてくれるかもしれないと考えた、とかね」

光琉さんの推理にぎょっとした。

「ないないっ、ありえないよ！　私が光琉さん以外のひとを選ぶなんて！」

強引に顔を上げて、光琉さんを見上げる。私と目を合わせた彼は、少し困ったように眉尻を下げた。

「うん。花奈のことは信じているよ。ただ、村木はけっこう本気だったようだから、やりかねないと思う。俺もさっき聞いたんだけど、あいつは一週間くらい前から頻繁《ひんぱん》に『ソレイユ』を訪れて、きみを待っていたらしい」

「え……聞いたって、誰に……」

「ああ、実はあそこのマスターに花奈のことを頼んでいたんだ。もし、きみの体調が急に悪くなるようなことがあれば、俺に電話してほしいってね。……まさか村木のことで連絡がくるとは思わなかったけど」

今日、私が『ソレイユ』へいった時の、マスターの姿がパッと脳裏に浮かぶ。

マスターは気遣わしげな視線を私に向けていたけど、あれは光琉さんに頼まれていたから？

「じゃあ、あの時、光琉さんが私を助けにきてくれたのは、偶然じゃなかったの？」

「まあ、そうだね。ちょうど職場から帰る途中で連絡がきたから、急いで『ソレイユ』へ向かったんだ。きみを見張っていたような形になってしまったことは謝るよ。ごめん」

私は彼の胸元に置いた両手で、ワイシャツをギュッと握《にぎ》り締めた。

「いいの！　光琉さんは私を心配しただけなんだから謝らないで。……そ、それに私、光琉さんになら束縛《そくばく》されても構わないし……」

彼にほだされ、窮屈《きゅうくつ》だと感じるほど愛されたいと思っていることは事実だけど、恥《は》ずかしくてドキドキして、言葉が尻すぼみになる。

見つめ合うことさえ照れくさくて顔をそむけると、光琉さんが私の耳に口づけた。

濡れたリップ音に続いて、「本当に？」と聞く声が耳に流れ込んでくる。色っぽい光琉さんの声に背中がゾクゾクしてしまう。

震えながらうなずく私を見た彼は、まるでからかうようにふふっと笑った。

「そういうことを言うと、俺ますます調子に乗るけど。……ひどいことになるかもしれないよ？」

反射的にビクッと肩が震える。

『ひどいこと』ってなんだろう？　優しい彼の姿からは全然想像がつかない……

「平気だよ。光琉さんのこと、信じてるもの」

こくんと唾《つば》を呑み込んで、光琉さんに視線を戻す。

彼は一瞬驚いた顔をしたあと、いじわるっぽく目を細めた。

「ふうん。じゃあ、花奈の希望どおり束縛《そくばく》してあげよう。仰向《あおむ》けに寝て、胸の上に手を置いて」

「え!?」

茫然《ぼうぜん》としているうちに、光琉さんは私の身体を仰向《あおむ》けにさせた。続けて、両手を掴《つか》んで胸の上へと持っていく。

「はい、次は目を閉じて。俺がいいと言うまで開けてはいけないよ」

拒否する間もなく、彼の手で目の上を覆《おお》われる。キュッと目を瞑《つむ》り、身を縮めた。

「み、光琉さん？」

「ちょっと準備するから、そのまま待っていること。わかったね」

光琉さんはやけに楽しげな声でそう言うと、私から離れていった。

……準備っていったいなに？　私どうなっちゃうの？

疑問と同時に薄《うっす》らと恐怖が湧《わ》き上がる。けど、それ以上におかしな興奮を覚えた。

がんじがらめに束縛《そくばく》されて、身も心も光琉さんに支配される自分をつい想像してしまう。それは怖いことのはずなのに、ドキドキしてたまらない。

私が妙な妄想《もうそう》に浸《ひた》っていると、準備とやらを終えたらしい光琉さんが戻ってきた。

彼は私を跨《また》ぐようにしてベッドの上に乗り上げ、胸の上に置いたままの手を取った。

いまさらぎくりと身がこわばる。まさかとは思うけど、もしかして、手を縛るつもりなの……？

じっと息をひそめていた私の左手に、一瞬、ひんやりした硬いなにかが触れる。

光琉さんはそれを私の薬指に通して、かすかに笑った。

この、感触は――

自分の手にあるものの正体に気づいて、とっさに瞼《まぶた》を開ける。パッと広がった視界のなかで、光琉さんが私の左の指先にそっと口づけた。

薬指にはめられたシルバーのリングが、ルームランプの光を反射する。キラキラした輝きがまぶしくて、嬉しくて、なにも言えなくなった。

目線を上げた光琉さんが、ふっと苦笑いを浮かべた。

「まだ、目を開けていいって言ってないんだけどなあ」

光琉さんは困ったようにそう呟《つぶや》いて、おもむろに私のほうへ手を伸ばしてくる。彼の指で目元を拭《ぬぐ》われてから、やっと自分が泣いていることに気づいた。

「だって、こんな……」

驚きすぎて、声がかすれてしまう。おそるおそる左手を引いて目の前にかざすと、華奢《きゃしゃ》なリングの真ん中で、複雑にカットされた宝石が強い光を放っていた。

「……綺麗。これ、ダイヤモンド、だよね？」

「うん。と言っても、給料の三ヶ月ぶんなんて高価なものじゃないけど。あまり張りきると、きみが気兼《きが》ねしそうだから、ちょっと抑えておいた」

光琉さんはそう言って茶化すけど、簡単に買えるようなものでないことは確かだ。それになによりこの指輪に込められた彼の気持ちが嬉しい。

次々と涙が溢《あふ》れ出る。しゃくり上げそうになるのを必死でこらえて「ありがとう、嬉しい」と声に出した。

光琉さんは、ほっとしたように肩の力を抜いて息を吐く。

「気に入ってくれてよかった。花奈は覚えていないかもしれないけど、前に二度『指輪を買おう』と提案して、断られているからね。受け取ってもらえるか、気が気じゃなかったんだ」

「そ、なの？」

「ああ。花奈の叔母さんに初めて会ったあと、婚約指輪を買おうとして断られて、婚姻届《こんいんとどけ》を提出した時に結婚指輪を用意しようとして、また断られた。だから今回はこっそり買ってきたんだよ」

まったく記憶にないけど、光琉さんの話からすると、かなり前のことらしい。

ついさっきまで私たちの間に愛情はないと思い込んでいたのだから、私が指輪をいらないと言ったのは当然だ。とはいえ、彼の気持ちを無下《むげ》にしたことは申しわけなく思う。

「えと、あの、それはたぶん、契約結婚だったから……」

少し心苦しく感じながら言いわけをすると、光琉さんがしてやったりとでも言うように、にっこり笑った。

「それじゃあ、いまなら問題ないね。今度いっしょに結婚指輪を見にいこう」

「えっ！　結婚指輪って、これは……？」

自分の左手に輝くリングと、光琉さんの顔を交互に見やる。

軽く首をかしげた彼は、なんでもないことのように「それは婚約指輪の代わりだよ」と言い放った。

「この前、花奈と映画を観にいったショッピングモールの近くに、セミオーダーができるジュエリーショップがあるんだよ。その指輪もそこに注文したんだけど、店長さんがとても親切なひとでね。はっきり言って俺には貴金属や宝石のことはわからないから、なにもかも教えてもらって……」

光琉さんの話を聞き流しつつ、私はぼんやりと左手のリングを見つめる。

……こんなに綺麗で高そうなものが、婚約指輪なの？　それで、他に結婚指輪まで買うの？

もちろん綺麗なものは大好きだし、光琉さんが私を想ってくれているのは嬉しい。けど、使われる金額の大きさを想像して、だんだん怖くなってきてしまった。

ここでまた拒否したら、光琉さんに悪い気がする。でも、あまりお金を使ってほしくないし……

なんとか彼を傷つけずに断る方法はないかと頭を悩ませる。

夢中で考え続けていた私の耳に、気になる話が飛び込んできた。

「いま、きみがつけている指輪も、ジュエリーショップの店長さんにアドバイスをもらって選んだんだ。俺と同年代なのに、とても博識でしっかりしている女性でね。花奈のことを話したら会ってみたいと言われて、結婚指輪を作る時に連れていくと約束したんだ」

光琉さんがお世話になったという「とても博識でしっかりしている同年代の女性」のことが、私の心に引っかかる。確かさっき、そのひとが勤めるジュエリーショップと、映画デートをしたショッピングモールが近いと言っていたような。

あっ……！

頭のなかで火花が弾けたような気がして、目を見開く。

あのデートの最中、私は知的そうな雰囲気を持つ年上の女性を見かけた。彼女は光琉さんと親しげな様子で、彼が私に隠しているというなにかについて話していて……

「もしかして、映画を観にいった時に会っていたひと⁉」

「えっ、気づいていたの？」

「……うん。お手洗いから戻った時にちょっと見かけて」

本当はちょっとどころじゃなく、ふたりの会話を盗み聞くことまでしたけど、そこは黙っておく。

光琉さんは少し照れくさそうに肩をすくめた。

「あの時はもう指輪ができあがっていたんだけど、花奈にどうやって渡そうか悩んでいたんだ。次こそは断られないように、ロマンティックな演出をするべきか、逆にさりげなく出したほうがいいのか……とね。まあ結果はこんな感じだけど」

そう言って自嘲《じちょう》する光琉さんに、両手を伸ばす。彼の首に腕をまわして、私のほうへ引き寄せた。

「光琉さん、好き。ありがとう」

私は目を閉じて、想いを声に乗せる。

些細《ささい》な勘違いと間の悪さが重なったせいで気づくことができなかったけど、彼はずっと私を思いやって労《いたわ》り、愛してくれていた。

恋愛に不慣れで自分に自信がなかったとはいえ、光琉さんを疑ってしまったことが恥《は》ずかしくて、申しわけない。彼の耳元に唇を寄せて「ごめんなさい」と言うと、彼は不思議そうに首をかしげた。

「どうして謝るの？」

「だって……」

私が彼女に嫉妬《しっと》をして、光琉さんを疑惑の目で見ていたなんて、本当は言いたくない。けど、隠し事がよくない結果を招くのは、今回のことで身に沁《し》みていた。

あの時に感じたことを、ぼそぼそと口に出す。最後まで聞いた光琉さんは、ふっと笑って私の名を呼んだ。

「花奈？」

「……なに？」

光琉さんの首にまわしていた腕をゆるめて、顔を覗《のぞ》き込む。彼はひどく幸せそうな表情で、私の頬にキスをしてきた。

「ごめん。きみがつらかったのはわかっているんだけど、かなり嬉しい。それって、やきもちを焼くくらい、俺のことを想ってくれているってことだろう？」

図星を指され、かあっと顔が熱くなる。

いままで何度も好きだと言ったたし、態度にも表してきたけど、あらためて指摘されるのは照れくさい。

思わず視線をそらすと、今度は唇にキスされた。

そっと触れ合わせるようにして、何度も口づけを繰り返す。柔《やわ》らかくて温かくて、胸のうちが幸せで満たされる。

少し強めに唇を押しつけられ、表面を舐《な》められたところでほうっと吐息をこぼすと、その隙に光琉さんの舌が入ってきた。

「あっ……」

ふいに快感が走り抜け、声が漏《も》れ出る。

お互いを貪《むさぼ》るように舌を絡めて、唾液《だえき》を混ぜ合わせた。

すごく気持ちよくて瞳が潤《うる》む。首のうしろからゾクゾクした痺《しび》れが広がり、だんだんぼーっとしてきた。

キスを続けながら、濡れた目を光琉さんに向ける。心のなかで『好き』と呟《つぶや》くと、まるでその声が届いたみたいに、強く唇を吸われた。

わずかに顔を離した光琉さんが、じっと私を見つめてくる。そのギラギラしたまなざしで、彼が望んでいることに気づいた。

「きみを愛してる。どんなことをしても手に入れたいと思ったのは、花奈だけだ」

光琉さんの情熱的な言葉が、私の心臓を震わせ、身体の熱をさらに高くする。

キスのせいで上がってしまった息を必死に整えながら、私は思いの丈を口にした。

「……私も、だよ。光琉さんを愛してる」

「花奈……！」

感極まったような声を上げた光琉さんは、私をギュッと抱き締める。

私も同じくらいの力で彼を抱き返し、もう一度、愛の言葉をささやいた。


自分でも呆《あき》れるほど「好き」と「愛してる」を繰り返して、夢中でキスを続けた。

唇が熱を持ち、腫《は》れぼったく感じる。ドキドキしすぎて息苦しい。

ベッドに身体を投げ出し、せわしなく呼吸しながら光琉さんを見ると、彼はスーツのジャケットを無造作に脱ぎ捨て、次にネクタイを外して遠くに放り投げた。

普段の光琉さんはきっちりしていて、脱いだ服を乱暴に扱うことはない。珍しい振る舞いに少し目を瞠《みは》る。

私が驚いていることに気づいたらしい彼は、ワイシャツのボタンを手早く外して、はあっと息を吐いた。

「ごめん。ちょっともう我慢できない。悪いけど、風呂もあとにして」

「え、あ……！」

光琉さんの言葉で、私たちが帰ってきた時のままだったと思い出す。

汚れているはずの身体を見られ、触られることに抵抗を覚えたけど、それを伝えるより早くスカートをめくられた。

続けて、光琉さんは右手で私の太腿《ふともも》を撫《な》で始める。

「ひゃっ」

彼が触れたところから寒気のような震えが湧《わ》き上がり、反射的にビクビクと身体が跳ねた。

同時に光琉さんは左手で私のシャツのボタンを外していく。手早くすべてを外し終えると、はだけたシャツの隙間に手を入れ、強引にブラを押し上げた。

「あ……！」

両方の胸の膨《ふく》らみが、揺れながらこぼれ出た。

光琉さんは片方を手で包み込み、もう一方に顔を寄せる。次の瞬間には先端を咥《くわ》え込まれ、強く吸い上げられていた。

「ああっ！」

痛みと紙一重の快感が、全身を貫く。

いきなり激しい感覚にさらされた私は、足を突っ張り大きく仰《の》け反《ぞ》った。

音が出るほど強く乳首を吸われ、軽く歯を立てられる。反対の膨《ふく》らみは左の手のひらで押し込むようにして、捏《こ》ねまわされていた。

太腿《ふともも》に置かれていたはずの右手は、いつの間にかショーツの上から秘部を撫《な》でている。

「あぁ、あ……光琉さ……早い、からぁ……！」

三ヶ所から響く感覚に身悶《みもだ》え、あられもなく喘《あえ》ぐ。

いつもは、もどかしいほどゆっくり丁寧な愛撫《あいぶ》から始めるのに、今日の光琉さんはひどく性急だ。

さっき彼が言ったとおり、我慢の限界で余裕がないらしい。

優しくて落ち着いている光琉さんも素敵でドキドキするけど、切羽詰《せっぱつ》まった獣みたいな彼はセクシーでゾクゾクしてしまう。

ちょっと荒っぽいように思えるところにも胸が高鳴り、秘部が熱く潤《うる》んだ。

ショーツのクロッチに指を入れてきた光琉さんは、私の胸に顔を埋《う》めたまま、クスッと笑う。

「早いって言いながら、花奈のここはもう準備万端《ばんたん》だけど？」

「う……」

少し触られただけで彼の指を汚してしまうくらい、そこが濡れているのは事実だった。

光琉さんは溢《あふ》れる蜜をまとわせるように指先で襞《ひだ》をなぞったあと、おもむろに中心の窪《くぼ》みへ入ってくる。

久しぶりに開かれた内側は、しっかり濡れていても鈍く痛んだ。

それは光琉さんにも伝わっているのか、彼はなかを慣らすようにゆっくりと抜き挿しを繰り返す。

やがて痛みは、ぞわぞわした痺《しび》れに取って代わった。

「ん、あぁん」

身をよじるのに合わせて、自分でも恥《は》ずかしくなるくらいの甘い声が漏《も》れる。

全身がむずむずして、気持ちよくて、苦しい。

じっとしていられなくなった私は、光琉さんから手を離して、枕元のシーツをきつく握《にぎ》り締めた。

それでも響く快感をこらえきれずに腰を揺らしてしまう。

「ああ、やだぁ……恥《は》ずかしい……」

「花奈、可愛い。もっといやらしく乱れて、いっぱい啼《な》いて」

光琉さんの声につられて目線を向けると、彼はわざと見せつけるように舌を出し、乳首をくすぐり始めた。

「はあぁっ」

硬くなったてっぺんを舌先で擦《こす》られる。ピリピリした甘い痺《しび》れが湧《わ》き上がり、自然に下腹部がこわばった。

光琉さんは同じように、反対の乳首も左手で刺激してくる。二ヶ所から溢《あふ》れた快感が秘部を震わせ、なかにある彼の指を締めつけた。

初めゆっくりだった指の動きは、いつの間にか激しくなっている。指の本数も増やされたようで、抜き挿しのたびに蜜と空気が掻《か》き混ぜられ、グチュグチュと音を立てていた。

「あ、あ、だめぇ……あ、光琉さん……っ！」

両方の乳首と敏感《びんかん》な内側を擦《こす》られて、太腿《ふともも》が痙攣《けいれん》し始める。

全部が気持ちよくて、おかしくなりそう。

もう我慢できないという意味を込めて、私は大きく首を左右に振った。

光琉さんはチュッと音を立てて膨《ふく》らみにキスしたあと、顔を上げる。濡れた口元をワイシャツの袖で乱暴に拭《ぬぐ》い、私の顔を覗《のぞ》き込んできた。

「イキそう?」

「んっ!」

ガクガクとうなずいて、彼の問いかけに答える。

光琉さんは静かに目をすがめて「それじゃあ、なかをいっぱい気持ちよくしてあげるよ」とささやいた。

どことなく酷薄《こくはく》なまなざしが、ますます私の興奮を煽《あお》る。ひどくされるのはいやだと思うのに、ドキドキが加速して止まらない。

彼は言葉のとおりに、指を浅く速く出し入れして、私の内側の一番感じる場所を擦《こす》りだした。

それは、ちょうど外にある敏感《びんかん》な突起《とっき》の裏側。そこを圧迫しながら撫《な》でられると、甘苦しい感覚が波のように響いて、身体が勝手にいきんでしまう。

全身が快感に支配され、シーツを蹴《け》るようにして足先を丸めた。

ギュッと目を瞑《つむ》って、歯を食い縛る。瞼《まぶた》の裏で白い光が破裂《はれつ》するのと同時に、下腹部が限界まで硬直し、一気に弛緩《しかん》した。

「うっ、あ、あ――……」

大きく首を反らしたせいで、声が途切れる。目から涙が、肌からは汗がどっと噴き出す。

昇り詰めたせいでぐったりしていると、光琉さんが身体を起こして、私の足元に座り込んだ。

ひどい動悸《どうき》と息苦しさでなにもできない。

光琉さんは私のショーツを抜き取り、両方の太腿《ふともも》を押し上げるようにして足を開かせた。

「あぁ……」

秘部に彼の視線が注《そそ》がれているのを感じて、居たたまれなくなる。

もう何度も見られているのだけど、その部分をさらすのはどうしても恥《は》ずかしい。

なんとか呼吸を整えて『あまり見ないでほしい』と伝えようとしたところで、割れ目に柔《やわ》らかいものが触れた。

「あっ！」

ギクッと身がこわばり、息を呑み込む。

慌てて目線を下に向けると、光琉さんが私の足の間に顔を寄せていて……

「やっ。だめ、光琉さん、やだぁ……っ」

ブンブンと頭を振って、足を閉じようとする。けど、太腿《ふともも》を押さえられているせいで叶《かな》わない。

光琉さんは私の抵抗を無視して割れ目を舐《な》め上げ、蜜をこぼす窪《くぼ》みに吸いついた。

わざと音を立てるように、何度もキスされる。突き出した舌で内側の粘膜《ねんまく》まで舐《な》められた。

羞恥《しゅうち》と快感がぐちゃぐちゃに混ざり合って、わけがわからなくなってしまう。朦朧《もうろう》としながら「いや」と「やめて」を繰り返していると、わずかに顔を離した光琉さんがふうっと息を吐いた。

「なんで、いや？　気持ちよくない？」

「そ、そうじゃ、なくて……感じすぎちゃう、から。あと、汚いし……」

荒い呼吸の合間に、必死で理由を口にする。けど、光琉さんは「それなら問題ないな」と呟《つぶや》いて、あっさり受け流した。

思いきり目を開き、光琉さんを見つめる。私を見返した彼は、スッと口の端を上げた。

「もう何度も言っているけど、花奈に汚いところなんてない。匂いも味も、俺を興奮させる材料にしかならないよ。あと、きみがずぶずぶに感じてよがりまくっているところが見たいから、我慢しないで全部俺にまかせて」

え……？

光琉さんの言葉に耳を疑う。

いま、ものすごく変態っぽいことを、さらっと言われたような。いや、でも、うるさいくらい心臓がドキドキしているから、なにか聞き間違いをしたのかもしれない……うん、きっと、そうだ。

そう自分をごまかし強引に結論を出したけど、光琉さんは私の足の間に顔を埋《うず》めて、愛撫《あいぶ》を再開した。

足を限界まで広げられているせいで、割れ目の奥の襞《ひだ》まで開いているのがわかる。

光琉さんはまるでそこの形を確かめるように、舌先で全体をなぞり、最後に膨《ふく》れ上がった粒をぺろりと舐《な》めた。

「あぁ――っ！」

ビリビリと鋭《するど》い快感が突き抜け、目を開けていられなくなる。ギュッと瞑《つむ》った瞼《まぶた》の裏に、また白い閃光《せんこう》が見えた。

どこか遠くで、光琉さんがクスッと笑う。

「いま、舐《な》めただけでイッたね。ひさしぶりだから、いつもより敏感《びんかん》になっているのかな」

彼は独り言とも問いかけとも取れる言葉をささやくけど、達したばかりの私には答えられない。

荒い息を吐きながらポロポロと涙をこぼし、壊れたロボットのようにただ震えるだけだ。

熱くて、苦しい。でもそれ以上に気持ちいい……

きっと光琉さんには、いま私がどんな状態かわかっているんだろう。

彼は休むことなく、敏感《びんかん》な尖《とが》りを舌で繰り返しなぶって、割れ目の奥の狭路《きょうろ》に指を挿し込んできた。

気づけば、太腿《ふともも》を押さえていたはずの彼の手が離れていたけど、身体の奥が疼《うず》いて足を閉じられない。それどころか『もっとしてほしい』とねだるように、腰を揺らしてしまっていた。

「あ、いいっ……どうしよう、気持ちいい……っ」

「うん。そのままもっと感じて」

光琉さんは、快感に溺れて喚《わめ》く私を、優しく受け止めてくれる。

でも、穏やかな物言いとは裏腹に、私を苛《さいな》む手をゆるめることはなかった。

内側と外側の感じる部分を、同時に刺激される。揉《も》み込むように強く擦《こす》られると、目眩《めまい》がするほどの激しい甘さと痺《しび》れに襲われた。

心臓が痛いくらいに拍動《はくどう》している。身体が燃えているように熱い。

「――……っ！」

私は声にならない声を上げ、また昇り詰めた。

こわばって痙攣《けいれん》する秘部から、サラサラした液体が噴き出す。立て続けに達して朦朧《もうろう》とする頭の片隅で、光琉さんを汚してしまうことに怯《おび》えたけど、どうにもできない。

結局、私は脱力した身体をベッドに投げ出し、ただひたすら呼吸を繰り返した。

薄く目を開けて、光琉さんに視線を送る。彼は一度私から離れ、すぐにまた覆《おお》いかぶさってきた。

続けて私の顔を覗《のぞ》き込んだ光琉さんは、興奮のせいで流れる涙を舐《な》め取った。

「いやらしくて、すごく可愛くて綺麗だよ。だから、ごめん」

「……え……？」

酸欠でぼーっとしているせいか、謝られている理由がわからない。

一生懸命どういうことか考えたけど、答えが出る前に、硬くて熱いものが内股をかすめた。

ハッとして目を見開く。

いくらエッチなことをするのがひさしぶりといっても、いま私の足に触れたものの正体はわかる。

そして、それがそこにある意味も。

「あ、やぁ……待っ……」

呼吸さえ落ち着かない状態で彼を受け入れたら、もっとひどいことになるのは間違いない。せめてもう少しだけ待ってほしくて声を上げたけど、伝え終わらないうちにキスで口を塞《ふさ》がれた。

間を置かずに、彼のもので秘部を割り開かれる。

心のなかで「まだ、だめ！」と叫んだ瞬間、それは一気に最奥まで突き進んできた。

「んんん――っ!!」

すっかり濡れているうえ指で広げられたそこは、光琉さんを悦《よろこ》んで受け入れる。内壁は待っていたと言わんばかりに蠢《うごめ》き、彼に絡みついた。

光琉さんは唇を触れ合わせたまま、熱っぽい吐息をこぼす。そのあと少し苦しげに「すごいな」と呟《つぶや》いて、さらに押し込むように腰をまわした。

ぐちゅりと粘ついた水音が立つ。彼の先端で、私の一番奥を圧迫され、深く重い快感がじんと響いた。

とっさに光琉さんへ向かって手を伸ばす。ガクガクと震えながら夢中でしがみつくと、はだけたワイシャツの隙間に汗ばんだ素肌を感じた。

「は、あっ、あ、おくっ……奥、が……！」

「ん……当たってる、ね。ここ、好き？」

光琉さんは腰を沈めた状態から軽く抜き挿しして、奥を小突くように刺激してくる。彼のものが触れるたびに、淡い痛みとひどく甘だるい感覚が広がった。

痛いのに気持ちいい。苦しいけどもっとしてほしい。恥《は》ずかしくてはしたない希望がとめどなく湧《わ》いてくる。

熱に浮かされていても、それを声に出すのは居たたまれない。必死で口をつぐむと、光琉さんがなにかを企《たくら》むみたいにニッと目を細めた。

「まあ答えを聞かなくても、花奈のなかが教えてくれるけど。もっといっぱい突いて可愛がってあげるから、安心していいよ」

不安にしか思えない彼の言葉に、内心でギョッとする。

そこまでしなくていいと伝えたくて必死で頭を横に振ったけど、光琉さんは大きく腰を引いて、勢いよく打ちつけてきた。

「ひんっ‼」

私の悲鳴《ひめい》と、奥を抉《えぐ》る音が重なり、目の前に星が飛ぶ。

速い抽送《ちゅうそう》であますところなくなかを擦《こす》り上げられ、最奥を突かれ、私は思いきり背中を反らせた。

「あぁっ、あ、う――……っ」

彼の動きで全身が激しく揺さぶられる。開けっ放しの口の端から、唾液《だえき》がこぼれ落ちた。

浅い部分で感じるゾクゾクした震えと、奥の重苦しい快感が混ざり合い、他になにもわからなくなっていく。

ただ光琉さんにすがって声を上げていると、突然なにかのスイッチが入ったように、ふっと痛みが遠のいた。

あとに残ったのは、おかしくなりそうな快感だけ。

「いっ、あぁ……だめっ、光琉さん、だめぇっ！」

ブルブルと首を左右に振って、喚《わめ》き立てる。

もう乱暴に抜き挿しされて奥を強く打たれても、ひたすら気持ちいい。抽送《ちゅうそう》はさらに激しさを増して、耳を塞《ふさ》ぎたくなるような卑猥《ひわい》な音が響いていた。

「ああぁっ、もうっ、も、イク……ぁ――っ！」

みっともなくすすり泣きながら、自分の状態を伝える。

同じように息を乱している光琉さんは、短く「俺も」と吐き出し、腰をねじ込んできた。

硬く熱く、大きく膨《ふく》らんだ彼の先端が、突き当たりのさらに先を目指して進んでくる。奥の奥をこじ開けられ、暴《あば》かれているのだと知った瞬間、頭のどこかがバチッと弾けた。

あられもない声を上げて達する。

同時に光琉さんの身体がこわばり、お腹の奥に新たな熱が広がった。たぶん、彼もイッたんだろう。

ぐんっと持ち上げられた意識が、一気に落とされる。身じろぎさえできずにぐったりしていると、光琉さんが静かに腰を引いた。

彼が抜け出ていくのに合わせて、まるで引き留めるように内側がわななく。本能的な反応だとわかっていても居たたまれなかった。

＊　＊　＊

花奈の内壁に煽《あお》られつつ腰を引き、身体を起こして彼女を見下ろした。

すでに何度も昇り詰めた花奈は、手足を投げ出して朦朧《もうろう》としている。欲に溺れて濡れた瞳はとろりと濁《にご》り、唾液《だえき》をこぼす口はせわしない呼吸を繰り返していた。

ピンク色に染まった肌の上で、汗がキラキラと光を反射する。俺に苛《さいな》まれたせいで乳首は硬くすぼまり、花奈の呼吸に合わせて揺れていた。

視線を下げていくと、クシャクシャになったスカートに続いて下腹部が見える。開いた足を戻す余裕もないようで、彼女の秘められた部分がすべてさらされていた。

美しくていやらしくて、鎮《しず》まりかけた胸の鼓動がまた速くなる。少しの間、見惚《みと》れていると、彼女は小さく呻《うめ》いて身じろぎをした。

腰を揺らした拍子《ひょうし》に、秘部の割れ目から白っぽい液体が滴《したた》り落ちる。さっき彼女の奥で放ったものが溢《あふ》れたらしい。花奈の奥の奥まで入り込み、俺のもので穢《けが》しているのだと再認識して、下腹がかっと熱くなった。

もっと啼《な》かせて、深く繋がりたい……

一度達して萎《な》えていたものが、あっという間に張り詰める。おそらくそれは自分の女を孕《はら》ませたいという本能的な欲求なのだろう。

俺は手早く自分の服を脱ぎ捨て、花奈の服も剥《は》ぎ取った。

身に纏《まと》うものがなくなった花奈を眺《なが》めて目を細めたあと、欲望に従い彼女の秘部に自身の先端を触れさせる。内側から垂《た》れてきた雫《しずく》をすくい取るようにして、もう一度なかに含ませた。

焦《じ》れったいほどゆっくりと進んでいく。すべてを埋めて奥に至ったところで、花奈が喘《あえ》ぎを上げた。

柔《やわ》らかいのにきつく締めつけてくる狭路《きょうろ》の奥。突き当たりの少し硬い部分が、俺の先に吸いついてくる。どうやら花奈はここを強めに刺激されるのが好きらしい。

彼女が好む場所をもっと可愛がってやりたい。俺は繋がったまま花奈の身体を抱き上げ、自分の上に乗せた。

花奈自身の重さで、より深くに俺のものが突き刺さる。彼女は俺の首にすがりついて、ビクビクと身体を震わせた。

「あぁっ、光琉さ……奥、苦しい、からぁ……っ」

「でも、ここが好きなんだろう？　いまだって気持ちよくなっているくせに」

少しいじわるな言葉を耳に吹き込んでやる。花奈は苦しげな声を上げているが、その吐息は熱っぽくなまめかしい。俺を咥《くわ》え込んでいる部分も『気持ちいい』と伝えてくるようにひくついていた。

彼女の腰を掴《つか》んで、軽く前後にゆする。俺たちが繋がっているところから卑猥《ひわい》な水音が立つのと同時に、花奈のか細い悲鳴《ひめい》が上がった。

「いまと同じように、自分で動いてみて」

「やだぁ……恥《は》ずかしい……」

花奈は耳まで真っ赤にして、首を左右に振る。羞恥《しゅうち》に震える彼女は可愛らしくて、もっといじめたくなってしまう。

俺の嗜虐心《しぎゃくしん》を煽《あお》っていることなんて気づかずに、花奈は涙目で「できない」と繰り返した。

「それじゃあ、このまま少し休憩しようか。花奈も疲れたよね？」

「えっ、あ、でも……」

彼女は俺の目から逃れるように、そわそわと視線をさまよわせる。

実際のところ俺だって、入れっぱなしの生殺し状態はつらい。しかし、最奥の敏感《びんかん》な部分を押され続けている花奈もまた、もどかしくてつらいはずだ。

だんだん彼女の呼吸が荒くなってくる。

一度イッて熱を吐き出した俺にはまだ余裕があるが、イクとなおさら過敏《かびん》になるという女性の花奈にはもう限界なのだろう。

「花奈、可愛い」

甘いセリフを吐いて、瞼《まぶた》やこめかみ、頬に口づける。続けて首筋を舐《な》め上げると、彼女は大きく肩を震わせて仰《の》け反《ぞ》った。

「ああん、あ、あ、いやぁ……こんな……っ」

花奈はたまりかねたように、もじもじと下半身を動かす。俺は彼女の耳にキスをして「腰が揺れているけど？」とささやいた。

途端《とたん》に花奈のなかがギュッとこわばる。彼女はきつく眉根を寄せ、いまにも泣き出しそうな顔をしていた。

――ああ、やはり愛らしい。でも少しいじめすぎたかもしれない。

こっそり苦笑いをして、もう一度、彼女の耳に唇を押し当てた。

「からかってごめん。花奈が好きなように動いていいんだよ。きみがいっぱい感じてくれたら、俺も気持ちよくなれるしね」

「ほんと、に？」

「うん」

正直なところ、物理的な刺激という面ではいまいちだ。だが、俺に跨《またが》ってよがる彼女を見るのは、精神的な悦《よろこ》びを感じられる。

俺の返事を聞いた花奈は、一瞬ほっと表情をゆるめ、さっきよりも少し大きく腰を振った。『俺のため』という免罪符《めんざいふ》を手に入れて、ちょっとだけ大胆《だいたん》になったのだろう。

両脇に手をついて身体を支え、俺も腰を動かしてやる。恥骨《ちこつ》のあたりを擦《こす》り合わせるようにすると、割れ目に潜《ひそ》む突起《とっき》が押されるらしく、花奈は一際高い声で啼《な》いた。

彼女が欲に呑まれていく姿を目《ま》の当たりにして、俺のなかの熱も上がっていく。

少しすると羞恥心《しゅうちしん》が吹き飛んだのか、花奈はリズムをつけて下半身を揺らし始めた。

もう手伝わなくても大丈夫だと判断した俺は、ゆっくりとうしろに身体を倒す。首にまわされたままの彼女の手をはずし、俺の胸の上へと導いた。

「ここに手を置いて。そのほうがもっと気持ちよくなれるよ」

花奈は言われたとおり、俺の胸の上に手をついて、夢中で腰を振り立てる。向かい合っていた時よりも身体が自由に動かせるから快感も増したようで、彼女の声がまた大きくなった。

「はあっ、あ、光琉、さん……いいっ。気持ちいい……！」

「ああ。俺もいい。最高だ」

俺の上で揺れる花奈の、真っ赤な頬をそっと撫《な》でる。彼女は快楽にまみれた目を細めて、嬉しそうに微笑《ほほえ》んだ。

「光琉さん、好き」

「俺も好きだよ。このまま花奈がイクところを見せて？」

「ん、う……光琉さんの、エッチ……」

花奈は、サッと視線をそらして憎《にく》まれ口を返してくる。わずかに残った理性で恥《は》ずかしいと感じたらしい。そんなふうに拗《す》ねても、ひたすら愛らしいだけなのだが。

「好きな女に対してエッチにならない男なんていないよ」

俺はクスッと笑い、花奈の胸に両手を伸ばした。外側から持ち上げるようにして、両方の乳房を包み込む。優しく揉《も》みながら乳首を指の間に挟《はさ》んでやると、彼女は「んっ」と短く呻《うめ》いて身をこわばらせた。

花奈の内側の締めつけがさらにきつくなる。痛いほど俺のものを圧迫し、まるでそこだけが別の生き物のようにグニュグニュと蠢《うごめ》く。もうイキそうなのだろう。

いつの間にかゆっくりになっていた彼女の律動《りつどう》を促《うなが》すように、軽く腰を突き上げた。

「ひんっ！」

「花奈、もっと動いて。ほら、俺も手伝うから」

小刻みに腰を動かし、彼女の最奥をノックする。合わせて両方の乳首を指先で強めに捏《こ》ねてやった。

胸と秘部、その奥を同時に刺激された彼女は、身体を激しく痙攣《けいれん》させる。きつく瞑《つむ》った目から、はらはらと涙が流れ落ちた。

「あ、あぁっ……全部、いいの、苦し……も、もう、だめっ、イッちゃ、うぅ――……っ！」

花奈は俺の胸に爪を立て、唸《うな》り声を上げる。彼女の秘部から蜜なのか潮なのか、わからないものが噴き出して俺の下腹を濡らした。

倒れてきた花奈の身体を抱き留め、汗で顔に貼りついた髪を除《よ》ける。

「すごく可愛かった。ありがとう、花奈」

頬に口づけると、彼女は朦朧《もうろう》としながらも薄く微笑《ほほえ》んだ。

＊　＊　＊

光琉さんの上に乗せられてイッたあと、ぼんやりしている間に身体を転がされ、気づいた時には俯《うつぶ》せになっていた。

「光琉、さん……？」

どうしてわざわざ私の身体を動かしたんだろう？

覚束《おぼつか》ない思考で理由を考えたけど、答えが出るより早く、腰を掴《つか》んで持ち上げられた。

すかさずお腹の下に、丸めた上掛けが入れられる。お尻だけを高く上げた姿勢が恥《は》ずかしくてハッとしたところで、うしろから秘部を開かれた。

「あ、嘘!?　やっ、あぁ――……っ」

濡れたままの割れ目は、いきなりの行為でも難なく彼を呑み込んでいく。

深く腰を沈めて、光琉さんは熱っぽい溜息《ためいき》を吐いた。

「ああ、熱くて、トロトロで、すごくいい……」

途切れ途切れの言葉が、彼の興奮の度合いを伝えてくる。

ゆったりとした抽送《ちゅうそう》で、手前から奥までを擦《こす》り上げられて、痺《しび》れが湧《わ》き出した。

「んっ……ん、んうぅっ」

シーツに爪を立て、顔を突《つ》っ伏《ぷ》して唸《うな》り声を上げる。貪欲《どんよく》な身体は、何度イッても新たな快感を拾い、ガクガクと震えてしまう。

はしたなくて浅ましい自分の身をひそかに恥《は》じていると、光琉さんが抜き挿しを速くした。

最奥へ突き入れられるたびに、ふたりの肌がぶつかって音を立てる。ベッドの軋《きし》みに、吐息と嬌《きょう》声《せい》、なかを穿《うが》つ時の水音……その全部が室内に響いていた。

いやらしい音が耳から流れ込み、私をどんどん追い詰めていく。

光琉さんの動きはさらに激しくなって、勝手に下半身がこわばり、痙攣《けいれん》し始めた。

一度、身体を離したことで引きかけていた汗が、わっと噴き出す。同時に涙も溢《あふ》れて、シーツを濡らした。

「はあぁ……熱い、よぅ……あ、あ、も、無理……」

大きく仰《の》け反《ぞ》り、泣き言を漏《も》らす。気持ちがよすぎて、身体も心も壊れてしまいそう。

こぼれる喘《あえ》ぎの合間に必死で苦しいと伝えたけど、うまく発音できていないせいか、光琉さんは無言でひたすら律動《りつどう》し続けた。

一瞬、甲高《かんだか》い耳鳴りがして、後頭部のあたりがピリピリ痺《しび》れる。また軽く達した気がするけど、そうでないような気もした。

もう自分の身体がどうなっているのかわからない。

頭のなかにもやがかかり、目の前が白んでいく。まぶしい光に意識が呑み込まれそうになった瞬間、電流のような刺激に貫かれ、私はパッと目を見開いた。

「ひっ、い……っ!!」

ぐっと歯を食い縛り、顔をしかめる。

気づけば、光琉さんが前に手をまわして、秘部の敏感《びんかん》な突起《とっき》を擦《こす》っていた。

興奮で膨《ふく》らんだ蕾《つぼみ》は、ただ触られただけでもひどく感じてしまう。彼の楔《くさび》でなかを刺激されながらそこを攻められるのは、ほとんど苦痛だった。

「いやあぁ、光琉さ、そこ、いやっ……あ、あぁぁ――っ!!」

首を左右に振り立て、喚《わめ》き散らす。私は一気に頂《いただき》を越えて、白い世界に投げ出された。

ぎゅうっと硬直した秘部から、粗相《そそう》をしたように蜜が溢《あふ》れ、太腿《ふともも》を伝い落ちていく。激しい絶頂の余韻《よいん》で、全身がビクビクと震えた。

上半身を前に倒してきた光琉さんが、そっと手を重ねてくる。

私の背中と、彼の胸がぴたりとくっついて、鼓動を伝え合う。ちょっとだけ重いけど、それも気持ちがよかった。

「……愛してるよ、花奈……」

「ん……光琉さ、好き……愛して、る……」

光琉さんは私の首のうしろにキスをして応《こた》えてくれた。

何度もイッたせいで、全身がひどくだるい。疲れきった身体に引きずられ、意識が闇に沈んでいく。

本当は力いっぱい抱き締めて見つめ合い、もっともっと『大好き』って伝えたい。けど、もう体力の限界だった。

「光琉、さん……」

まどろみながら、繰り返し彼の名を声に出す。

光琉さんも同じように私を呼んでくれた、と思うけど、はっきり聞き取れないまま、深い眠りへと落ちていった。


次に気がついた時、私はベッドの上で横向きに寝かされていた。

どれくらい眠っていたのかは定かじゃないけど、まだ全身に気だるさがまとわりついているから、そう長い時間ではないのだろう。

枕代わりにしている腕と、その先の筋張った手をぼんやり見つめる。私の身体をうしろからしっかりと抱き込んでいるのが誰なのかは、わざわざ確認しなくてもわかっていた。

背中に人肌の感触と体温を感じる。いま私たちはなにも身に着けていない姿で寄り添っていた。

……気持ちいい。

光琉さんのぬくもりに包まれて、ほうっと息を吐く。

腕を伸ばしてふたりの手のひらを重ねると、キュッと握《にぎ》り締められたのに合わせて、つむじにキスが降ってきた。

「ごめん。ちょっと嬉しすぎて、無理させた」

「ううん、平気。私も嬉しくて夢中だったから……」

激しく乱れたのを思い出すと、恥《は》ずかしくて居たたまれないけど、光琉さんと心を通わせて愛し合えたことは信じられないくらい幸せだった。

彼に握《にぎ》られた左手の薬指で、ダイヤモンドがキラキラと輝いている。

どこで知ったのかはわからないけど、この石に「永遠の絆《きずな》」という意味が込められているというのを思い出し、胸のうちがぽうっと温かくなった。

ついさっきまで、光琉さんとの未来はもうないと思っていたのに。こんな結末が待っていたなんて、彼と抱き合っていても実感が湧《わ》かない。

「夢みたい……」

無意識に心の声が漏《も》れる。

ふっと短く笑った光琉さんが『現実だ』と教えるように、私の身体をギュッと抱き締めてきた。

「……そういえば、花奈はまだ全部の記憶を思い出していないんだよね？」

「え、うん。ところどころしか……」

なぜあらためてそんなことを聞くのか不思議に思っていると、彼は繋いだほうの手の指先で、私の指輪をそっと撫《な》でた。

「それじゃあ、いままでのことはもう全部忘れてしまっていいよ。代わりに、全部最初からやり直そう」

「最初からやり直す？」

「うん。いっしょにいろいろなところへ出かけて、楽しい思い出をたくさん作ろう。この前みたいに映画を観てもいいし、テーマパークにいくとか、泊まりがけで観光地を巡《めぐ》るとかでもいい。おいしいものを食べたり、手を繋いで散策したり、それでお互いの好みを確認して。そのあとでもう一度、花奈にプロポーズをするよ。指輪は先に渡してあるけど、今度こそきみが気に入るシチュエーションでね。……どうかな？」

光琉さんはとても楽しそうに、思いついた計画を披露《ひろう》していく。

私はただ光琉さんのそばにいられるだけで幸せだから、デートやプロポーズにこだわりはない。けど、彼の気持ちが嬉しくて、目に涙が浮かんだ。

光琉さんに握《にぎ》られていた手を強引に引き抜いて、身体を反転させる。彼に向かい合い、めいっぱいの力で抱きついた。

「……光琉さん、ありがとう。大好き！」

「俺のほうこそ、花奈に感謝しているよ。きみを騙《だま》して結婚するようなずるい男なのに、好きになってくれてありがとう」

どことなく自虐《じぎゃく》っぽい彼のささやきに、引っかかりを覚える。

私は光琉さんの顔を見上げ、口をへの字に曲げて軽く睨《にら》んでみせた。

「もう、またそんなふうに言って！　私も最初から光琉さんのことが好きだったし、それはいいの。ずっと憧《あこが》れてて、残業してる時にこっそり見惚《みと》れてたんだからね？」

蘇《よみがえ》った片想いの記憶を引き合いに出して言いつのると、彼は驚いたように目を瞠《みは》った。

「……あー、うん。ちょっとそれは、すごく嬉しいな……」

光琉さんの目元が、赤く染まっていく。照れくさそうな彼につられて、私も恥《は》ずかしくなってしまった。

光琉さんから視線を外して、そわそわとさまよわせる。頬と耳が熱い。そのままお互いなにも言えずに、私たちはただ身を寄せ合っていた。

しばらくして、光琉さんが私の耳元に口を寄せてきた。

「実は、俺も仕事中に花奈を盗み見ていた。上司として、あるまじきことだけどね」

「え、そうなの？」

今度は私が驚かされて、彼の顔をまじまじと見つめる。

光琉さんはとても真面目で、仕事に対してストイックなところがあるようだから、オンとオフを完璧に切り替えられるひとなのだろうと思っていた。

彼はびっくりしている私の顔を見て、ふっと苦笑する。

「そうだよ。いつも可愛いな、と思っていてね。ふたりきりになりたいとか、彼女になってほしいとか、いろいろ考えていた。まあ、もっとすごいことも想像していたけど……」

最後につけ足された言葉に、思わず目を剥《む》く。

彼の言う『もっとすごいこと』がなんなのか気になったけど、絶対に聞いてはいけないと本能的に察した。

光琉さんは過去を思い返しているのか、どこか遠いところを見つめて、小さく溜息《ためいき》を吐く。

「やっぱり、まだまだ知らないことがあるなあ。これまで以上にたくさん話をして、きみのことを知りたいし、俺のことも知ってほしい。……でも、まずは告白からだね」

「え？」

光琉さんはまっすぐに私を見つめて、ひどく真剣な顔をした。

「伊敷花奈さん。あなたが好きです。俺と結婚を前提にして、付き合ってください」

一瞬、息が止まる。

身体が呼吸の仕方を思い出すのと同時に、またじわりと目に涙が浮かんだ。

「光琉さん……」

涙声で彼の名を呼ぶ。

光琉さんは優しく目を細め、いまにもこぼれそうな涙を指で拭《ぬぐ》ってくれた。

嬉しくて、幸せで、どうしたらいいかわからない。光琉さんが『全部最初からやり直そう』と言っていたのを思い出し、心が震える。

想いのまま彼の手に顔を擦《こす》りつけると、軽く頬をつねられた。

「こら。俺の一世一代の告白を無視しないの。ちゃんと返事をしなさい。まあ、断りは受け付けないけどね？」

光琉さんの冗談めかした言葉につられて、笑みがこぼれる。私もさっきの彼と同じように、まっすぐ目を合わせ、息を吸い込んだ。

「私もあなたが大好きです。ずっとずっと好きでした。私を恋人にしてください」

以前はできなかった告白を口にする。

実際にはもう光琉さんと結婚しているし、ひとつ屋根の下に暮らして、キスもハグも、エッチなことも経験済みだ。

それでも、心が喜びで満ちていく。

光琉さんも同じ気持ちらしく、とろけるような甘い微笑《ほほえ》みを浮かべて、私を抱き締め返してくれた。

「ありがとう。いままでも、これからも、ずっと花奈だけを愛しているよ」

優しくて情熱的な誓《ちか》いが、私のすべてを包み込む。

まるで光琉さんの言葉が真実だと証明するように、私の薬指にはめられた指輪がキラキラと輝いていた。

恋愛小説「エタニティブックス」の人気作を漫画化!

EC Eternity COMICS

不埒な社長のゆゆしき溺愛

漫画 繭果あこ Ako Mayuka
原作 佐々千尋 Chihiro Sasa

父親の画策で、ある会社の若き社長とお見合いをすることになった夕葵《ゆうき》。付き合う相手くらい自分で見つけたいと断るつもりで挑んだけれど……。彼女の思いとは裏腹に、なんと彼のお屋敷に居候することに！　さらに彼の突然のスキンシップが始まった！　男勝りな彼女は、最初は毅然と断っていたけれど、あまりに強引な彼に段々翻弄され始めてしまい……!?

B6判　定価：640円＋税　ISBN 978-4-434-23293-0

ＯＬの羽優美《はゆみ》は、若きエリート・三上《みかみ》常務の専属秘書。密かに憧れる彼のもと、真面目に仕事に励んでいたけれど――。あることがきっかけで、他の男を誘惑する淫らな女と誤解されてしまった！　優しかった三上は一転し、冷たい目で言い放つ。「男に飢えているなら俺が相手をしてやるよ」。その日から羽優美は毎晩、彼に求められるようになって……。

B6判　定価：640円＋税　ISBN 978-4-434-23450-7

佐々千尋（ささ ちひろ）
宮城県出身。2008 年より Web にて恋愛小説を公開。
とにかくマイペースな典型的Ｂ型。

「charcoal gray」
http://www7b.biglobe.ne.jp/~charcoal_gray/mist/cg_top.htm

イラスト：黒田うらら

ふつつかな新妻《にいづま》ですが。～記憶喪失《きおくそうしつ》でも溺愛《できあい》されてます!?～

佐々千尋（ささ ちひろ）

2017年 7月31日初版発行

編集－斉藤麻貴・宮田可南子
編集長－塙綾子
発行者－梶本雄介
発行所－株式会社アルファポリス
〒150-6005 東京都渋谷区恵比寿4-20-3 恵比寿ｶﾞｰﾃﾞﾝﾌﾟﾚｲｽﾀﾜｰ5F
TEL 03-6277-1601（営業） 03-6277-1602（編集）
URL http://www.alphapolis.co.jp/
発売元－株式会社星雲社
〒112-0005東京都文京区水道1-3-30
TEL 03-3868-3275
装丁イラスト－黒田うらら
装丁デザイン－ansyyqdesign
印刷－図書印刷株式会社

価格はカバーに表示されてあります。
落丁乱丁の場合はアルファポリスまでご連絡ください。
送料は小社負担でお取り替えします。

ISBN978-4-434-23583-2 C0093